Le rêve de la couturière

BIANCA PITZORNO

Le rêve de la couturière

ROMAN

Traduit de l'italien
par Liliane Guillard

J'AI LU

TITRE ORIGINAL
Il sogno della macchina da cucire

ÉDITEUR ORIGINAL

www.giunti.it
www.bompiani.it

POUR LA TRADUCTION FRANÇAISE

À la mémoire de

Mme Angelina Valle Vallebella, notre hôtesse l'été et la seule couturière de Stintino, qui avait une magnifique machine à pédale et cousait la porte grande ouverte en surveillant la piazza, ou plutôt le « Largo » Cala d'Oliva, et qui perçait les oreilles des filles du village à l'aide d'une aiguille chauffée et d'un bouchon de liège. Elle me coiffait chaque matin, tressant mes cheveux dans sa cour fraîche envahie d'hortensias en fleurs ;

Mme Ermenegilda Gargioni, la femme la plus intelligente et la plus créative que j'aie jamais connue, enlevée à notre amour il y a deux ans, et qui, même après être devenue aveugle, a continué à coudre avec sa machine à pédale jusqu'à l'âge de quatre-vingt-dix-sept ans ;

Giuseppina « Poissonfrit », dont j'ai oublié le nom de famille, qui venait coudre à la maison chaque jour juste après la guerre, qui a retourné tant de manteaux pour nous, qui m'a fait tant de blouses froncées sur le devant et garnies de volants, et à mes frères tant de combinaisons à bretelles en coton piqué, qui m'a enseigné mes premiers points à l'âge de cinq ans et m'a patiemment expliqué les rudiments de la couture, y compris l'utilisation de la machine à manivelle ;

ma grand-mère Peppina Sisto, qui m'a appris à broder en blanc et en couleur, et qui, lorsqu'elle me voyait utiliser l'aiguille sans enfiler mon dé à coudre (comme je le faisais alors et le fais encore), se lamentait auprès de ma mère, augurant que je deviendrais une femme incontrôlable ;

et toutes les couturières du tiers-monde qui cousent aujourd'hui pour nous les chiffons à la mode que nous payons quelques euros dans de grands magasins bon marché – chacune assemblant toujours la même pièce coupée par d'autres, à la chaîne – pendant quatorze heures, s'équipant de couches pour ne pas perdre une minute en allant aux toilettes, et qui, après avoir reçu des salaires de misère, meurent brûlées dans leurs immenses usines-prisons. La couture est une activité créative et magnifique, mais pas comme ça, PAS COMME ÇA.

Les histoires et les personnages de ce livre sont les fruits de mon imagination.

Chaque épisode s'inspire cependant d'un événement réel, rapporté par ma grand-mère qui avait le même âge que la protagoniste, par les journaux de l'époque, par les lettres et les cartes postales qu'elle avait conservées dans une valise, par les souvenirs et les anecdotes de notre « lexique familial ». J'ai reconstitué les faits, comblé les lacunes, inventé des détails, ajouté des personnages secondaires, parfois changé la fin. Mais les histoires du genre de celles que vous allez lire se produisaient réellement autrefois, même dans les meilleures familles, comme le dit le vieil adage.

La figure de la « couturière à la journée » était courante et présente dans tous les foyers de la classe moyenne jusqu'à l'époque de mon adolescence. D'autant plus dans l'immédiat après-guerre, où « récupérer » et réutiliser les tissus sous une autre forme étaient obligatoires pour tout le monde. Le linge et les vêtements produits industriellement pouvant être achetés en magasin, le prêt-à-porter, puis les grandes chaînes ne sont apparus que plus tard. Quand, dans les magasins, sont apparus les vêtements de prêt-à-porter à bas prix, les personnes riches soucieuses d'élégance ou tout simplement souhaitant se distinguer ont continué à faire fabriquer leurs vêtements « sur mesure », mais par les couturières de renom dans de véritables ateliers de confection.

Le temps des couturières était terminé.

Le but de ce livre est de faire en sorte qu'il ne soit pas oublié à jamais.

Ma vie, mon cœur

J'avais sept ans lorsque ma grand-mère a commencé à me confier les finitions les plus simples des vêtements qu'elle confectionnait à la maison pour ses clientes, quand ces dernières ne lui demandaient pas de venir travailler chez elles. De notre famille, il ne restait que nous deux après l'épidémie de choléra qui avait emporté sans distinction de genre mes parents, mes frères et sœurs et tous les autres enfants et petits-enfants de ma grand-mère, mes tantes, oncles et cousins. Je suis toujours incapable de m'expliquer comment nous avons réussi à y échapper.

Nous étions pauvres, mais nous l'étions déjà avant l'épidémie. Notre famille n'avait jamais rien possédé d'autre que la force des bras des hommes et l'habileté des doigts des femmes. Ma grand-mère, ses filles et ses belles-filles étaient connues en ville pour leur habileté et leur précision en matière de couture et de broderie, pour leur honnêteté, leur propreté et leur fiabilité dans les travaux ménagers lorsqu'elles étaient employées chez les plus riches, où elles pouvaient faire office de bonnes ou de femmes de chambre. Qui plus est, elles étaient presque toutes excellentes cuisinières. Les hommes travaillaient à la journée comme maçons, portefaix ou jardiniers. Notre ville comptait encore peu d'industries qui employaient des ouvriers, mais la brasserie, le pressoir, le moulin, et même les sempiternels travaux d'excavation pour l'aqueduc avaient souvent besoin de main-d'œuvre non qualifiée. Autant que je me rappelle, nous n'avons jamais eu faim, même si nous devions fréquemment déménager et nous entasser dans les taudis de la vieille ville, lorsque nous ne pouvions pas payer le loyer des modestes appartements où vivaient les gens de notre classe.

Quand nous nous sommes retrouvées seules, j'avais cinq ans et ma grand-mère cinquante-deux. Elle était encore solide et elle aurait pu gagner sa vie en se mettant au service d'une famille où elle avait travaillé jeune fille et laissé un bon souvenir. Mais aucune d'elles ne lui aurait permis de me garder, et elle ne voulait pas me placer dans l'un de ces orphelinats qui existaient en ville, dirigés par des religieuses mais à la terrible réputation. Même en ne travaillant pas à demeure, elle n'aurait pas su où me laisser pendant la journée. Elle a donc parié qu'elle serait capable de subvenir à nos besoins en faisant exclusivement la couturière – et elle a si bien réussi qu'il m'est impossible de me souvenir de la moindre privation au cours de ces années-là. Nous habitions deux petites pièces au sous-sol d'un hôtel particulier situé dans une étroite rue pavée de la vieille ville, dont nous payions le loyer en nature, en nettoyant quotidiennement l'entrée et les escaliers jusqu'au quatrième étage. Il fallait à ma grand-mère deux heures et demie chaque matin, elle se réveillait alors qu'il faisait encore nuit, et ce n'est qu'après avoir rangé son balai, ses seaux et sa serpillière qu'elle se mettait à coudre.

Elle avait si joliment arrangé l'une des deux pièces qu'elle pouvait y recevoir les clientes qui venaient lui passer commande et parfois y prendre leurs mesures – bien que ce soit en général elle qui se déplaçait, les vêtements posés sur son bras, enveloppés dans un drap pour les protéger, et sa pelote à épingles attachée, avec les ciseaux, à un ruban autour de son cou. Dans ces occasions, elle me prenait avec elle, après m'avoir mille fois recommandé de rester bien tranquille dans un coin. Elle m'emmenait parce qu'elle ne savait pas quoi faire de moi, mais aussi pour que, à force de regarder, j'apprenne peu à peu.

La spécialité de ma grand-mère était le linge : trousseaux complets pour la maison, draps, nappes, rideaux, mais aussi chemises pour hommes et femmes, sous-vêtements, layettes pour bébés. À l'époque, seules quelques boutiques haut de gamme vendaient ces vêtements prêts à être portés. Nos plus importantes rivales étaient les carmélites, particulièrement douées en broderie. Mais ma grand-mère pouvait également confectionner des vêtements pour tous les jours et des robes de soirée, des vestes, des manteaux. Tout ce qu'il fallait pour les dames. Et bien sûr, en réduisant les tailles, pour les enfants. Il faut dire que j'étais toujours bien habillée, impeccable, contrairement aux autres gamines va-nu-pieds de la ruelle. Malgré son âge, elle était considérée comme une « petite main », à laquelle on pouvait s'adresser pour les choses les plus simples et les plus quotidiennes. En ville, il y avait deux véritables couturières, rivales, qui travaillaient pour les dames les plus riches et les plus à la mode, et toutes deux avaient leur propre atelier et plusieurs employées. Elles recevaient de la capitale les catalogues remplis de dessins de mode, et même parfois les tissus qui allaient avec. Se faire confectionner une robe par l'une d'elles coûtait une fortune. Avec cet argent, ma grand-mère et moi aurions pu vivre confortablement pendant au moins deux ans.

Il y avait même une famille, celle de l'avocat Bonifacio Provera, qui faisait venir de Paris les robes de soirée et de bal pour la femme et les deux filles. C'était une véritable extravagance, car il était de notoriété publique que, en ce qui concernait tout le reste, y compris son propre habillement, l'avocat Provera était très avare, même s'il était l'une des plus importantes fortunes de la ville. « Plus ils ont d'argent, plus ils sont fous », soupirait ma grand-mère, qui avait travaillé dans sa jeunesse pour les parents de l'épouse, également de très riches propriétaires terriens. Pour son mariage, ils avaient pourvu leur fille unique Teresa d'un trousseau extraordinaire, digne d'une héritière américaine, arrivé lui aussi de Paris, et ils lui avaient donné une dot princière. Et, de toute évidence, le gendre n'était, lui, disposé à dépenser que pour l'élégance de ses femmes, pas pour la sienne. Comme tous les messieurs, il faisait confectionner ses vêtements par un tailleur pour hommes, mais le métier de tailleur était complètement différent du nôtre : les tissus étaient différents, les coupes étaient différentes, les techniques de couture étaient différentes, même les règles de l'apprentissage l'étaient – aucune femme n'était autorisée à travailler dans ce domaine, peut-être parce que la pudeur leur interdisait de toucher le corps des hommes pour prendre des mesures, je ne sais pas, mais c'était la tradition. Deux mondes complètement séparés.

Ma grand-mère était analphabète. Elle n'avait jamais eu la chance d'aller à l'école et à présent, bien qu'elle le voulût, elle ne pouvait pas me l'accorder non plus. Je dus rapidement apprendre à l'assister et y consacrer tout mon temps. L'autre possibilité, me rappelait-elle toujours, c'était l'orphelinat, où l'on m'apprendrait, certes, à lire et à écrire, mais où je vivrais comme en prison, j'aurais froid et je mangerais peu et mal. Et en plus, quand j'en sortirais à quatorze ans, que pourrais-je faire d'autre que domestique ? Vivre dans une maison qui ne serait pas la mienne, les mains perpétuellement plongées dans l'eau froide ou brûlées par les casseroles et le fer à repasser, et obéir, obéir à toute heure du jour et de la nuit, sans perspective ou espoir d'amélioration... Alors qu'en apprenant un métier, j'aurais toujours mon indépendance. Bien des années plus tard, peu avant sa mort, ma grand-mère m'avouerait que ce qu'elle craignait par-dessus tout, c'était qu'en devenant domestique, logée chez la famille qui m'employait, je puisse être agressée par le patron ou l'un de ses fils.

« Je saurai me défendre ! » lui avais-je répondu avec indignation. Elle m'avait alors raconté la triste histoire de sa cousine Ofelia : elle avait repoussé son patron qui la harcelait, puis l'avait giflé et menacé de le dénoncer à sa femme. Pour se venger et se prémunir de l'accusation, il avait subtilisé un étui à cigares en or du salon et l'avait caché dans la minuscule chambre où dormait Ofelia. Puis il avait demandé à son épouse de l'accompagner fouiller les maigres affaires de la femme de chambre, la renvoyant sur-le-champ, sans préavis, une fois l'étui « découvert ». La maîtresse de maison avait raconté le vol à toutes ses connaissances. La nouvelle s'était répandue et aucune famille respectable n'avait voulu engager la « voleuse ». Le seul emploi qu'Ofelia avait trouvé était celui de fille de cuisine dans une auberge. Mais là aussi, les clients ivres lui avaient rendu la vie difficile, lui demandant des choses inconvenantes, se la disputant entre eux jusqu'à en venir aux mains. Un soir, la police l'arrêta et ce fut le début de la fin. Les nouveaux règlements, après les lois Cavour et Nicotera sur la prostitution, étaient très stricts. Elle fut mise sous surveillance et, à la troisième bagarre, dont elle n'était pourtant aucunement responsable, Ofelia fut contrainte de s'inscrire au registre des prostituées et d'entrer dans une maison close. Elle y tomba malade et, quelques années plus tard, elle mourut de la syphilis à l'hôpital.

Pour ma grand-mère, se souvenir de cette histoire, c'était revivre un cauchemar. Elle savait combien la frontière était mince entre une vie honnête et un enfer de souffrance et de honte. Elle ne m'en avait jamais parlé lorsque j'étais enfant ; au contraire, elle a tout fait pour me maintenir dans la plus complète ignorance de ce qui avait trait au sexe, y compris de ses dangers.

En revanche, elle m'a très tôt mis entre les mains une aiguille et du fil, accompagnés de petites chutes de tissu. En excellente professeure, elle me présentait cela comme un jeu. J'avais une vieille poupée en papier mâché, très abîmée, héritée d'une de mes cousines décédées – elle l'avait reçue en cadeau bien des années auparavant de la fille de la famille pour laquelle sa mère travaillait à mi-temps. Je l'aimais énormément et elle me faisait de la peine, nue et couverte d'écorchures. (Une nuit, ma grand-mère avait fait disparaître ses vêtements.) J'avais hâte d'apprendre à lui confectionner au moins une chemise, un petit foulard, puis un drap, et après cela un tablier ; l'objectif était bien sûr une robe élégante avec de jolis plis et un ourlet en dentelle. Ce n'était pas chose aisée, et finalement, c'était ma grand-mère qui avait achevé l'ouvrage.

Mais entre-temps, j'avais appris à faire des ourlets parfaits, avec des points minuscules et réguliers, sans me piquer les doigts ni mettre de sang sur la batiste blanche et légère des blouses de bébé ou des mouchoirs. Quand j'ai eu sept ans, m'occuper des ourlets est devenu ma tâche quotidienne. J'étais si heureuse quand elle me disait : « Tu m'es d'une aide précieuse. » Et en effet, le nombre de vêtements que ma grand-mère pouvait faire en une semaine augmentait de mois en mois et les revenus aussi, même de peu. J'avais commencé par m'occuper des ourlets à jour des draps, un travail monotone qui me permettait de rêvasser, puis des *gigliucci*, ces bordures toscanes si particulières, qui requéraient davantage d'attention. À présent que j'avais grandi, elle me laissait sortir seule, pour acheter du fil à la mercerie ou livrer les vêtements terminés, et si je m'arrêtais jouer une demi-heure avec les filles du quartier sur le chemin du retour, elle ne se plaignait pas. Pour autant, elle n'aimait pas me laisser à la maison trop longtemps, et quand elle devait coudre la journée entière chez une cliente, elle m'emmenait en prétextant le besoin de se faire aider. C'était des travaux très rentables, car même lorsqu'il faisait sombre, nous pouvions utiliser toutes les bougies ou l'huile nécessaires à la lampe sans avoir à entamer nos réserves. Et l'on nous donnait un déjeuner, bien meilleur que notre repas habituel, avec des pâtes, de la viande et des fruits : dans certaines maisons, nous devions manger à la cuisine avec les domestiques et dans d'autres nous étions servies, juste toutes les deux, dans la salle de couture. Nous n'étions jamais invitées à la table des patrons.

Habituellement, dans ces maisons riches et élégantes, il y avait une pièce spécialement destinée à la couture, bien éclairée, avec une large table à repasser pour étendre le tissu à couper, et souvent aussi, merveille des merveilles, une machine à coudre. Ma grand-mère savait s'en servir, je serais bien incapable de dire où elle avait appris, et moi je la regardais, fascinée, faire monter et descendre la pédale selon un rythme régulier, le tissu avançant à toute vitesse sous l'aiguille. « Si nous en avions une à la maison, soupirait-elle, je pourrais accepter tellement plus d'ouvrages ! » Mais nous avions bien conscience que nous ne pourrions jamais nous le permettre – et que nous n'avions par ailleurs nulle part où la mettre.

Un soir, alors que nous rangions nos affaires pour rentrer à la maison, la jeune demoiselle pour laquelle nous confectionnions la robe blanche de confirmation, une fille de mon âge – j'avais alors onze ans – est entrée, poussée par sa mère. Elle m'a tendu timidement un paquet rectangulaire, soigneusement emballé dans un épais papier d'épicerie et attaché avec une ficelle. « Ce sont les magazines de l'année dernière, a expliqué la mère. Erminia les a déjà lus et relus et il en arrive un nouveau chaque semaine. Elle a pensé que cela pourrait te faire plaisir. »

Avant que l'air renfrogné de ma grand-mère ne m'arrête, j'ai laissé échapper : « Je ne sais pas lire. » Mlle Erminia a fixé ses chaussures avec embarras, tordant son visage en une grimace triste comme si elle avait envie de pleurer. Sa mère, après une brève hésitation, s'est reprise et a souri avec désinvolture. « Ce n'est pas grave. Tu peux regarder les images. Elles sont magnifiques. » Et elle a placé les journaux entre mes mains.

Elle avait raison. Lorsque j'ai ouvert le paquet à la maison pour étaler son contenu sur le lit, j'en ai eu le souffle coupé. De ma vie, je n'avais jamais rien vu d'aussi beau. Certains dessins étaient en couleur, d'autres en noir et blanc, mais chacun me fascinait. J'aurais tout donné pour être capable de lire ce qui était écrit à côté ! La nuit, le drap tiré par-dessus ma tête, j'ai pleuré un peu, en essayant de ne pas faire de bruit. Mais ma grand-mère m'a entendue. Et la semaine suivante, après avoir terminé son travail chez Mlle Erminia, elle m'a annoncé : « J'ai passé un accord avec Lucia, la fille de la mercière. Tu te souviens qu'elle est fiancée et qu'elle se mariera dans deux ans. ? Je lui ai promis que nous lui ferions douze draps avec ses initiales brodées au point d'ombre, et en retour elle te donnera une heure de leçon deux fois par semaine. Elle a étudié pour être maîtresse d'école, même si elle n'a pas passé son diplôme. Je suis sûre que tu apprendras vite. »

Il m'a fallu presque trois ans, car Lucia avait peu d'expérience et j'avais peu de temps pour m'exercer. Je continuais à aider ma grand-mère avec des travaux de plus en plus difficiles, et lorsque nous allions coudre à domicile, j'étais obligée de manquer ma leçon. Au début, comme je n'avais pas de livre de lecture et que je ne voulais pas faire dépenser d'argent à ma grand-mère, j'ai demandé à Lucia de m'enseigner à partir des magazines. Elle a accepté : « C'est même mieux. Ce sera moins ennuyeux. » Elle avait déjà vingt ans, mais elle s'amusait comme une enfant avec les énigmes, les histoires d'animaux étranges, les virelangues. Les rimes nous faisaient rire, mais ce n'étaient pas des mots que nous utilisions tous les jours. Après quelques mois, il nous a fallu emprunter un vrai manuel. J'étais ravie d'apprendre et infiniment reconnaissante envers ma professeure improvisée. J'ai même dit à ma grand-mère de ne pas se préoccuper des draps au point d'ombre, je voulais tous les broder moi-même. Je les ai terminés juste la veille du mariage de Lucia. Et en échange des leçons qu'elle m'a données l'année suivante, j'ai cousu douze blouses de différentes tailles pour le bébé qu'elle attendait. Je lui ai également confectionné un habit brodé inspiré de ceux des deux filles du roi, les petites princesses Jolanda et Mafalda, que j'avais aperçues dans les bras de la reine sur une photo en vitrine d'un magasin. Lorsque, peu après mon quatorzième anniversaire, le bébé de Lucia est né, un beau petit garçon, elle m'a dit : « On arrête les leçons. Je n'ai plus le temps, maintenant. De toute façon, tu en sais assez pour continuer toute seule. »

Afin que je puisse m'entraîner, elle m'a donné ses « magazines » à elle, auxquels elle n'avait même plus le temps de jeter un œil. Quand je les feuilletais, certaines pages se détachaient, à force d'avoir été compulsées. En réalité, il ne s'agissait pas de magazines mais de livrets d'opéra. Je n'étais jamais allée au théâtre, mais je savais que, chaque année, une compagnie de *bel canto* venait en ville pour jouer les opéras les plus récents. Les plus aisés n'étaient pas les seuls à s'y rendre, il y avait aussi les commerçants et certains artisans qui pouvaient se payer une place dans la galerie. Je connaissais beaucoup d'arias car nos jeunes clientes les chantaient en s'accompagnant au piano dans leur salon.

J'ai lu ces livrets comme s'il s'était agi de romans et j'ai découvert à mon grand étonnement que toutes, mais vraiment toutes les histoires parlaient d'amour. Amours passionnées, amours fatales. C'est un sujet auquel je n'avais pas encore accordé beaucoup d'intérêt, mais à partir de ce moment-là, j'ai commencé à prêter une oreille attentive aux conversations des adultes.

À cette époque, on parlait beaucoup, dans les salons des grandes familles, dans les cafés fréquentés par les messieurs, mais aussi dans notre ruelle, dans les rues voisines, jusqu'aux étals des marchés, d'une histoire qui ressemblait beaucoup à celles des drames lyriques de Lucia. La fille de M. Artonesi, âgée de dix-sept ans, était tombée follement amoureuse du marquis Rizzaldo et voulait l'épouser malgré l'opposition de son père. Ma grand-mère et moi connaissions la famille Artonesi, qui vivait à quelques rues de là, dans un grand appartement à l'étage principal d'un *palazzo* majestueux et élégant comme il y en avait tant dans la vieille ville, mélangés aux *sottani*, ces taudis à moitié enterrés qui étaient autrefois des écuries et qui, avec l'utilisation déclinante des chevaux et des attelages, étaient devenus les maisons des hommes et des femmes les plus pauvres et les plus désespérés. Il nous était arrivé plusieurs fois d'aller coudre dans la maison des Artonesi, à la demande de la gouvernante. Cette dernière dirigeait la maison depuis que la dame, épouse du maître, était morte pendant la grande épidémie, laissant derrière elle une fille unique, héroïne de cette histoire d'amour qui avait tant fait jaser. La jeune fille, que nous avions vue grandir et pour laquelle nous avions cousu au fil du temps plusieurs tabliers et quelques robes d'été en mousseline brodée, s'appelait Ester et était la prunelle des yeux de son père, incapable de lui refuser quoi que ce soit, même le plus fou. Non seulement il lui avait récemment acheté un splendide piano à queue, qu'il avait fait venir d'Angleterre, mais il lui permettait également de prendre des leçons d'équitation au manège, pourtant presque exclusivement fréquenté par des hommes et quelques jeunes femmes accompagnées de leurs maris. On murmurait en ville qu'Ester Artonesi ne montait pas en amazone, mais à califourchon, et qu'elle portait un pantalon sous sa jupe. Malgré les jérémiades de la gouvernante et de leurs proches, son père lui pardonnait son manque total d'attrait pour la couture, la broderie, la cuisine et toutes ces nombreuses choses liées à la gestion du foyer. Et quand Ester s'était entichée des langues étrangères et des langues anciennes, il avait fait appel à une vieille fille d'origine tunisienne pour lui enseigner le français deux fois par semaine, à une journaliste américaine installée en ville depuis de nombreuses années pour l'anglais, et à un prêtre du séminaire pour le latin et le grec. Déjà lorsqu'elle était enfant, Ester avait un professeur de sciences qui lui enseignait la botanique, la chimie, la géographie, et lui expliquait comment fonctionnaient les récentes inventions. Ces leçons l'amusaient et elle ne les manquait jamais. (Je l'adorais parce qu'une fois, alors que nous travaillions chez elle, elle était entrée dans la salle de couture avec le professeur de sciences et nous avait permis, à ma grand-mère et à moi, de le regarder expliquer le fonctionnement de la nouvelle machine à coudre allemande. Le professeur l'avait démontée complètement, nous avait donné le nom et la fonction de chaque pièce, qu'il nous avait laissées toucher, puis l'avait remontée soigneusement, en nous montrant les engrenages un par un et en expliquant à ma grand-mère comment les huiler. Pour moi, alors âgée de onze ans, c'était comme assister à un miracle.)

« Il veut l'élever comme un garçon... » murmurait les femmes de la famille, contrariées. La belle-sœur de M. Artonesi lui avait même dit durement : « Écoute, quand Ester sera mariée, tout cela ne lui servira à rien. Tu lui fais du tort. » Mais il avait haussé les épaules et l'avait invitée à se préoccuper de l'éducation de ses propres filles, qui se révélaient être de vraies pimbêches.

M. Artonesi pouvait se permettre une telle originalité et un tel mépris des conventions, ainsi que toutes ces dépenses, car il était très riche. Il possédait de grandes parcelles de champs où étaient cultivés blé, orge et houblon, mais contrairement aux autres propriétaires terriens locaux, il fourmillait d'initiatives et ne se contentait pas de percevoir les revenus des cultures des métayers. Il gérait personnellement plusieurs moulins à blé qui tournaient pour d'autres paysans, ainsi qu'une grande brasserie, la seule de notre région. Lors de ses tournées d'inspection, il se faisait souvent accompagner par sa fille.

« C'est toi qui devras gérer cela un jour, lui rappelait-il.

— Ce sera son mari », le corrigeait sa belle-sœur, la tante maternelle d'Ester. « À moins qu'avec ces extravagances, tu ne réussisses à la faire rester vieille fille. »

C'était fort peu probable, pensais-je, car Mlle Ester Artonesi était non seulement une riche héritière, mais aussi une très jolie jeune fille. Elle avait une silhouette svelte, une élégance et une grâce peu communes, un visage doux et expressif qui auraient fait tomber amoureux d'elle le plus rustique et le plus indifférent des hommes. De nombreux prétendants se pressaient autour d'elle, mais elle parvenait à les tenir à distance. Aimable, sans jamais être insultante, elle leur faisait savoir par quelque plaisanterie qu'ils feraient mieux de passer leur chemin. Je l'admirais aussi pour cela. Les hommes et leurs platitudes me semblaient tellement ridicules. Il n'y avait que dans le monde de l'opéra que certaines choses pouvaient se produire, que certaines phrases absurdes et mièvres pouvaient être prononcées.

Quand j'ai appris que Mlle Ester était amoureuse du marquis Rizzaldo qu'elle avait rencontré au manège, je n'ai pu y croire. Qui plus est, du haut de ses trente ans, le marquis ressemblait à un vieil homme. Ma grand-mère, elle, n'y voyait rien d'étrange. Le marquis, a-t-elle commenté à la mercière chez qui nous achetions des aiguilles et du fil, bien qu'il ne soit pas aussi riche que les Artonesi, avait une belle fortune personnelle, il ne risquait donc pas d'être un chasseur de dot. Et il possédait un titre de noblesse ancien et respecté, dont il était le dernier représentant après la grande épidémie. Il était logique qu'il soit pressé de se marier afin d'avoir un héritier, peut-être pour former une grande famille, tant qu'il était encore jeune. L'âge de l'élue n'était pas un problème pour ma grand-mère et ses amies. Elles-mêmes s'étaient mariées aux alentours de seize ans.

Mais M. Artonesi, qui avait cédé à tant de caprices de sa fille, n'était nullement prêt à accepter ce choix. Il n'appréciait pas le marquis, même s'il n'avait rien à lui reprocher précisément. Ester, quoi qu'il en soit, lui semblait trop jeune pour le rôle d'épouse et de maîtresse de maison. « Tu n'as aucune expérience, lui opposait-il. Tu as encore tant à apprendre.

— Guelfo m'enseignera, répondait-elle avec entêtement.

— Je te demande seulement d'attendre ta majorité, insistait son père. Si vous n'avez pas changé d'avis d'ici là, je vous donnerai ma permission.

— Quatre ans ! Tu veux me voir morte ? Dans quatre ans, je serai une vieille femme. Et Guelfo aura trouvé quelqu'un d'autre ! Tu ne sais pas combien de filles lui tournent autour. Et de toute façon, quand je serai majeure, je n'aurai plus besoin de ta permission. »

Nous connaissions la teneur de ces échanges car la gouvernante nous les rapportait. Elle nous parlait également des lettres passionnées qui arrivaient quotidiennement chez les Artonesi, accompagnées de bouquets de fleurs. Et des journées entières que Mlle Ester passait à pleurer enfermée dans sa chambre parce que son père ne lui permettait plus de sortir seule, et que ses chaperons avaient ordre d'empêcher tout contact avec le marquis.

Un jour, la jeune fille est entrée toute pâle dans le bureau de son père et lui a remis en silence une lettre qu'elle venait de recevoir. « Si je ne peux pas t'avoir, je me tuerai, écrivait le marquis. Ma vie n'a aucun sens sans toi. »

« Si Guelfo se tue, je me tuerai aussi », a lâché Ester avec un calme qui a effrayé M. Artonesi. Il s'est résigné à recevoir le prétendant et s'est entretenu longuement avec lui. Après quoi, les deux jeunes gens ont pu se considérer officiellement fiancés, mais ils ne devaient jamais se voir seuls. Le marquis pouvait fréquenter la maison Artonesi, y déjeuner tous les dimanches, accompagner Ester avec son père lors de leurs visites au moulin et à la brasserie, et avec sa tante et ses cousines aux bals du carnaval ou pour prendre un chocolat au café le plus élégant de la ville, fréquenté uniquement par les gentlemen, situé sur le corso et surnommé le « Cristal Palace » à cause de sa façade en verre. Mais les deux fiancés ne devaient pas essayer de se retrouver en tête à tête, il devait toujours y avoir un témoin en mesure de les voir et de les entendre. Ils pouvaient toutefois s'écrire librement. Quant à la dot, M. Artonesi s'était engagé à verser à sa fille une rente annuelle très généreuse, mais sans néanmoins lui céder la propriété de ses biens immobiliers. « Elle en héritera à ma mort. Mais c'est comme si tout était déjà à elle », avait-il affirmé, et le marquis avait eu honte de protester. Les fiançailles dureraient deux ans pour mettre à l'épreuve leurs sentiments mutuels. Bien sûr, de toute façon, les rompre une fois qu'elles avaient été officialisées et que la ville en a été informée aurait été un scandale. Mais M. Artonesi se souciait plus du bonheur de sa fille que de sa réputation, et il n'avait pas peur du jugement des autres.

Mlle Ester a commencé à préparer son trousseau. Son fiancé aurait voulu qu'elle le commande déjà tout prêt à Paris, comme les jeunes filles de la maison Provera, mais elle ne se fiait pas aux catalogues. Pour les robes les plus élégantes, elle s'est adressée aux deux ateliers de la ville afin de ne vexer personne. « J'espère que ces couturières prétentieuses se rendront compte que cette jeune fille est encore en pleine croissance et qu'elles ne lui feront pas de vêtements exactement à sa taille », a commenté ma grand-mère, méfiante. Elle était cependant fière que, pour son linge, la fiancée se soit adressée à nous.

Pendant ces deux années d'attente, nous avons renoncé à tout autre client – ce qui s'est avéré ensuite être une grave imprudence – et nous avons travaillé uniquement pour la famille Artonesi : chez nous pour les mouchoirs, les draps, les nappes et les rideaux ; dans leur salle de couture pour tout le reste. Ma grand-mère a confectionné pour la future mariée des chemises de nuit, des cache-corsets, des jupons, des robes pour le matin et des *peignoirs**[1] qui lui allaient à merveille, garnis de dentelle Sangallo spécialement acheminée depuis la Suisse. Jour après jour, j'ai appris moi aussi à faire les nervures les plus fines, les plus petits œillets, les plus petits froncis dans les volants. Et, comme Mlle Ester, je prenais des centimètres. Après tout, seulement un peu moins de trois ans nous séparaient.

Nous étions payées régulièrement et généreusement, nous étions traitées avec bienveillance et faisions des économies sur les repas ; j'aurais aimé que ce travail dure toujours ! Après quelques mois, j'ai pris mon courage à

1. Les mots et expressions en italique suivis d'un astérisque sont en français dans le texte original. *(N.d.T.)*

deux mains et j'ai demandé à Mlle Ester si elle pouvait me prêter quelques-uns de ses romans, et non seulement elle a accepté, mais elle a commencé à me guider avec enthousiasme dans mes lectures. Elle était abonnée à un magazine appelé *Cordelia* et, chaque semaine, elle me donnait le numéro qu'elle avait fini de lire. De son côté, elle continuait ses cours de musique, de langues et de sciences, mais avec moins d'enthousiasme et d'application qu'auparavant. Notamment parce que son fiancé lui avait fait remarquer avec indulgence qu'il les considérait comme des excentricités, sinon des caprices d'enfant.

Si je n'étais pas rentrée le soir avec les yeux aussi fatigués, j'aurais pu apprendre encore davantage au cours de ces deux années, même si ma grand-mère ne voyait pas toujours mes lectures d'un bon œil. « Il ne faut pas se monter la tête et désirer des choses qu'on ne pourra jamais avoir », commentait-elle quand elle me voyait soupirer en lisant un roman. Et en effet j'avais appris une chose : l'amour était magnifique, l'amour rendait léger n'importe quel sacrifice, les hommes sentimentaux n'étaient absolument pas aussi ridicules que je le pensais, et le marquis Guelfo Rizzaldo était l'incarnation idéale de l'amoureux, prêt à donner sa vie pour son Ester comme elle l'était pour lui. Je rêvais de rencontrer moi aussi un beau et doux jeune homme qui m'aimerait profondément, et les compliments grossiers que je recevais dans la rue de la part des garçons de courses ou des commis m'offensaient et me mettaient de mauvaise humeur. Je savais que, tôt ou tard, je devrais me faire à l'idée de choisir l'un d'entre eux ; je ne m'illusionnais pas au point d'attendre le prince charmant. Mais d'ici là, rêver ne coûtait rien.

Le temps passait, Mlle Ester grandissait et m'offrait les vêtements qui étaient devenus trop courts pour elle, toujours en excellent état. Ma grand-mère s'empressait de les reprendre, les ajustant à mes mesures et les dépouillant de tous leurs ornements, franges, boutons, dentelles, galons et passementerie. « Tu ne peux pas te promener habillée comme une demoiselle. Tu ferais honte à la personne qui te les a donnés et à moi aussi au passage pour t'avoir laissé faire. » Ils n'en étaient pas moins confectionnés dans un excellent tissu, très différent de ce que nous et les gens de notre classe avions l'habitude de porter. En revanche, Mlle Ester ne pouvait pas me donner ses chaussures, car elle avait des pieds fins et délicats, plus petits que les miens. Nous devions les renouveler chaque année, et même si nous faisions appel à un cordonnier de la ruelle voisine, ce n'était pas une petite dépense. Quant aux chapeaux et aux ombrelles, une fois qu'elle les avait suffisamment utilisés, la jeune femme les offrait à ses cousines qui les faisaient remettre à neuf par la modiste. Il était impensable qu'elle puisse m'en faire cadeau, les femmes de ma classe ne portaient pas de chapeaux, même les plus riches et les plus vaniteuses n'auraient pas osé. Et arborer une ombrelle aurait été un geste d'audace et d'arrogance inconcevable : seules les dames pouvaient le faire.

Mlle Ester a arrêté de grandir peu avant ses dix-neuf ans, alors que la période des fiançailles arrivait à sa fin et que le jour du mariage approchait. Elle et le marquis n'avaient pas cessé de s'aimer, leurs sentiments n'avaient jamais faibli et paraissaient au contraire devenir chaque jour plus forts et plus profonds. Rien qu'en les regardant tous deux, on avait l'impression de vivre dans un roman. Même M. Artonesi avait l'air maintenant convaincu d'avoir trouvé un gendre digne de sa fille, qui serait capable de la rendre heureuse et de la protéger quand il ne serait plus là.

Le mariage a été célébré en grande pompe, les mariés étaient radieux ; elle ressemblait à une princesse de conte de fées et lui à un acteur de théâtre. Les tantes de la mariée, et ce n'était pas faute d'avoir cherché, n'avaient rien trouvé à critiquer. Elles étaient même plutôt envieuses car elles n'auraient pu célébrer le mariage de leurs propres filles avec autant de faste.

Comme elle n'avait pas encore vingt ans, et bien que lui revienne désormais le titre de marquise, la nouvelle mariée était appelée par tous *marchesina*[1]. Il m'était difficile de le faire tant j'étais habituée à la considérer comme ma « demoiselle » bien-aimée. Le lecteur me pardonnera donc si je ne parviens pas toujours à

1. Diminutif affectueux de *marchesa* : « petite, jeune marquise ». *(N.d.T.)*

l'appeler par le titre qu'elle mérite, et si parfois même un simple « Ester » m'échappe, comme s'il s'agissait d'une de mes amies. Mais cela ne signifie pas que je n'étais pas, et que je ne suis pas encore, consciente de la distance sociale considérable qui nous séparait et de la place qui était la mienne.

Ma grand-mère était un peu inquiète : une fois le trousseau Artonesi terminé, la dernière semaine avant le mariage, il lui avait fallu chercher de nouveaux travaux et d'autres clientes. Nous avions mis un peu d'argent de côté et je rêvais de donner un acompte pour nous acheter une machine à coudre. Grand-mère, en revanche, insistait pour économiser chaque centime en prévision des périodes difficiles. Et elle avait eu raison puisque nous n'avions toujours pas trouvé de nouveaux ouvrages.

Mais elle n'a pas eu à s'inquiéter longtemps, la pauvre. La *marchesina* n'était pas encore rentrée de son voyage de noces quand un après-midi, ma grand-mère, alors qu'elle allongeait l'ourlet d'une de mes robes d'hiver, a penché la tête sur sa poitrine, poussé un long soupir et rendu l'âme. « Une attaque soudaine, a conclu le médecin qui devait signer son acte de décès. Son cœur était épuisé. »

Une grande partie de notre petit pécule a servi à payer les funérailles et le cimetière, car il était hors de question que ma grand-mère se retrouve dans le carré des indigents comme le reste de notre famille.

Désormais, j'étais vraiment seule. Avec un métier, mais aucune commande en perspective. Heureusement je n'avais pas à m'inquiéter pour l'appartement. La propriétaire de l'immeuble, qui était descendue pour faire ses adieux au corps même si elle ne nous avait pas accompagnées au cimetière, m'avait dit que je pouvais rester si je continuais à faire le ménage avec la même rigueur que ma grand-mère. Mais qu'en était-il de tout le reste ? Une fois que je n'aurais plus d'économies, comment allais-je faire pour me nourrir, pour le savon, les bougies, l'huile et le charbon ? Je ne pouvais pas demander de l'aide à mes amies d'enfance, qui étaient devenues blanchisseuses, repasseuses ou filles de cuisine dans de modestes auberges : elles étaient toutes très pauvres et pouvaient à peine nourrir leurs enfants, alors qu'elles travaillaient quinze heures par jour. N'était-il pas préférable que je renonce à mes rêves d'indépendance, suggéraient les commères du quartier, et que je cherche un emploi de femme de chambre à demeure dans une bonne famille ? À seize ans et demi, me répétaient-elles, j'étais trop jeune pour vivre seule. Je songeais à l'histoire d'Ofelia, dont je n'avais eu connaissance que récemment, aux efforts de ma grand-mère pour m'apprendre un métier. J'aurais eu l'impression de trahir sa volonté.

En me contraignant aux plus strictes économies, je me suis débrouillée pendant quelques mois. Je sortais tous les jours et faisais le tour des anciennes clientes pour leur demander si elles avaient un peu de travail à me confier. J'avais honte d'insister quand elles me répondaient que non, qu'elles avaient désormais recours à une autre couturière. J'avais aussi honte à l'idée de me présenter chez les Artonesi, sans parler de la nouvelle maison où Mlle Ester avait emménagé avec son mari. De quoi pouvaient-ils avoir besoin après que ma grand-mère et moi avions préparé des réserves de chaque vêtement par douzaines qui leur dureraient des années ? Comble de malchance, la journaliste américaine, celle qui enseignait l'anglais à Mlle Ester et pour qui ma grand-mère s'occupait occasionnellement du linge, n'était pas en ville, elle était retournée dans son pays natal rendre visite à sa sœur pour quelques mois. Chaque jour, je regardais mon pécule dans le tiroir, qui devenait de plus en plus mince. J'avais déjà emporté au mont-de-piété les vêtements que m'avait donnés Mlle Ester, les quelques draps que ma grand-mère avait accumulés au fil des ans pour notre usage et pour me constituer un trousseau, la chaîne en or de son baptême et les boucles d'oreilles en corail qu'elle m'avait léguées. J'avais même vendu au brocanteur le peu de livres que je possédais, les magazines d'Erminia, les *Cordelia*, les livrets d'opéra en bon état. La lecture aurait pu m'aider à passer le temps, d'autant que je n'avais plus les yeux épuisés par la couture. Mais même ces quelques centimes m'étaient nécessaires. Heureusement, j'avais réussi à conserver les deux petites pièces où je vivais, sinon, entre mes longues errances dans les rues, de maison en maison, à la recherche d'un travail, et mes promenades dans les champs en périphérie de la ville pour cueillir blettes, chardons, chicorées et autres herbes comestibles, j'aurais risqué de me faire arrêter pour vagabondage.

Et pourtant, je ne voulais pas me résigner.

Mon entêtement a finalement été récompensé. Au moment où, après une semaine à ne manger que des pâtes à l'eau et de la chicorée sauvage, j'étais à deux doigts de flancher, la gouvernante des Artonesi est venue me chercher. « La *marchesina* veut te parler. Va immédiatement à la villa. Tu connais l'adresse, n'est-ce pas ? »

J'étais surprise. De quoi Mlle Ester pouvait-elle avoir besoin ?

Dans mon innocence, je n'avais pas songé qu'en plus de douzaines et de douzaines de belles chemises, de robes de chambre et de jupons, la jeune mariée aurait bientôt besoin d'un autre type de trousseau. Non que je fusse ignorante des choses de la vie. Mais son histoire d'amour m'avait toujours paru si poétique, si idéale, si désincarnée, que mon esprit refusait de penser à l'aspect physique de son « couronnement », comme Delly l'appelait dans ses romans, et qu'il pouvait y avoir des conséquences matérielles. Je ne m'étais jamais attardée sur le fait que la reine avait déjà donné naissance à deux petites princesses l'une après l'autre et à un prince héritier, même si les vitrines de toutes les boutiques affichaient une grande photo de notre souveraine avec ses trois enfants vêtus de dentelle. J'étais plus intéressée par cette dentelle et ces bonnets que par la façon dont ceux qui les portaient étaient venus au monde.

Aussi dois-je avouer que la rêveuse romantique que j'étais a été presque choquée par cette nouvelle : ma chère Mlle Ester attendait un enfant.

Elle, bien sûr, était ravie. Elle m'a reçue rayonnante dans le salon de la grande et belle maison où elle vivait avec son mari.

« Tu devras me coudre la plus belle layette qu'on ait jamais vue, a-t-elle annoncé. Pour le baptême, nous utiliserons le porte-enfant et la robe traditionnelle des Rizzaldo, Guelfo y tient beaucoup. Ils sont un peu jaunis, tu vas devoir m'aider à leur rendre leur blancheur. Guelfo voulait commander tout le reste aux carmélites, pour leurs broderies, c'est une tradition dans sa famille. Mais je lui ai dit que je préférais employer ma couturière de confiance... »

Je l'ai regardée d'un air incertain, je n'avais pas compris.

« C'est toi, nigaude ! » s'est exclamée Mlle Ester en riant, et elle m'a prise dans ses bras. Elle était à première vue toujours aussi mince qu'avant, mais j'ai senti alors que son ventre dépassait déjà un peu, malgré le corset.

« Tu es libre ? m'a-t-elle demandé. Il va y avoir beaucoup de travail, et nous devons nous y mettre tout de suite. Moi aussi, j'aurai besoin de quelque chose de plus ample, plus confortable, d'habits pour la maison. Peux-tu commencer dès demain ? »

Je n'ai pas osé lui dire que je n'avais pas travaillé depuis quatre mois, que je mourais de faim et qu'elle me sauvait du désespoir.

Nous avons convenu que je viendrais coudre chez elle. « Comme ça, peut-être que tu pourras m'apprendre. J'aimerais moi aussi faire quelque chose, je ne sais pas, un bonnet, une paire de moufles. Guelfo serait si content. Jusqu'à aujourd'hui, je l'ai plutôt déçu sur ce sujet. »

Pour moi, c'était parfait. En premier lieu cela faisait une belle économie pour le déjeuner. Ensuite, parce que j'aurai de la compagnie, si ce n'est celle de la maîtresse de maison, qui sortait souvent pour ses visites et ses achats, du moins celle des domestiques. À la villa, il y avait plusieurs femmes de chambre, que je ne parvenais pas à compter, toutes habillées de leurs beaux uniformes et de leurs tabliers amidonnés. Il y avait en outre un jardinier et un garçon qui s'occupait de la voiture et des chevaux. Si j'avais dû travailler dans mon petit appartement, cela aurait été dans la solitude et le silence le plus complet. Je ne pouvais quand même pas me mettre à chanter pour moi-même ! Lorsque nous cousions chez nous, grand-mère et moi, c'était très différent ; nous discutions, elle me racontait sa jeunesse, m'expliquait des choses, je lui parlais de mes lectures et elle râlait ; de temps en temps, une vieille amie passait pour lui demander conseil, apportant son ouvrage, et elle restait le temps de le terminer. Mais cette époque était révolue.

Mlle Ester m'a même proposé d'emménager à la villa, il y avait beaucoup de place. Mais par principe, je m'y refusais. Non parce que j'avais peur d'un comportement incorrect de la part du marquis – avec une femme qu'il aimait tant, comment aurait-il pu ? – mais parce que je voulais être considérée comme une travailleuse, une artisane, pas comme une domestique. Même si garder ma propre chambre me coûtait deux heures quotidiennes de nettoyage des escaliers et un réveil avant l'aube, je pouvais toujours dire « chez moi ».

De son ancien professeur de sciences, la marquise avait appris l'organisation. Elle avait fait venir de France, grâce à l'institutrice tunisienne, un magazine rempli de dessins montrant tous les vêtements dont un enfant a besoin de la naissance à deux ans, divisés en étapes de trois mois, et avait établi un plan de travail. Nous avons alors commencé à préparer deux chemises de la première taille, qui étaient incroyablement petites. Je dis « nous » parce que, comme je l'avais fait avec ma grand-mère à l'âge de cinq ou six ans, elle m'aidait pour les opérations les plus simples et quittait rarement la salle de couture. Selon le magazine, il ne fallait pas utiliser de tissus neufs pour ces vêtements, pas même la batiste la plus fine ou la percale de coton. Le seul tissu approprié était du vieux lin, lavé et relavé au fil des années jusqu'à ce qu'il devienne extraordinairement doux. Et les coutures devaient être faites à l'extérieur, et non à l'intérieur, car elles auraient pu irriter la peau très sensible du bébé. Pas de broderie, pas de bouton ni d'œillet, juste des rubans de soie légers attachés avec des points de faufil pour qu'ils ne fassent pas le moindre pli.

Naturellement Mlle Ester possédait aussi dans sa nouvelle maison une machine à coudre, mais elle ne savait pas s'en servir – et moi non plus d'ailleurs. De toute façon, le magazine précisait que l'ensemble du linge porté la première année devait être cousu à la main.

De temps en temps, le marquis entrait dans l'atelier et se réjouissait de voir son épouse l'aiguille à la main. « Tu deviens une parfaite petite épouse, lui disait-il, et tu seras une parfaite petite maman. » S'il était d'humeur légère, il lui chantait : « Petite femme, au parfum de verveine[1]. » Ces mots m'agaçaient terriblement. J'avais lu le livret de *Madame Butterfly*, la nouveauté de la saison, et je savais que le personnage qui chantait cela, l'officier américain Pinkerton, ne se comportait pas en mari exemplaire.

Le marquis semblait encore plus heureux que sa femme de cette grossesse. Il avait déjà décidé que l'enfant s'appellerait Ademaro, comme son père et comme le premier des Rizzaldo.

« Et si c'est une fille ? » le taquinait-elle. Mais il ne se départait pas de son sourire. « Nous l'appellerons Dianora, comme ma mère. Et nous ferons tout ce qu'il faut pour que, neuf mois après, arrive Ademaro. Et puis Aimone, et Filippo, et Ottiero... Tu ne manqueras pas de travaux de

1. Puccini, *in* acte II scène 1 : "*Piccina mogliettina, olezzo di verbena.*" *(N.d.T.)*

couture dans les prochaines années », ajoutait-il en se tournant vers moi. « Mon souhait le plus ardent est d'avoir une grande famille. Notre souhait, n'est-ce pas, Ester ? ».

Son épouse rougissait d'embarras, surtout aux mots « nous ferons tout ce qu'il faut », mais elle ne protestait pas comme je l'aurais escompté en entendant les prénoms. M. Artonesi mériterait aussi de voir le sien transmis à ses petits-enfants, pensais-je. Mais Mlle Ester semblait moins attachée à son père qu'auparavant. Elle n'avait d'yeux que pour son mari.

Le conte de fées de leur grand amour se poursuivait sans un nuage, sans un désaccord, une petite dispute, un mouvement d'impatience. J'avais peu d'expérience de la vie en général, et aucune de la vie maritale, mais avec ma grand-mère, j'avais pénétré dans les chambres de nombreuses familles, et jamais je n'avais trouvé une atmosphère d'entente et d'adoration mutuelle aussi complète.

Lorsque sa femme, vers le cinquième mois, a connu des problèmes de santé, bien que légers, le marquis s'en est effrayé et désespéré davantage qu'elle-même, et fit venir à son chevet le médecin le plus renommé de la ville. Depuis le début de sa grossesse, Mlle Ester était suivie par une sage-femme expérimentée qui avait aidé tous les enfants des bonnes familles de la ville à venir au monde, mais pour le marquis, ce n'était pas suffisant. Contre l'avis de la sage-femme, qui estimait qu'un peu d'exercice, de courtes promenades quotidiennes à pied plutôt qu'en calèche, serait bon pour la femme enceinte, le docteur Fratta décréta que la jeune femme devait garder le lit et ce jusqu'à l'accouchement. Mlle Ester obtempéra à contrecœur, car elle s'ennuyait lorsqu'elle était seule, notamment parce qu'il lui était strictement interdit de se fatiguer l'esprit en lisant ou en écrivant. Elle avait mal au dos et des fourmis dans les jambes, et ressentait le besoin de bouger, mais le marquis n'accepta pas le moindre écart à la prescription du médecin. Qui, heureusement, ne lui avait pas interdit aussi de coudre.

« Quel idiot ! Il est peut-être bon pour soigner les pneumonies, mais il ne connaît rien aux questions de femmes », grommelait la sage-femme sans se faire entendre du marquis. Nous ne l'écoutions pas davantage. Il était de notoriété publique que médecins et sage-femmes ne s'entendaient pas, et nous pensions qu'elle était jalouse.

Nous avons transporté tout le matériel et les tissus de la salle de couture à la vaste chambre principale du premier étage et y avons poursuivi notre travail. « Heureusement que tu es là pour me tenir compagnie », me disait Ester. À la différence de ce qu'il se faisait dans les autres grandes maisons, lorsque son mari sortait déjeuner – ce qui était très fréquent –, elle ne m'envoyait pas manger dans la cuisine, mais me demandait de rester avec elle. Elle semblait lire dans mes pensées : elle ne voulait pas que je l'appelle *marchesina* à l'instar des autres domestiques et du jardinier. « Pour toi, je serai toujours Mlle Ester, comme quand nous étions chez mon père. »

Elle me traitait avec confiance. Parfois nous plaisantions, nous riions. Comme lorsque nous avons découvert que le tuyau du poêle en fonte nouvellement installé, par quelque bizarrerie de raccordement, communiquait avec la cheminée du salon du rez-de-chaussée : ainsi, si l'on ouvrait la trappe de tirage, on pouvait entendre tout ce qu'il se disait dans le salon. Quand nous savions que les deux bonnes chargées du ménage y étaient, l'une à balayer les cendres de l'âtre et mettre du charbon, l'autre à battre les coussins des canapés, nous écoutions leurs confidences. Une fois, nous les avons entendues flirter avec le jardinier, venu apporter des fleurs fraîches pour les vases. Une autre fois, nous avons découvert que la plus jeune se faisait courtiser par le commis de l'épicier et qu'elle demandait des conseils à sa collègue sur la manière de se comporter. Lorsqu'elle était seule à épousseter de son plumeau les cadres et les nombreux bibelots, la plus âgée – nous ne l'aurions jamais deviné – chantait les dernières romances à la mode dans un murmure et esquissait même quelques fois l'air au piano. Il était évident qu'elle jouait avec un seul doigt, hésitant, mais les notes étaient justes. À vrai dire, je me sentais un peu gênée d'espionner ces personnes qui étaient presque mes collègues. Je n'aurais pas aimé être écoutée à mon insu. Mais, il faut dire que la maîtresse n'y mettait aucune malice, c'était pour elle un des rares divertissements qui lui restaient, et en outre, les servantes étaient des filles sérieuses, bien éduquées et dignes de confiance, et nous ne les avons jamais entendues tenir des propos inconvenants ou déplacés qu'elles n'auraient pas pu répéter en présence d'autres personnes. Si elles parlaient de Mlle Ester et de son mari, elles le faisaient toujours avec respect. La *marchesina* semblait leur inspirer un affectueux instinct de protection. Sentiment qu'elle avait mérité en les traitant de la meilleure façon possible ; et que cela lui soit confirmé par cette écoute secrète lui faisait grand plaisir. J'avais donc vite oublié mes scrupules. Et d'ailleurs, cette occupation a bientôt perdu tout son intérêt car, à part les domestiques, maintenant que la marquise était assignée à l'étage où elle recevait ses rares visiteurs, personne n'entrait plus au salon du rez-de-chaussée.

Le temps passait, le trousseau du bébé était bien avancé, Mlle Ester devenait de plus en plus grosse, ou plutôt, davantage que grosse, elle me semblait gonflée, d'un gonflement malsain. La sage-femme râlait et même le médecin se montrait légèrement inquiet. Pour autant il ne permettait pas à la *marchesina* de quitter son lit.

La date du terme approchait. M. Artonesi rendait visite à sa fille chaque jour et repartait le visage sombre. J'avais accepté de dormir à la villa, dans la garde-robe adjacente à la chambre de la future mère. Son mari s'était installé dans l'une des chambres d'amis mais, pendant la journée, il restait assis à côté de sa femme, lui tenant la main, écartant les cheveux de son front, l'embrassant avec beaucoup de précaution, lui lisant le journal. Il était impatient, lui répétait-il, de voir enfin le fruit de leur amour. Il la remerciait pour ce grand cadeau. « Ma vie, tu ne peux pas imaginer, lui disait-il, combien je t'admire pour ton courage, ta patience, ta force d'âme. Comment ferais-je sans toi, mon cœur ? Ma vie n'a de sens que parce que tu existes. »

À ces mots, son épouse s'illuminait de plaisir, oubliant toute gêne physique, toute crainte de l'épreuve à venir, à propos de laquelle, logiquement, elle ressentait une certaine appréhension.

Je le confesse, j'avais peur pour eux deux. J'avais entendu tant d'histoires d'accouchements malheureux, qui maintenant me revenaient toutes en mémoire. Si quelque chose de grave arrivait à Mlle Ester, j'étais certaine que le marquis ne lui survivrait pas. Il se tirerait une balle dans la tête ou se jetterait d'une falaise. Et le petit Ademaro grandirait orphelin de ses deux parents. Ou peut-être mourrait-il lui aussi des complications de l'accouchement. Ce serait aussi bien, pauvre petite âme, imaginai-je. Tous trois dans la même tombe, unis dans une seule étreinte.

Lorsque je confiais ces pensées à la sage-femme, qui passait chaque jour, elle se moquait et se fâchait : « Ne fais pas l'oiseau de mauvais augure ! La *marchesina* va bien, il n'y a rien qui cloche chez elle. Elle va souffrir un peu, c'est normal. Mais ces douleurs, on les oublie dès qu'on tient le bébé dans ses bras. » Elle m'avait expliqué devant quels symptômes je devais immédiatement courir pour l'appeler. Le médecin, lui, avait espacé ses visites parce qu'il devait rester au chevet d'un malade important – plus important que le marquis – chez qui pouvait survenir à tout moment l'attaque qui le tuerait ou le sursaut qui le mettrait hors de danger.

« Le travail d'une primipare est toujours long, avait-il expliqué au futur père pour le rassurer. Au début, la sage-femme suffira. Elle est très expérimentée. Elle saura lorsqu'il sera temps de m'envoyer la calèche. »

Le travail a enfin commencé, un jeudi de février, juste avant l'aube. J'envoyai le garçon d'écurie chercher la sage-femme et moins d'une demi-heure après, elle était là. « Vous devez être patients », dit-elle à Mlle Ester et à son mari, qui avait accouru de la chambre d'amis en robe de chambre, les cheveux en bataille. « Je pense que ce jeune garçon, ou cette jeune fille, ne nous fera pas l'honneur de sa présence avant ce soir. Enfin, s'il se dépêche, car ce peut être encore plus tard. Courage, *marchesina*. Pensez au *corso* le dimanche matin, à un grand bal de carnaval dans le théâtre plein à craquer, pensez à une foule de gens. Pensez que nous sommes tous nés de la même façon. »

Mlle Ester souffrait beaucoup, mais le travail n'était pas près d'arriver à son terme. Entre deux contractions, la sage-femme lui enjoignait de dormir pour reprendre des forces. Le marquis avait été chassé de la chambre car son angoisse et ses va-et-vient autour du lit ne faisaient que déranger. L'heure du déjeuner, puis celle du dîner passèrent. Chaque fois, la sage-femme descendit calmement manger dans la cuisine, en me disant de rester tranquille, que rien ne se passerait en son absence, et que si je ne voulais pas descendre, elle me monterait quelque chose. J'avais l'estomac cadenassé. Je ne parvenais pas à comprendre comment, dans les intervalles séparant les contractions, Mlle Ester trouvait la force de parler, et même de rire. Elle me demanda d'ouvrir l'armoire et de lui montrer les chemises et les chaussettes prévues pour le nouveau-né. « Nous n'aurions pas dû faire aussi petit, déclara-t-elle. J'ai l'impression que c'est un géant qui se fraye un chemin dans mes entrailles sans trouver la sortie. » Tantôt elle haletait et gémissait en mordant le drap, tantôt elle s'assoupissait un peu. Elle se réveillait en poussant un cri, serrait la main de la sage-femme, puis s'excusait de nous avoir inquiétées. Elle demandait comment allait son mari. « Ne lui dites pas que je souffre ainsi », recommandait-elle. De temps en temps, il frappait à la porte ; si c'était un moment de calme, la sage-femme le laissait entrer, sinon elle s'écriait : « N'entrez pas ! Ce ne sont pas des choses pour les hommes. »

M. Artonesi est venu prendre des nouvelles, il a effleuré d'un baiser le front en sueur de sa fille qui se reposait à ce moment-là, puis est reparti chez lui. La nuit est arrivée et a passé. À l'image de la parturiente, la sage-femme et moi-même nous sommes accordé quelques courtes pauses pour dormir, assises dans le fauteuil mais sans jamais nous allonger. Par les fenêtres, nous avons vu le soleil se lever. De temps en temps, la sage-femme soulevait les draps et regardait : « Courage, *marchesina*, encore un peu de patience. » À huit heures, le mari a frappé avant de passer la tête par la porte. « Toujours rien ? » Mlle Ester criait à ce moment-là et ne l'a pas entendu. Il s'est retiré précipitamment.

Au milieu de la matinée, le bruit des roues d'une calèche a résonné sur le gravier de l'allée. C'était un moment de paix miraculeux. La jeune marquise était endormie. La sage-femme était dans la garde-robe, occupée à se rincer le visage dans la bassine et à arranger ses cheveux. Je suis allée à la fenêtre et j'ai vu le docteur Fratta descendre de voiture sa sacoche à la main et le marquis aller à sa rencontre. L'avait-il appelé sans nous prévenir, effrayé par les cris, ou le médecin était-il venu de son propre chef ? Ils sont entrés dans le salon par la porte-fenêtre du jardin.

Je ne sais comment j'ai eu cette idée, quel ange gardien ou quel mauvais génie me l'a suggérée. Je me suis précipitée vers le lit, j'ai mouillé une serviette avec la cruche et l'ai passée doucement sur le front de Mlle Ester, qui s'est réveillée. « Chut ! » ai-je dit, en mettant un doigt sur mes lèvres. « Écoutons. » J'ai marché sur la pointe des pieds jusqu'au poêle dont j'ai ouvert la trappe. Les deux voix masculines résonnaient clairement dans la pièce, si fort que la sage-femme a accouru et a regardé autour d'elle, surprise de ne voir personne d'autre. J'ai désigné le poêle, lui faisant signe de se taire. Le médecin a déclaré : « D'après ce que j'ai entendu, la situation est critique et il faut agir. Il n'y a pas de temps à perdre. »

La sage-femme a fait une grimace de mépris. Elle m'avait dit quelques minutes auparavant : « Je vais me laver le visage pendant que la *marchesina* dort. Il n'y a pas d'urgence. Le bébé est en route, dans la bonne position, mais cela peut prendre encore une heure ou deux. Ne t'inquiète pas, tout va bien. »

De quelle situation critique parlait le médecin, qui venait d'arriver et n'avait rien vu ? « D'après ce que j'ai entendu. » Qu'avait-il entendu, de la bouche de qui ?

« Montez, alors ! » s'est exclamé le marquis avec empressement. « Ma femme...

— Exactement, votre femme, l'a interrompu gravement le docteur. Pardonnez-moi, mais je suis obligé de vous poser une question.

— Montons ! Vous me le demanderez en chemin, ou dans la chambre. Montons.

— Non, marquis. Nous devons parler en privé, vous et moi. Et que personne ne nous entende. Surtout pas votre épouse. »

À ce moment-là, Ester s'est redressée sur le lit en ouvrant grand les yeux. « Silence », lui ai-je intimé du regard.

« Je vous écoute, dit le marquis qui frémissait d'impatience.

— Il se peut, je dis bien il se peut, mais il faut s'y préparer, que la situation ait atteint un point où il ne sera plus possible de les sauver tous les deux. »

Alarmée, Ester interrogea du regard la sage-femme, qui la rassura tout aussi silencieusement par des gestes et en esquissant des lèvres : « Ce n'est pas vrai. Il est fou. Tout va bien. Pas d'inquiétude. »

Le marquis a étouffé un gémissement.

« Il faudra choisir, a poursuivi le médecin. Et vous seul pouvez le faire. Je respecterai votre décision. Voulez-vous que nous sauvions votre femme ou l'enfant ?

— Moi ? Je dois décider ? Moi ? » Le ton était incrédule.

« Qui d'autre ? »

Un long silence a suivi.

Ester s'est abandonnée en souriant sur les oreillers. Elle n'avait aucun doute sur ce que son mari allait répondre. Ma vie, mon cœur, sans toi je ne peux pas vivre, je pouvais lire ces mots sur son visage.

La sage-femme a pincé les lèvres.

En bas, le médecin insistait : « Marquis, je ne m'approcherai pas du lit de votre femme tant que vous ne m'aurez pas répondu. Je répète, la mère ou l'enfant ?

— Combien de temps ai-je pour réfléchir ? » fut la réponse angoissée du marquis. Dans la chambre, le sourire a pâli un peu sur les lèvres de la *marchesina*, mais est revenu aussitôt.

« Trois minutes, pas une de plus, a dit le médecin.

— Excusez-moi, j'ai besoin de savoir encore une chose. Ma femme pourra-t-elle avoir d'autres enfants ?

— Je crains que non. Je vais devoir couper à plusieurs endroits pour extraire le fœtus. Ces naissances sanglantes détruisent les organes de reproduction. »

Un silence. Comment ces trois minutes se sont écoulées, je ne saurais le dire. Je pensais à la sacoche du docteur, à ses instruments, j'étais terrifiée. Je pouvais déjà entendre ses pas meurtriers monter les escaliers. La sage-femme s'était placée derrière la jeune marquise, l'avait prise sous les aisselles et avait murmuré dans son cou :

« Poussez ! Il n'y a pas de temps à perdre. Si le docteur entre, je devrai lui obéir. »

Mais Ester a attendu avec calme et confiance. Ma vie, mon cœur, comment pourrais-je vivre sans toi ?

Enfin, on a entendu tousser, puis la voix du marquis, hésitante : « Si c'est un garçon, j'aurai un héritier. Et si c'est une fille, en tant que veuf, je pourrai toujours me remarier et avoir d'autres enfants.

— Et donc ?

— Si, par contre, je choisis ma femme, je renonce à avoir des héritiers, aujourd'hui s'il ne naît pas vivant, et pour toujours, car elle ne pourra pas m'en donner d'autres...

— Ne tournez pas autour du pot, marquis. J'ai besoin d'une réponse claire : qui dois-je sauver, la mère ou l'enfant ? » Bref silence.

La jeune marquise était devenue plus blanche que les draps. À chaque mot de son mari, un voile opaque d'incrédulité tombait sur son visage.

« L'enfant, a répondu le marquis.

— Bien. Je vais monter alors, a dit le médecin. Ne voulez-vous pas venir avec moi embrasser votre femme ? C'est peut-être la dernière fois.

— Je n'en ai pas le courage. Je vais faire une promenade à cheval. Je serai de retour ce soir quand tout sera terminé. »

J'ai entendu le bruit de la porte-fenêtre et ses pas qui s'éloignaient vers l'écurie, puis ceux du médecin qui soulevait sa sacoche et se dirigeait vers les escaliers.

Ester a poussé un cri, mais dans le salon, il n'y avait plus personne pour l'entendre.

J'ai claqué la trappe du poêle rageusement et j'ai cherché autour de moi un objet lourd avec lequel frapper le docteur dès qu'il aurait franchi le seuil. La sage-femme, plus pragmatique, a couru jusqu'à la porte pour en tirer le passant, puis est retournée près du lit. Mlle Ester n'avait pas crié comme je l'avais cru par peur du médecin, ni de chagrin devant cette trahison, mais parce qu'une violente et soudaine vague de douleur avait frappé ses reins et son ventre comme un fouet.

« Respirez profondément ! Poussez ! » l'a encouragée la sage-femme.

La poignée de la porte a tourné. J'ai attrapé sur la commode une lampe en albâtre en forme de lys, dont la tige reposait sur un lourd pied carré de marbre noir. Dehors, le docteur agitait la poignée. « Que se passe-t-il ? Laissez-moi entrer ! » Le bois tendre de la porte commençait à se fendre.

Je le tuerai avant qu'il ne s'approche de mademoiselle et ne pose ses mains sur elle, , ai-je songé.

« Allez, poussez *marchesina* ! l'exhortait la sage-femme.

— Ouvrez ! Laissez-moi entrer », a crié le docteur en secouant la porte. Le verrou a cédé. J'ai levé la lampe bien haut. Il est entré, sa sacoche à la main. « Vous êtes folles ! Pousse-toi de là, gamine ! Laisse-moi passer. »

Je me suis mise en travers de son chemin, prête à abattre le pied en marbre sur sa tête.

J'aurais probablement un mort sur la conscience aujourd'hui si, à ce moment-là, la sage-femme ne s'était exclamée : « Bravo ! Le voilà ! » et un vagissement n'avait immédiatement suivi.

J'ai abaissé la lampe. Le docteur s'est figé, déconcerté.

« C'est un garçon ou une fille ? a demandé la voix exténuée de la jeune mère.

— Une petite fille.

— Pas d'héritier pour les marquis Rizzaldo. Ni aujourd'hui ni jamais », a lâché Ester, et malgré son épuisement, elle a été saisie d'un rire hystérique. Et tout en riant, elle s'est évanouie.

Immédiatement après, ce fut le chaos dans la chambre. La sage-femme avait coupé le cordon du bébé, l'avait enveloppé encore sale dans une serviette et me l'avait confié pendant qu'elle essayait de ranimer la mère pour qu'elle coopère aux dernières manœuvres d'expulsion. Le docteur a posé sa sacoche sur le sol et s'est penché, mais avant qu'il ne puisse l'ouvrir, le nouveau-né toujours dans les bras, je l'ai repoussée d'un coup de pied. « Vous n'avez pas intérêt », ai-je crié. La porte s'est ouverte et M. Artonesi est entré, accompagné d'une servante. Je lui ai mis sa petite-fille dans les bras et j'ai couru vers le lit. Secouée et giflée par la sage-femme, Mlle Ester reprenait ses esprits. Elle a reconnu son père. « Papa ! s'est-elle écriée. Si Guelfo revient, ne le laisse pas entrer.

— Mais... Quoi ?

— La marquise délire, est intervenu le médecin.

— Voyons ce placenta, a murmuré la sage-femme sans se soucier de l'agitation ambiante. C'est bon. Et toi, a-t-elle ajouté en se tournant vers la femme de chambre, qu'est-ce que tu attends comme ça, la bouche ouverte ? Dépêche-toi de descendre et apporte-moi de l'eau chaude.

— Ne le laissez pas entrer, a répété Ester. Mon mari. Je ne veux pas le voir. Je ne veux plus jamais le revoir. »

Et elle a tenu parole. Pendant que nous, les femmes, étions occupées à laver le nouveau-né et à l'habiller, M. Artonesi parlait doucement à sa fille. « Quand pourra-t-elle quitter le lit ? » a-t-il demandé à la sage-femme, ignorant ostensiblement le médecin. « Je voudrais la ramener à la maison.

— Vous voulez la tuer ! s'est exclamé le médecin.

— Puisque vous n'en avez pas eu le temps », a commenté la jeune marquise. Je ne l'aurais pas crue capable de sarcasme, transpirante et épuisée comme elle l'était, accablée de fatigue.

« Pendant quelques jours, il est préférable que vous ne vous leviez pas, a répondu la sage-femme.

— Elle n'aura pas à se lever », a dit le père.

En une demi-heure, il a organisé le transport. Il a envoyé le garçon d'écurie quérir deux hommes forts de la brasserie pour qu'ils viennent avec le fourgon de l'usine, tiré par deux chevaux. Entre-temps, avec des mots fermes et un chèque, il a congédié le médecin. Mlle Ester a été soigneusement transférée dans un fauteuil que les deux ouvriers arrivés entre-temps ont soulevé sans effort, avant de le descendre par les escaliers et de le charger dans le véhicule. Nous sommes montés à bord nous aussi, la sage-femme avec le nouveau-né dans les bras, M. Artonesi ne lâchant pas la main de sa fille, et moi, en dernier, avec le panier doublé de satin et orné de dentelles et de rubans qui contenait la layette. Ester aurait trouvé chez son père ses vêtements et sa garde-robe de jeune fille, mais l'enfant avait besoin de tout cela, et ce serait du gaspillage, avais-je pensé, de laisser à la villa le résultat de nos sept mois de travail.

Nous étions arrivés depuis quelques heures, la marquise dormait dans le grand lit qui avait été celui de sa mère, dans la petite chambre voisine la sage-femme changeait les langes du bébé, et je me préparais à rentrer chez moi quand nous avons entendu frapper de grands coups à la porte principale donnant sur la rue. Nous avons jeté un œil par la fenêtre. Comme on pouvait s'y attendre, c'était le marquis. Son étonnement, son incrédulité, lorsqu'il était retourné à la villa et avait trouvé la chambre vide, je l'ai appris plus tard par le garçon d'écurie. Il parvenait à grand-peine à saisir ce qu'il s'était passé, mais il n'a jamais pu comprendre pourquoi. Ester a toujours refusé de le voir, de lui parler, de lui expliquer la raison de sa fuite. Même M. Artonesi refusait de le recevoir. À la place, il lui a envoyé son avocat, un renard très rusé qui a su rejeter toutes les revendications du mari abandonné et les retourner à son avantage. Je ne sais pas comment il s'y est pris. À cette époque une femme ne pouvait pas quitter le toit conjugal sans conséquences, et encore moins garder avec elle le fruit légitime du mariage. Mais Ester Artonesi, grâce au soutien et à l'argent de son père, a réussi. Peut-être, si elle avait donné naissance à un garçon plutôt qu'à une fille, son mari ne se serait pas résigné et se serait battu plus longtemps et avec plus de détermination.

Ce qui tourmentait le plus le marquis, plus encore que son orgueil blessé, c'était d'ignorer la raison pour laquelle l'immense amour de sa jeune épouse s'était si soudainement transformé en haine profonde. L'unique hypothèse qu'il parvenait à envisager était que les douleurs de l'accouchement l'avaient rendue folle.

Les seules à connaître la vérité, à part la personne concernée et probablement son père, étaient la sage-femme et moi, mais aucune de nous n'a jamais dit un mot à ce sujet. La sage-femme était âgée et avait vu beaucoup de choses, mais pour moi, la déception a été très amère. Découvrir, qui plus est de cette façon, que le grand amour n'était qu'un mythe, qu'il n'existait que dans les romans, que les hommes étaient tous des traîtres égoïstes comme Pinkerton, a détruit toutes les illusions que j'avais pu caresser auparavant. On ne peut faire confiance à personne. Ma vie, mon cœur, sans toi je peux vivre très bien, et même mieux.

Cependant, Mlle Ester s'est construit une nouvelle vie. Elle n'a jamais laissé le marquis voir l'enfant, qui fut nommée Enrica d'après M. Artonesi et non Dianora comme sa grand-mère paternelle. Avec la petite Enrica, elle a beaucoup voyagé, loin des rumeurs de notre ville, et a rencontré plus de gens que je ne pourrais même imaginer. Elle se trouvait à Bruxelles lorsque le scandale des vêtements parisiens de la maison Provera a éclaté en ville. Et quand elle est revenue, elle a dit que les gens étaient vraiment stupides d'accorder autant d'importance à de telles sottises.

La suprême élégance

J'ai joué un rôle non négligeable dans les événements qui ont provoqué le scandale des « robes parisiennes ». Par pur hasard, ou plutôt à cause de la reine Elena ou, si vous préférez, grâce à elle, à sa visite dans notre ville au nom de son mari. À vrai dire, avant cela, je n'avais jamais travaillé pour la famille Provera. Aucune autre petite main de la ville n'avait travaillé pour la famille Provera. Pas plus que les deux couturières de renom avec leurs ateliers et leurs ouvrières. À la grande jalousie des autres dames, les vêtements de la mère et des deux filles, c'était bien connu, étaient acheminés chaque saison depuis le Printemps, le luxueux grand magasin de Paris. Quant au linge, c'était une parente pauvre de l'avocat qui s'en chargeait, Mlle Gemma, que la famille avait accueillie par charité et qui avait la réputation d'être habile pour le raccommodage et la broderie.

Alors quand la mercière m'a dit que Mme Teresa Provera était passée personnellement lui demander le nom d'une bonne couturière, talentueuse mais bon marché, cela m'a étonnée. À cette époque, j'avais acquis une certaine réputation parmi les familles les plus modestes, notamment parce que la *marchesina* Ester, au retour d'un de ses premiers voyages à l'étranger, m'avait rapporté un superbe cadeau en signe de gratitude : une machine à coudre portable allemande, à manivelle, sans pédale, dans une mallette munie d'une poignée. Noire, brillante, ornée de frises et de décorations dorées, elle était magnifique. Elle n'était pas évidente à utiliser, car il fallait tourner la manivelle de la main droite, de sorte qu'on ne pouvait guider le tissu sous l'aiguille que d'une seule main. Mais en m'exerçant avec de vieux draps, j'avais fini par apprendre, l'important étant de ne pas aller trop vite. À présent, des mères de famille de la petite bourgeoisie et des commerçantes aisées me demandaient occasionnellement de confectionner non seulement du linge de maison, mais aussi des vêtements plus simples pour elles et leurs enfants. Elles m'apportaient elles-mêmes les tissus, choisis parmi les plus économiques, à la fois parce qu'elles ne pouvaient pas se permettre davantage, et parce qu'elles ne me faisaient pas assez confiance pour me mettre entre les mains une étoffe plus coûteuse. Et si je l'avais gâchée ? Mais dans l'ensemble, j'étais devenue presque aussi douée que ma pauvre grand-mère, je gagnais assez pour vivre et même pour m'offrir quelques petits luxes, comme l'abonnement à la bibliothèque mobile, où je pouvais emprunter les romans que j'aimais tant et les magazines qui me tenaient informée du monde. Ce désir de savoir ce qui se passait non seulement dans notre ville, mais aussi dans tout le pays et à l'étranger, était né en moi avec les premiers voyages de « ma demoiselle », la *marchesina* Ester, qu'on appelait encore ainsi malgré sa séparation. Je voulais la suivre au moins en pensées, je voulais pouvoir écouter ses histoires quand elle revenait, sans tomber des nues comme la dernière des ignorantes. De temps en temps, j'empruntais un magazine de mode. En plus des images, certains proposaient une courte leçon de couture. Je lisais ces pages avec avidité, espérant découvrir quelque chose que je ne connaissais pas, mais elles étaient destinées aux dames de la bourgeoisie pour qui la couture était un passe-temps, les explications étaient basiques et évidentes, et je n'y ai jamais rien appris de neuf. J'avais même réussi à racheter au mont-de-piété la chaîne et les boucles d'oreilles en corail de ma grand-mère. J'avais alors une boîte en fer-blanc où je mettais chaque semaine les quelques pièces que je parvenais à économiser pour pouvoir m'offrir une place dans la galerie au moins une ou deux fois pendant la saison lyrique. Afin de ne pas être tentée d'utiliser cet argent pour acheter quelque chose d'usuel, comme des aiguilles, des pâtes ou du charbon, je gardais la boîte dans ma chambre, cachée derrière une statuette en plâtre de la Vierge qui avait appartenu à ma grand-mère, dans un renfoncement du mur qu'elle utilisait comme une sorte d'autel. Si haut qu'il me fallait grimper sur une chaise pour l'atteindre.

Dans le tiroir supérieur de la commode, je gardais une petite cagnotte pour les dépenses courantes et les urgences, une somme modeste qui augmentait ou diminuait selon la quantité de travail que j'avais, mais qui jusqu'à présent m'avait permis de m'en sortir sans angoisse pendant les brèves périodes où personne n'avait recours à mes services.

Je n'avais pas de fiancé, malgré mon activité établie et ma situation qui – quoique modeste – faisaient de moi un excellent parti pour les célibataires de tous âges de mon milieu. Et de fait, j'avais reçu de nombreuses propositions, tant par les intéressés directement que par l'intermédiaire de l'entremetteur qui manœuvrait au sein de ma classe, dans toute la ville, mais aussi dans les campagnes et villages environnants.

Cependant, j'étais si naïve que je considérais encore le mariage non comme un arrangement, mais comme la réalisation d'une histoire d'amour, et à cet égard, l'expérience récente de Mlle Ester m'avait échaudée. Si un jeune homme du quartier, que je connaissais depuis l'enfance, m'arrêtait dans la rue pour me complimenter, me faire les yeux doux ou me proposer une promenade dominicale sur les boulevards réservés aux gens de notre condition, je réagissais avec méfiance, en répondant brusquement et en le remettant à sa place. Et si, sur le chemin du travail, quelque jeune bourgeois, quelque étudiant ou officier, semblait me suivre ou même simplement me regarder avec plus d'attention que d'habitude, je changeais de route. Je savais que je ne pouvais rien espérer des hommes, à part la tromperie et la honte. Je l'avais lu dans des romans et j'en avais plusieurs exemples sous les yeux. Je n'avais pas peur de la solitude. Tous mes rêves, mes souhaits et mes projets d'avenir concernaient le travail, les progrès que je faisais en matière de coupe et de couture, et l'élargissement de ma clientèle.

Pour autant, que la famille Provera fasse appel à moi était la dernière chose à laquelle je m'attendais ! La parente pauvre était probablement tombée malade, ou n'y voyait plus clair, et on avait besoin de moi pour ourler des taies d'oreiller ou raccommoder quelques vieilles chemises. Comme je l'ai déjà dit, contrairement à sa femme et à ses filles, l'avocat, fidèle à son avarice bien connue, se souciait très peu de sa propre élégance et se promenait avec des chemises aux poignets effilochés qui faisaient rire tout le tribunal.

J'ai accepté, car je n'avais pas de travail à ce moment-là et, surtout, j'étais pleine de curiosité. Aucun étranger, du moins aucune de mes connaissances, n'était jamais entré dans cette maison. La famille Provera n'avait pas de domestiques, à part une jeune servante venue de la campagne, Tommasina, qui ne parlait même pas l'italien et avec laquelle, les rares fois où on la croisait dans la rue chargée de ses sacs et de paquets, il était impossible de discuter. On se demandait si elle était seule pour accomplir toutes les tâches, le ménage, la cuisine, la lessive, les courses. Ou peut-être la parente pauvre logée par charité l'aidait-elle ? Cela aurait expliqué la générosité inhabituelle de l'avocat qui l'avait accueillie. Le gîte, le couvert, pas de salaire, et en retour une couturière qualifiée et une domestique de confiance. Qui plus est, Mlle Gemma quittait rarement la maison et surtout ne se livrait jamais aux commérages.

En revanche, nous, les couturières, les modistes, les repasseuses, les blanchisseuses, les boutiquières, les voisines des ruelles, nous ne nous en privions pas. Et probablement que les ragots circulaient tout autant dans les familles de la haute bourgeoisie et de l'aristocratie, dont beaucoup étaient apparentées aux Provera. Mais cela n'arrivait pas jusqu'à nos oreilles.

Suivant les instructions de la mercière, je me suis présentée à huit heures du matin. La maison se trouvait dans le centre, piazza Santa-Caterina, en face de l'église. C'était un bâtiment imposant à deux étages, donnant sur une grande cour pavée protégée par un haut mur, à laquelle on accédait depuis la place par un large portail qui restait fermé jour et nuit pour que les passants ne puissent pas regarder à l'intérieur.

Lorsque je suis arrivée, cependant, il était ouvert car venait d'entrer une charrette de fermier tirée par un âne ; sans avoir à sonner je me suis donc glissée à l'intérieur. Le métayer avait attaché l'animal à l'un des anneaux en fer du mur et était en train de décharger un grand panier d'artichauts lorsqu'une femme d'âge moyen, habillée modestement, est sortie de la maison.

Sans un mot, mais en fronçant les sourcils, elle s'est empressée de fermer les lourdes portes en bois sombre. « Quelle rapidité, Mlle Gemma, je l'aurais fermée moi-même, a dit le fermier.

— Vous auriez dû le faire immédiatement, a-t-elle rétorqué. Ne voyez-vous pas que la première servante impertinente qui passe peut se faufiler pour fouiner ? » Et, me montrant la porte laissée volontairement entrebâillée : « Va-t'en, ma fille !

— Je suis la couturière », ai-je dit plus amusée qu'offensée. Effectivement, je regardais autour de moi avec grande curiosité. « C'est Mme Provera qui m'a fait venir.

— La couturière ! Et pourquoi n'as-tu pas apporté ta machine à coudre ?

— Je ne pensais pas que c'était nécessaire », ai-je répondu.

Elle était certes portative, mais pas si légère, et cela ne m'avait pas semblé utile pour quelques ourlets et du reprisage.

« Eh bien, à partir de demain, tu la prendras avec toi », a dit la femme, que son nom m'avait permis d'identifier comme étant la parente pauvre. « Et puisque tu as les mains libres, aide-nous à monter ces paniers. »

Sur le chariot, en plus des paniers, se trouvaient des sacs remplis de fruits, de carottes, de pommes de terre, de pois chiches et de fèves, de chicorées, de betteraves et d'autres légumes que le métayer avait apportés des terres voisines, propriétés de l'avocat. Le fermier passait avec sa charrette deux fois par semaine, comme je l'ai appris plus tard, et fournissait à la famille tout ce dont elle avait besoin. C'est pourquoi on ne voyait jamais la servante des Provera aller au marché. Même la viande – poulets, agneaux, chevreaux – venait de la campagne. Les provisions de ce premier matin semblaient plus que suffisantes pour une famille de six personnes. Nous allons bien manger, ai-je songé. Mais Mlle Gemma a rapidement dissipé cette illusion. Voyant que je n'avais pas de baluchon à la main, elle m'a dit d'un air mécontent : « Tu n'as pas pris à déjeuner ? »

Je suis restée bouche bée. Jamais au grand jamais, il ne m'était arrivé, en allant coudre chez des clients, qu'on ne me donne pas mon repas de midi. Ni à moi ni à aucune autre couturière. Nous nous racontions le type de cuisine, les recettes, l'abondance, la variété ou la monotonie des plats de chaque famille. De toute évidence, cette coutume n'était pas respectée dans le foyer des Provera. Ou peut-être ne la connaissaient-ils même pas, car ils n'avaient pas l'habitude de faire venir des travailleuses chez eux.

Portant le panier de poires que je ne goûterais pas, j'ai gravi avec contrariété les escaliers et Mlle Gemma m'a guidée vers la cuisine. Par la porte ouverte, j'ai entraperçu dans le salon la famille terminant son petit déjeuner, les trois femmes en vêtements d'intérieur, l'avocat prêt à partir. Dans la cuisine, la servante, debout, grignotait un morceau de pain rassis. « Tu n'as pas encore fini ? » l'a houspillée Mlle Gemma en dialecte. « Allez, descends apporter le son aux poules. Après tu dois nettoyer l'atelier de couture avant qu'on se mette au travail. »

Depuis le balcon de la cuisine, sur la façade arrière, un escalier extérieur menait à un jardin dénudé, aussi grand que la cour d'entrée mais non pavé. S'y trouvaient, perchées sur les branches basses de quelques orangers et grenadiers ou occupées à picorer des vers sur le sol, de nombreuses poules, quarante ou cinquante, un vaste poulailler tel qu'il n'était pas d'usage d'en avoir, sauf à la campagne ou dans les faubourgs. Au fond, occupant toute la longueur du mur, se trouvait un bâtiment bas pour les cages. À l'époque, il n'était pas interdit de garder des animaux de basse-cour comme les poules ou les lapins dans les maisons de ville, mais les gens le faisaient pour leur usage personnel, six ou sept, dix au maximum pour les lapins, afin que leurs odeurs et leurs cris ne troublent pas la tranquillité des voisins. Le poulailler des Provera, lui, était si grand que je me demandais qui pouvait manger tous ces œufs, assez nombreux pour un pensionnat entier.

Mais ce n'était que le début des bizarreries de cette famille. Dès que l'avocat a été sorti, la dame m'a fait venir dans la salle à manger, où les deux filles débarrassaient les restes du petit déjeuner, qui, d'après le nombre de plats, n'avait pas dû être très abondant.

Par l'intermédiaire de la mercière, nous nous étions déjà mises d'accord sur le tarif journalier, j'attendais donc seulement une description des tâches que j'aurais à faire. Mais Mme Provera, après avoir envoyé les deux filles dehors et vérifié que les fenêtres et la porte étaient bien fermées, m'a pris les mains et, me regardant dans les yeux, m'a expliqué très sérieusement : « Avant de commencer à travailler pour nous, tu dois prêter serment. »

Je l'ai regardée avec perplexité. « Que dois-je promettre ? ai-je demandé.

— Tout ce que tu verras dans cette maison, tout ce que tu entendras, tout ce que tu découvriras, tu ne le diras à personne.

— Je ne suis pas une commère, ai-je répondu avec indignation. Il n'y a pas besoin de prêter serment ! » D'ailleurs, quels terribles faits aurais-je pu apprendre ? Quels mystères pouvait cacher une famille respectable et respectée de la ville ? Nous n'étions pas dans un roman ! L'avarice de l'avocat n'était pas un secret, tout le monde le savait. Mais on savait aussi qu'il était très riche, j'ai donc imaginé qu'ils avaient peur des voleurs, ou que je puisse parler des objets de valeur, des bijoux et de l'argent, décrire là où ils étaient gardés ou les voies d'accès les plus aisées pour ceux qui savaient escalader les murs et crocheter les serrures.

« Je ne dirai rien à personne, soyez-en sûre », ai-je répété.

Mais elle était déterminée. « Allons à l'église, a-t-elle dit en jetant une cape sur ses épaules. Tu feras ton serment devant l'autel de Dieu. »

Elle a envoyé chercher la parente pauvre et elles m'escortèrent dans les escaliers, chacune d'un côté. La cour d'entrée était déserte, le portail fermé. Le métayer avait dû retourner dans sa campagne. Mlle Gemma l'a ouvert et refermé avec une grande clé en fer qu'elle portait attachée à sa ceinture. Nous avons traversé la place et sommes entrées dans l'église de Santa-Caterina, distante de seulement quelques mètres. Il n'y avait personne à l'intérieur, mais sur l'autel brûlait le lumignon du Saint Sacrement.

« Ici, devant l'hostie consacrée, tu dois jurer. Nous en serons témoins toutes les deux. Rappelle-toi, si tu brises ton serment, c'est l'enfer qui t'attend. »

Tout cela me semblait ridicule, on aurait dit une des histoires que racontait ma grand-mère sur les guerres d'indépendance et la Carboneria. Qui plus est, les membres de la famille Provera – l'avocat dans sa jeunesse et son père – avait la réputation d'être de fervents mazziniens[1]. De toute façon, me suis-je dit, qu'est-ce que j'avais à perdre ? Je regrettais davantage d'avoir dû renoncer à déjeuner.

Alors j'ai juré. La dame m'a suggéré les mots à prononcer et je me suis exécutée. Lorsque nous sommes rentrées à la maison, elle m'a remis à signer une feuille de papier où était inscrit le serment. Elle s'est émerveillée que je sache écrire, les gens de ma condition signaient habituellement d'une croix. Je me suis toujours demandé

1. Le carbonarisme (dont Giuseppe Mazzini faisait partie) est une société secrète révolutionnaire qui a contribué à l'unification de l'Italie. *(N.d.T.)*

comment les autorités pouvaient certifier ensuite qu'untel avait tracé telle croix. Pour faire office de témoins, elle a appelé ses deux filles, et j'ai ainsi appris que l'aînée s'appelait Alda, et la plus jeune Ida. Elles n'avaient pas beaucoup d'écart, elles avaient l'air d'avoir le même âge et d'être encore assez jeunes, même si elles avaient dépassé la vingtaine. Elles étaient jolies, mais sans plus. Rien de comparable au charme rayonnant de Mlle Ester. De plus, elles portaient, comme leur mère et leur tante, des robes d'intérieur modestes et passablement usées, d'un modèle datant de plusieurs années. Peut-être, ai-je songé, lorsqu'elles sortaient dans la rue, dans les jardins, au théâtre, dans les fêtes et aux bals, rendant visite à des connaissances, les toilettes parisiennes et la perspective d'une riche dot leur donnaient-elles l'air de vraies beautés.

Mme Teresa a placé le document dans un tiroir qu'elle a fermé à clé, puis a poussé un soupir de soulagement. « Tu as certainement compris, a-t-elle dit, que nous avons fait appel à tes services pour une raison exceptionnelle, une urgence. D'habitude, nous arrivons à tout faire nous-mêmes, mais cette fois-ci, nous n'avons pas le temps. La reine Elena va visiter notre ville dans moins d'un mois. »

Je ne comprenais pas ce que la reine venait faire là-dedans, tout me semblait de plus en plus étrange. « J'ai entendu dire que tu sais aussi bien couper que coudre, a-t-elle poursuivi, et que tu possèdes une machine allemande portative dont tu sais faire usage. Cela permet d'aller beaucoup plus vite, n'est-ce pas ?

— Cela dépend. Pour des coutures longues et droites, oui, bien sûr », ai-je répondu, étonnée qu'elle me pose cette question. À l'époque, toutes les familles aisées de la ville possédaient et utilisaient – parfois même seulement pour les ourlets de leurs draps et de leurs torchons – une machine à coudre. Généralement à pédale, d'un modèle plus moderne et plus simple d'utilisation. La mienne était ancienne, choisie par la marquise Ester pour ses dimensions : elle savait qu'il n'y avait pas assez de place chez moi pour une machine à pédale. J'avais cru que Mlle Gemma m'avait dit de l'apporter par simple curiosité, pour voir comment la manivelle fonctionnait.

Mais lorsque nous sommes allées dans la salle de couture, j'ai eu la confirmation qu'il n'y avait pas de machines, ni à pédale ni d'aucune sorte. En revanche se trouvaient sur la grande table à repasser trois beaux rouleaux de soie épaisse, chacun avec des fleurs aux couleurs vives, mais dans des tons et des motifs différents, tels que je n'en avais jamais vu nulle part. De double largeur, encore enroulés sur leurs cylindres de carton rigides. J'ai calculé à l'œil que chacun devait mesurer environ dix mètres. Plus qu'il n'en fallait pour une robe élégante à la dernière mode, avec une petite traîne, des drapés sur les hanches et dans le dos pour le panier, une cape, peut-être même un petit sac à porter à la ceinture. Non que j'en eusse déjà fait, mais j'étais capable d'estimer la quantité de tissu nécessaire en fonction des pièces. À côté des trois rouleaux, il y avait le mètre de couturière, les grands ciseaux, la craie et quelques morceaux de papier épais qui devaient provenir d'un patron.

Posée sur une table de broderie, j'ai aperçu un magazine de mode au titre français.

J'ai compris qu'on m'avait fait venir pour confectionner avec ces beaux tissus une ou plusieurs robes raffinées à la mode de Paris.

« Je n'en suis pas capable, ai-je immédiatement déclaré, incrédule. Les vêtements que je fais sont beaucoup plus simples. En plus je n'ai jamais travaillé la soie. » La soie était difficile, elle glissait et s'échappait de toute part, et c'était encore pire si on devait la travailler en biais. « Vous devriez aller voir chez Belledame ou à La Suprême Élégance », ai-je ajouté. Je savais que ces ateliers acceptaient de travailler aussi avec des tissus apportés par les clientes. Je n'osais demander : « Mais pourquoi ne pas vous adresser au Printemps de Paris comme d'habitude ? » Pour la modeste couturière de L. que j'étais, parvenir à cette source de merveilles semblait vertigineux.

« Je n'en suis pas capable, ai-je répété. Vous devez vous tourner vers quelqu'un d'autre.

— Ne t'inquiète pas, m'a répondu calmement Mlle Gemma. Nous, nous en sommes capables. Tu dois juste nous aider pour les coutures et les finitions. Aujourd'hui, heureusement, nous ne devrons que couper et faire le bâti, mais demain, il faudra apporter ta machine. »

Et d'un geste déterminé, elle a déroulé le morceau de tissu bleu-vert le plus proche et a étalé sur la table un grand pan de cette merveilleuse soie aux motifs de fleurs de cerisier. La plus jeune fille, Ida, s'est approchée avec un modèle en papier du patron et un coussin d'épingles pendant que sa mère et sa sœur faisaient chauffer les fers à repasser. Je n'en croyais pas mes yeux.

Ce que j'ai découvert et reconstitué jour après jour au cours du mois suivant, le secret que j'avais juré de ne révéler à personne, je vais vous le raconter ici. Beaucoup de temps a passé maintenant et, après que le scandale a éclaté, tout le monde en ville a été au courant, aussi n'ai-je pas le sentiment de manquer à ma promesse.

Pour résumer, pendant toutes ces années, la famille Provera avait menti. Ils n'avaient jamais, pas même une fois, fait venir leurs vêtements de Paris, c'étaient les femmes de la maison qui les avaient toujours confectionnés en secret, sans même une machine à coudre, entièrement à la main. Et elles avaient si bien travaillé que personne ne l'avait jamais remarqué. Mais j'ai songé à ce que disait ma grand-mère lorsque nous nous arrêtions devant les vitrines des magasins pour admirer les robes de haute couture venues de la capitale. « Qui les a faites, mon enfant, à ton avis, des déesses dans le ciel ? Des femmes comme nous les ont cousues, elles sont juste meilleures et plus expérimentées. » Puis elle soupirait un moment et ajoutait : « ... et certainement mieux payées. »

Chez les Provera, il y avait bien eu d'authentiques robes parisiennes pour servir d'inspiration à l'origine, mais des années auparavant. Je l'ai appris plus tard par Mme Teresa qui, se fiant à mon serment, n'hésitait pas à s'épancher dans les moments de grande détresse. Des vêtements qui avaient fait partie de son trousseau de mariée, ce trousseau digne d'une princesse que son père si généreux lui avait offert, faisant venir les pièces des magasins les plus luxueux de toute l'Europe. Robes de soirée, robes de bal, robes de théâtre, robes d'été et d'hiver, jupes et vestes de promenade, manteaux et capes, chemises fines pour dessous et dessus. Et, avec chaque robe, un corset, des rembourrages selon les différents modèles, un chapeau assorti, une ombrelle, des gants et des chaussures. Il n'y avait pas assez de jours dans une année, ni assez d'heures dans une journée pour les porter tous. Ils étaient arrivés dans de grandes et solides boîtes en carton doublées d'un papier gaufré bleu clair avec « Printemps » inscrit en lettres dorées, et d'autres ornées du nom de magasins de Bruxelles et de Londres. Il semblait ne pas y avoir assez de placards ni de pièces dans la maison Provera pour tout entreposer. L'avocat Bonifacio, alors jeune marié, était fier d'avoir à son bras une épouse plus élégante que la reine Margherita et ses dames de la cour, mais lorsqu'ils étaient de retour chez eux et que, sans femme de chambre pour l'aider, elle luttait pour se déshabiller en défaisant ses lacets, il disait avec sarcasme : « Profites-en tant qu'elles sont à la mode. Parce que je ne t'en achèterai certainement pas d'autres. Ni à Paris ni ici ! »

La pauvre Mme Teresa, qui avait été habituée à l'abondance et au luxe dans la maison de ses parents, avait dû s'adapter en un rien de temps, à cause de l'avarice de son mari, à un style de vie si strict, qu'elle passait la moitié de la journée à pleurer sur un divan. Aucun danger – et aucune honte – que les domestiques ne l'entendent puisqu'il n'y avait pas de domestiques, à part une servante aux pieds nus, toujours à la cuisine, fille de quelque métayer de l'avocat, qui recevait pour tout salaire le gîte et le couvert, ce dernier étant maigre.

Les déjeuners et dîners des patrons étaient également très frugaux. Les cousines et les nièces de la mariée avaient cessé d'accepter leurs invitations après s'être vu servir systématiquement et invariablement une maigre soupe où l'eau était plus abondante que les deux feuilles de chicorée et la demi-gousse d'ail qui la composaient, sans même un peu de pâtes ou une goutte d'huile ; suivie d'un pauvre morceau de bœuf bouilli avec sa pomme de terre à l'eau et d'un seul fruit, souvent vieux et ridé.

Mais ce qui humiliait la jeune épouse plus que n'importe quelle privation, c'est qu'elle ne pouvait disposer personnellement du moindre centime. « Que ferais-tu avec ça ? Pourquoi as-tu besoin d'argent ? » lui demandait l'avocat. La totalité de leur nourriture, tout comme le vin et l'huile, provenait de ses propriétés à la campagne et ne coûtait donc rien. À la boutique où elle devait inévitablement se rendre pour acheter bougies, savon, aiguilles, ustensiles de cuisine, morue salée et autres produits de première nécessité, son mari avait ouvert un compte qu'il réglait personnellement une fois par an en examinant la liste des achats avec une attention disproportionnée. Et s'il avait l'impression que le nombre d'aiguilles ou de bougies consommées était un peu plus élevé que l'année précédente, il infligeait à sa femme un sermon sur la gestion prudente de sa maison.

Dans l'appartement de son père, il y avait toujours eu près de la porte un bol en argent plein de monnaie, dans lequel sa mère et elle prenaient quelques pièces en sortant, pour une aumône, un pourboire, un fiacre, une tasse de chocolat au Cristal Palace, et pour lesquelles elles n'avaient de compte à rendre à personne. Dans le foyer Provera, toutes ces dépenses étaient considérées comme superflues, un véritable gaspillage au détriment de la fortune familiale. La dot de la mariée avait été incorporée au patrimoine, investie dans des actions et de nouvelles terres. Son père, découvrant que sa fille n'avait même pas reçu une petite rente pour son usage personnel, avait proposé de lui en verser une nouvelle lui-même. Mais le gendre ne l'avait pas permis et s'était offusqué. « Je suis parfaitement capable de subvenir aux besoins de ma femme, avait-il protesté. Je ne la laisse pas manquer de quoi que ce soit. »

Inutile de dire qu'il ne lui avait pas ouvert de compte dans la boutique de tissus, et qu'il ne lui permettait pas non plus de faire appel à l'une des couturières élégantes. « Cette montagne de dentelles et de rubans que ton père t'a achetée te suffira aussi longtemps que tu vivras. Et il en sera de même pour tes gants, tes chaussures et tes centaines de draps et autre linge », lui avait-il asséné.

Lorsque leur deuxième fille était née, et que l'aide de la servante n'avait plus suffi à la jeune mère, l'avocat Bonifacio s'était décidé à offrir l'hospitalité à Mlle Gemma, une cousine au second degré orpheline et pauvre à laquelle il n'avait jusqu'alors prêté aucune attention. Elle vivait dans un institut de religieuses où elle effectuait toutes sortes de travaux pénibles en échange du gîte et du couvert. Heureuse d'avoir enfin une famille, attachée aux deux filles, qui l'appelaient tante, et habituée à un mode de vie spartiate depuis son plus jeune âge, Mlle Gemma s'était adaptée sans protester aux contraintes domestiques imposées par son cousin. Mais à la différence de Mme Teresa, avec qui elle s'entendait d'ailleurs comme une sœur, elle avait retroussé ses manches et cherché tous les moyens possibles pour les atténuer. Elle avait progressivement augmenté le nombre de poules dans le jardin, les avait toutes choisies pondeuses et avait trouvé quelqu'un pour acheter les œufs, qui étaient secrètement collectés et portés au marché tous les deux jours. Pour la consommation de la famille, les œufs livrés avec les légumes et les fruits par le fermier étaient suffisants. Elle avait également trouvé le moyen de vendre sous le manteau quelques bouteilles d'huile et de vin de la même origine. L'avocat, ses principes établis, ne remarquait pas ou faisait mine de ne pas remarquer ces petits trafics, mais mois après mois, année après année, ils allaient croissant et fournissaient aux deux femmes un pécule dont elles pouvaient disposer librement.

Pour ce qui était des vêtements, le trousseau de mariage de Mme Teresa était véritablement une mine presque inépuisable. Quand elles étaient petites, les demoiselles Provera avaient des robes et des capes en dentelle Sangallo blanche, comme toutes les filles bien nées de la ville. Simplement, les leurs provenaient des robes de chambre et des cache-corsets de leur mère, que Mlle Gemma avait défaits et recousus si habilement que personne n'aurait pu le remarquer. Lorsqu'ils étaient démodés, les vêtements de madame étaient réarrangés par les mêmes mains habiles, certains étaient ajustés aux mesures des filles, et puisque les tissus étaient excellents et que les garnitures, boutons et rubans étaient transférés d'une robe à l'autre, nul ne les reconnaissait. Mlle Gemma s'avérait en outre une modiste de talent, pleine de goût et d'inventivité. Les chapeaux passés de mode étaient démontés, remodelés au fer chaud, puis décorés de nouveaux rubans, de fleurs de soie, de fruits en cire, d'ailes d'oiseaux empaillées ou de plumes. Elle faisait de même avec les ombrelles, en garnissant leurs ourlets de dentelles, de rubans neufs et de fausses fleurs récupérés sur les vêtements. Elle était aussi très douée pour fabriquer de fausses fleurs à partir de chutes de soie, frisant leurs pétales avec de petits fers chauffés sur des braises et polissant leurs feuilles avec de la cire fondue. L'avocat Bonifacio le savait et se réjouissait des économies et de la bonne image que ses femmes continuaient à avoir auprès de ses concitoyens. Tant qu'on ne lui demandait pas de dépenser une lire.

Avec le temps, Mme Teresa avait appris à coudre, même si elle n'avait pas l'habileté de sa cousine par alliance, qui avait également enseigné aux jeunes filles à mesure qu'elles grandissaient.

Le travail aurait été de meilleure qualité, plus facile et plus rapide, s'il y avait eu une machine à coudre dans la maison. Mais c'était un objet trop volumineux pour être caché dans une armoire, et trop cher pour en justifier la présence à l'avocat – le pécule des œufs et de l'huile n'était pas suffisant pour payer comptant, et un achat en versements échelonnés aurait fait parler.

Les filles grandissaient et, lorsque l'aînée a eu douze ans, une petite tragédie familiale a éclaté.

Les autorités municipales avaient décidé de placer dans l'atrium de l'hôtel de ville un buste en marbre représentant Cavour. Pour l'inauguration, il était prévu une cérémonie avec un orchestre et un groupe de jeunes filles vêtues de blanc pour danser et répandre des fleurs au pied de la statue. Ces dernières avaient été choisies parmi les adolescentes des familles les plus distinguées de la ville. Parmi elles, Alda Provera.

L'avocat, malgré sa foi républicaine, en était fier, mais Alda refusait d'y participer. Sa mère m'a raconté qu'elle était sortie de ses gonds et que ses pleurs et ses cris de colère pouvaient s'entendre jusqu'à l'église Santa-Caterina.

« Je n'irai pas si je n'ai pas une nouvelle robe.

— Nous t'en ferons une, mon cœur, ne t'inquiète pas.

— Non, je veux une véritable nouvelle robe. Les tissus de celles dans nos armoires sont usés. Cela se verra. Tout le monde comprendra que c'est une vieille robe réutilisée. »

Et en effet, au cours de ces treize années, à force de défaire et refaire, de démonter et remonter, chaque pièce du trousseau de Mme Teresa avait été utilisée maintes et maintes fois. Les tissus étaient de bonne qualité, et les plus lourds tenaient encore, mais les plus légers avaient perdu leur consistance, s'étaient flétris, certains étaient troués et impossibles à raccommoder. Quant aux tissus les mieux conservés, Alda a ajouté que même ceux-là n'étaient plus mettables. Ils avaient été vus trop souvent à des fêtes, à des goûters, au théâtre, aux jardins publics, au carnaval des enfants.

« Avec l'argent des œufs, nous pourrions acheter trois mètres de batiste, de mousseline ou de Sangallo… a osé tante Gemma avec hésitation.

— Et où ça ? » a demandé Mme Teresa d'un air déconfit. Il n'y avait que deux magasins de textile en ville, et les propriétaires étaient tous deux clients de l'avocat, qui l'aurait certainement appris et aurait fait une scène à propos du gaspillage et des dépenses inutiles. Il se serait empressé d'enquêter sur l'argent économisé par les deux femmes, aurait découvert que le pécule n'était pas si mince et se le serait peut-être même fait remettre.

Alda pleurait, et Ida l'accompagnait par compassion. Elle n'avait que dix ans, mais était plus vaniteuse que sa sœur, et souffrait bien davantage de ne jamais pouvoir exhiber une robe neuve devant ses amies. Sa mère aussi pleurait en pensant à l'avenir, en pensant que bientôt ses enfants devraient sortir dans la société, assister à des bals et à des fêtes où les filles de bonnes familles s'exhiberaient et tenteraient de gagner, sinon un prince, du moins un riche mari de leur classe sociale. Comment Alda et Ida pourraient-elles faire bonne figure si elles n'étaient pas habillées convenablement ?

Mlle Gemma ne pleurait pas, mais se creusait la tête pour trouver une solution.

Grâce à son « commerce clandestin », Mlle Gemma était entrée en contact avec plusieurs personnages qui exerçaient des activités peu régulières, à la limite de la légalité, bien connus de la police mais totalement inconnus de la bonne société. Non seulement des colporteurs, mais également des individus qui récupéraient et revendaient aux familles pauvres et aux artisans modestes des restes de toutes sortes de choses, depuis les os de bouchers aux crins de matelas moisis, en passant par les vieux meubles cassés, les chiffons et la ferraille. En demandant à droite à gauche, Mlle Gemma avait appris que ce petit monde de pauvres malheureux avait son prince, qui n'était pas si pauvre, puisqu'au fil des années il avait pu développer son commerce au point d'acheter, dans la ville de B., à trente kilomètres de la nôtre, un gigantesque entrepôt souterrain, une sorte d'antre obscure remplie d'étagères en bois, où il entassait toutes sortes d'objets provenant de boutiques en faillite, de fabriques les plus diverses et surtout de la démolition de maisons, de bâtiments publics, d'hôtels, d'usines, de bordels de première et de seconde classes, et même de wagons de chemins de fer mis au rebut. Il ne s'agissait pas seulement d'objets, mais aussi de pièces de mobilier, morceaux de bâtiments, tapisseries, rampes, poignées de porte, lampes à gaz, fenêtres, balustrades de terrasses et de balcons, marches, rebords de fenêtres et seuils, en marbre et en ardoise. Il possédait une grande charrette tirée par quatre chevaux, avec laquelle il parcourait continuellement les environs dans un rayon de soixante-dix à quatre-vingts kilomètres pour se procurer de nouvelles marchandises. Lors de ses tournées, il allait jusqu'à la côte, au port de P., et rachetait les cargaisons des navires marchands en difficulté. Selon les souhaits des clients, il commandait même certains produits de l'étranger aux marins. Et tout cela sans le moindre contrôle des autorités, sans être enregistré, sans payer de taxes ni passer par la chambre de commerce. Il s'appelait Tito Lumia.

Mlle Gemma s'est renseignée sur son passage dans notre ville et, vêtue de la robe la plus minable en sa possession et la tête couverte d'un châle, comme la femme courageuse et entreprenante qu'elle était, elle est allée lui parler. Elle lui a demandé si son « catalogue » comprenait également du textile et, lorsqu'il a répondu par l'affirmative, elle lui a expliqué qu'elle avait besoin de tissus de première qualité, provenant de préférence de l'étranger, qui devaient être transportés et livrés dans la plus grande discrétion à une adresse qui n'était pas la sienne, qu'elle voulait les choisir et pouvoir décider de les renvoyer. Et que personne, mais absolument personne, ne devait être au courant. Le silence aussi serait rétribué. Tito Lumia a peut-être trouvé cette requête un peu particulière, mais il a accepté ; il ne se souciait pas de savoir ce que cela cachait, toutes ses affaires étaient plus ou moins louches.

Ainsi, deux fois par an, la famille Provera avait accès à des soies, des brocarts, des damas, des velours, des organdis et des mousselines brodées jamais vus auparavant dans notre ville. Certains des tissus n'étaient pas destinés à l'habillement mais à l'ameublement. Mais Mlle Gemma connaissait une technique particulière, à base de bicarbonate de soude et d'autres poudres ménagères, pour les ramollir avec l'aide du fer à repasser. Parfois, elle les teignait avec du jus de plantes, comme le voulaient les usages paysans de la région. Personne en ville n'aurait pu imaginer la présence d'un tel laboratoire dans la maison centrale et si bourgeoise de l'avocat Provera.

Alda a ainsi pu avoir sa belle robe de mousseline blanche pour danser en dispersant des pétales de rose au pied du buste de Cavour.

Pour qu'on ne lui demande pas lequel des deux grands ateliers de couture l'avait confectionnée, Mlle Gemma avait eu une idée ingénieuse. Heureusement, la maison était grande, pleine d'armoires et de placards, et Mme Teresa avait pu entreposer les cartons dans lesquels était arrivé son trousseau de mariage. Elle les avait rangés avec soin, les protégeant de la poussière et de la moisissure, surtout les bleus du magasin Printemps à Paris, qu'elle aimait tant et qui semblaient encore flambant neufs.

On a choisi parmi eux un modèle de taille appropriée pour la nouvelle robe d'Alda, qui a été placée parmi de nombreuses feuilles de papier de soie. La servante de l'époque a dû garder le secret après avoir été emmenée à l'église pour prêter serment comme cela a été mon cas ensuite, prenant certainement sa promesse bien plus au sérieux que moi : en plus de l'enfer, elle craignait d'être renvoyée. On lui a appris une phrase en italien qu'on l'a entraînée à prononcer de manière claire et compréhensible. Sa tâche était de quitter la maison alors qu'il faisait encore nuit, avec son carton bleu enveloppé d'un châle noir, et de marcher à travers les ruelles les plus étroites et les plus sombres, où la bourgeoisie ne passait jamais, jusqu'à la gare. Là, elle devait attendre l'arrivée du premier train de nuit depuis P., en provenance du port, coïncidant avec le débarquement du bateau de Marseille. Elle devait se mêler aux porteurs déchargeant les marchandises, libérer la boîte bleue du châle (et le revêtir), la tenir au-dessus de sa tête, aussi haut que possible, et remonter la ville en suivant l'avenue qui se réveillait. Elle devait passer devant les cafés où les premiers clients du matin prenaient leur petit déjeuner, devant les boutiques et les bureaux de tabac qui levaient leurs grilles, devant le barbier, la pharmacie, devant les grilles de l'école, toujours avec le carton bleu bien en vue, et crier à ceux qui la regardaient avec curiosité et à ceux qui l'ignoraient, d'une voix forte et sonore : « La robe de notre jeune demoiselle est arrivée de Paris ! » Elle devait le crier tout au long du parcours et, une fois rentrée chez les Provera, elle recevait une tasse de lait chaud et un petit pourboire.

Naturellement, les quelques personnes qui l'avaient vue remonter l'avenue en parlèrent, et la nouvelle se répandit dans toute la ville que Mme Teresa Provera avait suivi l'exemple de son père et que, pour cette occasion importante, elle avait commandé la robe de sa fille à Paris, rien de moins.

Vu les résultats remarquables, l'expérience fut répétée, en été et en hiver. Mme Teresa s'était abonnée à un magazine de mode français qui les tenait au courant des derniers modèles. Elles découvrirent qu'elles pouvaient également demander à Tito Lumia les patrons en papier pour découper le tissu à la bonne forme. Mlle Gemma dirigeait les travaux. C'était elle qui coupait et assemblait, les trois autres étant devenues si douées pour la couture, la finition et l'application des ornements que les vêtements avaient l'air d'avoir été confectionnés dans un véritable atelier par des ouvrières qualifiées. Bien sûr, tout devait être planifié longtemps à l'avance. Les tissus proposés par Lumia n'étaient pas toujours adaptés et il fallait en attendre de nouveaux. La mode évoluait et les nouveaux modèles n'étaient pas toujours à la page ni faciles à réaliser. Mais Mlle Gemma était une excellente organisatrice, et leur atelier domestique n'avait jamais manqué une nouvelle saison.

Tous les six mois, la servante remontait donc l'avenue en criant : « Les robes de notre dame et de nos demoiselles sont arrivées de Paris. »

Il y avait désormais trois boîtes, et les tenir en équilibre sur sa tête, même avec l'aide du *cercine*[1], aurait été difficile et trop épuisant, surtout en hiver lorsque les étoffes étaient lourdes. Mais Mlle Gemma trouva rapidement une solution. Il n'était pas nécessaire, remarqua-t-elle, que les cartons contiennent vraiment des vêtements. Personne, durant le bref trajet de la gare à la maison, n'allait les ouvrir pour vérifier. Ils pouvaient facilement être transportés vides, avec juste un peu de papier de soie froissé à l'intérieur.

---

1. Tissu torsadé afin de former une sorte d'anneau rembourré qui aide à porter sur la tête. *(N.d.T.)*

La servante, effrayée par la double menace de l'enfer et du renvoi, ne révéla jamais le secret. Pas même quand elle grandit et partit servir une autre famille. Une nouvelle fille arriva d'un petit village, et elle aussi prêta serment, jusqu'à ce que vienne le tour de Tommasina. Tommasina était une tombe, d'autant que, à part la phrase qu'elle devait crier sur l'avenue, elle ne parlait ni ne comprenait un seul mot d'italien, mais communiquait dans un dialecte très limité que seule Mlle Gemma comprenait.

Les choses s'étaient déroulées sans encombre jusqu'alors, personne en ville n'avait soupçonné la supercherie, et les vêtements qui arrivaient chaque saison de Paris étaient célèbres partout, même dans les villes voisines, suscitant l'admiration et l'envie de toutes les dames pour « ces saintes-nitouches de Provera ».

Les deux jeunes filles étaient ainsi désignées car tout le monde savait qu'après les rébellions de l'adolescence, elles étaient devenues timides et obéissantes, elles n'avaient pas de soucis en tête, ne lisaient pas de romans, gardaient toujours les yeux baissés lors des mondanités auxquelles elles assistaient par devoir, ne flirtaient pas avec les garçons, ne montraient jamais aucune inclination ou préférence. Leur vie se résumait à la maison et à l'église, et l'église était si proche que s'y rendre ne nécessitait même pas une courte marche. La seule « distraction » qu'elles s'autorisaient consistait en deux semaines de retraite spirituelle au couvent des Bénédictines, un monastère dans les montagnes à quelques kilomètres de notre ville. Et elles ne s'y rendaient pas seules, elles étaient accompagnées de leur mère ou de leur tante. Une telle irréprochabilité, combinée à la richesse de leur père et à la perspective d'une dot importante, leur avait valu de nombreux prétendants parmi les jeunes gens de bonne famille, et l'avocat Bonifacio Provera avait reçu plusieurs demandes discrètes. Si aucune des deux sœurs n'avait encore de fiancé, malgré leur âge, c'était parce que leur père visait très haut.

Le meilleur parti masculin de la ville était le jeune Medardo Belasco, le neveu préféré de l'évêque, dans la maison duquel il avait grandi, très religieux, à tel point que s'il avait renoncé à entrer au séminaire et dans les ordres, c'était uniquement parce qu'il était le seul héritier de sa famille et que ses parents, comme son oncle, le destinaient à perpétuer leur nom. Immédiatement après, venait le fils aîné du baron Vetti, don Cosma, qui avait fréquenté l'Académie militaire de M. dont il était sorti avec le grade de capitaine et une connaissance du monde bien supérieure à celle des jeunes gens de son âge. Dans ses projets, l'avocat Provera l'avait destiné à Ida, tandis que le jeune Belasco lui semblait l'époux idéal pour Alda. Il avait sondé le terrain, sans trop se compromettre, et n'avait rencontré aucune résistance ou objection. Mais il savait qu'il ne fallait pas précipiter les choses. Il valait mieux faire en sorte que les quatre jeunes gens se rencontrent comme fortuitement, que les filles fassent bonne impression, qu'elles ne trouvent pas de leur côté les deux partis choisis par leur père détestables, voire repoussants. Quelques années auparavant, la fille de l'ingénieur Biffi s'était enfuie de chez elle pour ne pas épouser le comte Aghiati que lui avait choisi son père, provoquant un énorme scandale, notamment car on ignorait où elle avait atterri, avec qui et comment elle gagnait sa vie.

Alda et Ida avaient vu les deux jeunes gens plusieurs fois, mais toujours de loin : du balcon, à l'église, au théâtre, aux jardins publics, et elles avaient été également vues par eux. Elles ne leur avaient jamais parlé, n'avaient jamais entendu le son de leur voix. Elles n'en avaient pas non plus discuté avec les autres filles, n'avaient pas eu vent de rumeurs ou de commérages à leur sujet. Elles menaient une vie extrêmement retirée, se suffisant l'une à l'autre, ne ressentant pas le besoin d'avoir des amies ou de fréquenter des jeunes filles de leur condition. Quand leurs parents leur avaient posé la question, elles avaient accepté le choix de leur père, qui, rassuré, avait poursuivi ses tractations.

Les choses en étaient là lorsqu'on annonça la visite de la reine Elena dans notre ville, ce qui mit en émoi les dames de la bonne société, toutes les riches bourgeoises et aristocrates. Il devait y avoir une grande réception et un bal dans le vaste hall décoré de fresques du palais de la préfecture. Les familles les plus importantes avaient été invitées, et le protocole non écrit exigeait que les femmes, les « dames et demoiselles » comme indiquait l'invitation, soient vêtues d'une nouvelle robe jamais portée. Les deux grands ateliers de couture de la ville furent pris d'assaut mais, même après avoir recruté de nombreuses mains supplémentaires, ils n'avaient pas été en mesure de répondre à toutes les demandes en si peu de temps.

Certaines dames allèrent en train à G. : cette ville plus grande que la nôtre possédait plusieurs boutiques élégantes et des ateliers de couture capables, si ce n'est de fabriquer de nouvelles robes aussi rapidement, de reprendre et d'ajuster celles arrivées de Turin et de Florence.

Les quatre couturières clandestines de la maison Provera paniquèrent. Comment leur serait-il possible, en à peine un mois, de se procurer les tissus et de confectionner trois robes dignes d'être montrées à la reine et aux dames de sa cour ?

Comme d'habitude, Mlle Gemma ne perdit pas courage. Tito Lumia, alerté de l'urgence du problème, réussit miraculeusement à leur obtenir en une semaine trois pièces de soie aux dessins magnifiques et originaux. Une soie très lourde, peut-être destinée à l'origine à des rideaux et non à des robes, mais une bonne coupe et le traitement adoucissant de Mlle Gemma la rendraient docile.

Restait le problème du temps. « Même en travaillant jour et nuit, cela ne suffira pas », se lamentait Mme Teresa, découragée. « Eh bien il nous faudra cette fois prendre une aide expérimentée. Et utiliser une machine à coudre », déclara la cousine.

Ce qui expliquait ma présence. Comme on ne pouvait pas espérer que mes allées et venues passent inaperçues, Mme Teresa avait fait courir le bruit que son avocat de mari avait eu la lubie de se faire coudre à la machine deux douzaines de chemises de nuit. Elle avait commencé par parler de chemises tout court, mais sa cousine lui avait fait remarquer que ses confrères pourraient ensuite vérifier au tribunal si son mari en portait vraiment de nouvelles. Alors que seule sa famille pouvait voir des chemises de nuit.

Ce jour-là, comme l'avait dit Mlle Gemma, nous avons coupé et assemblé la première robe, celle destinée à la maîtresse de maison. Les différents morceaux de tissu ont été assemblés à l'aide d'épingles, puis bâtis. Je n'avais jamais vu quelqu'un travailler avec autant de rapidité, d'assurance et de compétence que Mlle Gemma. Lors de la découpe, pas un centimètre de tissu n'avait été perdu. Quand des nervures ou des plis étaient prévus, les centimètres supplémentaires nécessaires étaient calculés au millimètre près. Les morceaux d'étoffe déjà taillés étaient manipulés avec grand soin afin que les bords ne s'effilochent pas (cela arrive plus souvent avec la soie qu'avec d'autres tissus, le plus compact étant la percale, ce que je savais moi aussi) avant d'être soigneusement coupés à ras, mais seulement après que chaque pièce – manches, col, différentes parties du corsage et de la jupe, bandes à draper – a été posée et mesurée sur le corps de Mme Teresa en attendant d'être bâtie, mesurée une seconde fois et finalement cousue. Pour cette opération, la machine à manivelle devait entrer en scène avec pour consigne de prendre la taille d'aiguille la plus fine possible. Mlle Gemma espérait utiliser la machine également pour les nervures et les plis, mais je lui ai expliqué qu'avec la manivelle, il était impossible d'aller aussi droit, aussi près et aussi parallèle. J'aurais pu le faire avec une machine à pédale, en utilisant les deux mains pour guider le tissu et encore, avec la soie, cela aurait été très difficile. Elles devaient se résigner à les coudre à la main comme elles l'avaient toujours fait, en utilisant un mètre ruban et un fer à repasser.

L'heure du déjeuner est arrivée, mais le travail n'a pas été interrompu comme c'était la coutume dans d'autres familles. Tommasina a apporté une théière et du pain grillé ; chacune leur tour les quatre couturières ont quitté la table un instant pour avaler une tasse de thé, engloutir un croûton à la hâte, se rincer les mains dans la bassine et se remettre rapidement au travail. On ne m'a rien proposé. « Tu te rattraperas au dîner, m'a dit Mlle Gemma. Et demain, apporte quelque chose à manger en vitesse car je ne t'accorderai pas plus de cinq minutes de pause. »

Lorsque l'obscurité est tombée, la belle lampe à huile en opaline rose a été abaissée sur la table grâce à sa poulie. La lumière était faible, elles m'ont expliqué qu'elles ajustaient la mèche selon que le tissu était clair ou foncé, or celui-ci était clair et de couleur vive. Même sur ces quelques gouttes d'huile, il leur fallait économiser, sur ordre de l'avocat Provera.

Elles m'ont congédiée quand la cloche de Santa-Caterina a sonné pour les vêpres. J'avais mal aux yeux, mal au bout des doigts, un seul étant protégé par le dé à coudre, j'avais craint que nous continuions jusqu'à complies. Je suis rentrée chez moi dans la nuit noire, guidée par les quelques lampes à gaz, et j'étais trop fatiguée pour cuisiner quoi que ce soit. J'ai grignoté du pain avec un morceau de fromage, réchauffé un peu de lait. La tentation de laisser tomber ce travail, de ne pas me présenter le lendemain et d'envoyer Assuntina, la fille de la repasseuse d'en face, leur dire de chercher quelqu'un d'autre était très forte. Mais je ne pouvais pas faire ça, le bruit se répandrait que je n'étais pas digne de confiance, personne ne ferait plus appel à moi. Et puis, malgré l'étrangeté de la situation, malgré l'effort démesuré qui m'était demandé, malgré l'offense de ne pas m'offrir le déjeuner, je savais que j'allais beaucoup apprendre de cette nouvelle expérience. Je n'avais jamais pris de véritable leçon de couture, ma seule professeure avait été ma grand-mère. Rien à voir avec la technique des grands ateliers, celle que l'on devinait dans les robes en vitrine et les illustrations des magazines de mode, dont ma grand-mère ignorait probablement même l'existence. Mais j'en avais feuilleté beaucoup, assez pour me rendre compte que Mlle Gemma avait une compétence bien supérieure à celle de la plupart des couturières, une technique parfaite, un goût éduqué et peut-être, aussi, un don. Si elle avait ouvert un atelier, elle aurait volé la meilleure clientèle de La Suprême Élégance et de Belledame. Après tout, mon engagement à la maison Provera ne devait durer qu'un mois, cela valait la peine de supporter un peu de faim et de fatigue.

Mes yeux se fermaient à cause du sommeil, mais j'ai eu la force de me lever pour aller chez la repasseuse, très pauvre et toujours prête à gagner quelques pièces supplémentaires. En échange d'une modeste rémunération, je lui ai demandé de me cuisiner de la polenta et de me l'apporter le lendemain matin déjà grillée, les tranches enveloppées dans du papier huilé, et de me préparer un léger dîner, peut-être une soupe de pois chiches et de fenouil, qu'elle me laisserait le soir sur le fourneau. Et surtout, de se charger, pendant tout le mois, de nettoyer les escaliers et l'entrée de l'immeuble, comme elle le faisait généralement lorsque j'étais accaparée par un travail. L'enveloppe dans le tiroir supérieur de la commode était alors presque vide. Pour la première fois, j'allais devoir puiser dans le contenu de la boîte en fer-blanc. Tant pis, je n'irais pas au théâtre cette année-là. J'espérais que la propriétaire ne verrait rien à redire à ce remplacement temporaire, mais je pressentais que je ne serais pas capable de me lever tous les matins à quatre heures et demie pour ensuite travailler à l'aiguille jusqu'aux vêpres.

Je me suis finalement effondrée dans mon lit. J'ai dormi si profondément qu'au matin je n'avais aucun souvenir de mes rêves, si ce n'est par éclairs, le motif coloré de la soie qui n'avait pas la forme d'une robe de chez nous mais du kimono de Madame Butterfly avec ses branches de fleurs de cerisier, comme je l'avais vue au théâtre l'année précédente. Et en effet, en regardant de nouveau les étoffes et les motifs dans la journée, elles m'ont remis en mémoire des illustrations, des gravures, où apparaissaient des silhouettes et des décors japonais. Je les avais admirées dans des magazines et quelques-unes encadrées dans la maison de Mlle Ester. Depuis quelque temps, m'avait raconté la marquise, le Japon était devenu très à la mode à l'étranger, une mode que l'on appelait « japonisme ».

Ma machine à coudre a été accueillie avec une grande curiosité, et Mlle Gemma a trouvé immédiatement un moyen d'apprendre et d'enseigner à ses deux nièces comment tourner la manivelle à mon rythme, de sorte que mes deux mains soient libres pour guider le tissu. Ainsi, le travail se déroulait rapidement ; en revanche, il fallait plus de temps pour les finitions, l'application des garnitures, des rubans, des rembourrages, des crochets et des boutons, tout ceci devant être fait à la main, sans hâte et avec grand soin. Nous nous sommes partagé les tâches. Pendant que mère et filles terminaient la première robe, Mlle Gemma et moi avons coupé et cousu la deuxième, puis la troisième. J'étais stupéfaite et pleine d'admiration de voir comment, en quelques gestes sûrs, elle plaçait différentes pièces de tissu – certaines grandes, d'autres moyennes et d'autres encore minuscules – et les épinglait les unes avec les autres, en faisait le bâti et, après avoir vérifié les mesures sur la destinataire du vêtement, me les confiait pour que je les couse, en surveillant attentivement le trajet de l'aiguille. Et, lorsqu'elle me les a prises des mains et les a doucement secouées, ces mêmes pièces s'étaient comme transfigurées, composant un ensemble unique, tridimensionnel, aux formes exquises. À l'époque, je n'aurais pas pu utiliser ces mots pour décrire mon émerveillement, mais j'avais le sentiment d'assister à un miracle.

Nous avons d'abord assemblé le corsage ; ce n'est qu'après avoir cousu et vérifié les manches et le col que nous nous sommes occupées de la jupe, que nous avons fait essayer aux deux jeunes filles, la fixant avec des épingles et faufilant la taille, avant de la passer enfin sous l'aiguille. Peut-être grâce à la préciosité du tissu, pour moi c'était comme regarder une fleur s'épanouir, pétale après pétale. Et dans mon imagination, Mlle Gemma ressemblait à la bonne fée de Cendrillon qui, d'un coup de baguette magique, transformait des chiffons en robes de princesse. Par fierté, je n'ai jamais montré mon étonnement, prétendant que je connaissais déjà chaque étape dont je pouvais m'acquitter. Mais, au cours de ce mois, j'ai appris beaucoup, beaucoup plus de choses sur la confection que ce que ma grand-mère m'avait enseigné pendant de nombreuses années, et que ce que j'avais étudié dans les magazines.

Chaque soir, je rentrais à la maison morte de fatigue, traînant derrière moi ma machine à coudre. J'étais inquiète à l'idée de la laisser chez les Provera. Quelqu'un, par exemple Tommasina, aurait pu la toucher par curiosité, tourner la roue dans le mauvais sens, tordre l'arbre ou abîmer le porte-aiguille. Je préférais ne pas la perdre des yeux. Chez moi, je dévorais avidement la soupe et le pain toujours accompagné d'un petit quelque chose que la repasseuse me laissait bien au chaud sur le coin de la cuisinière à charbon. Je me demandais comment mes quatre compagnes de couture faisaient pour résister aussi longtemps avec seulement quelques croûtons grillés. Ma collation composée de polenta et de fromage, mangée en vitesse à midi, ne me fournissait que très peu d'énergie. Mais la satisfaction du travail accompli faisait oublier l'inconfort.

Mlle Gemma avait choisi trois modèles similaires, avec de légères différences notamment dans le drapage des hanches, le décolleté, la dentelle et les rubans. Ceux des deux filles avaient une tournure assez discrète. Les manches étaient bouffantes au niveau des épaules, gonflées comme le voulait la mode, puis s'affinaient vers le coude ; le corsage tombait en pointe sur le devant et les jupes cloche glissaient sur les hanches. Quand les robes furent enfin prêtes, personne n'aurait pu deviner qu'elles avaient été cousues maison. Et, comme je l'avais prédit, une fois qu'elles les eurent enfilées et que leur tante eut coiffé leurs cheveux en les gonflant avec un rouleau de crin et en les décorant de plumes et de rubans dans une sorte de répétition générale, les jeunes femmes étaient de vraies beautés. La robe de leur mère était légèrement plus modeste, comme il convenait à son âge.

L'avocat Bonifacio Provera, qui était entré dans la salle de couture pour assister à l'essayage, jubilait de satisfaction. Sans se soucier de ma présence, ou peut-être savait-il pour le serment, il informa les femmes que les tractations avec le jeune soldat et le neveu de l'évêque s'étaient conclues favorablement. C'était maintenant à Alda et à Ida de gagner l'approbation et la bienveillance de leurs futures belles-mères, qui, avec leurs maris et l'évêque, assisteraient à la réception de la reine. Et, bien évidemment, elles devaient gagner l'admiration des deux futurs époux, qui, pour la première fois, non seulement les verraient de près, mais auraient aussi, lors du bal, un contact physique, même respectueux, avec elles, et respireraient leur parfum. « N'oubliez pas d'apporter des pastilles à la menthe ou à la violette à sucer, recommanda l'avocat. Il n'y a rien de plus repoussant pour un homme que la mauvaise haleine. Et parlez peu. » Les deux prétendants allaient effleurer leurs cheveux de leurs joues, apprécier la douceur de leurs mains, leurs tailles fines, leurs cous blancs et souples. « Vous ne pourrez pas ne pas leur plaire. »

Les deux jeunes filles rougirent aux paroles de leur père. Moi aussi, j'aurais pu rêver, imaginer la magie de cette première rencontre, la naissance d'une attirance, l'éclosion d'un amour. Mais l'histoire de Mlle Ester et du marquis Rizzaldo m'avait appris combien de mensonges se cachaient derrière cette illusion. En regardant les deux sœurs dans leurs belles robes aux dessins japonais, je songeais à la pauvre Madame Butterfly, séduite, trompée, abandonnée et qui s'était suicidée. Mlle Ester avait été sauvée par son père ; Cio-Cio-San n'avait plus de père, elle, il s'était tué pour sauver son honneur, comme allait le faire à son tour sa fille répudiée. Et comment réagirait l'avocat Provera si par malheur les deux gendres se comportaient mal avec Alda et Ida une fois mariés ?

J'en discutai avec la repasseuse le soir même qui, bien qu'elle ait eu pour mari un ivrogne qui la battait, m'accusa d'être trop pessimiste. Aucune de nous ne pouvait imaginer comment allait finir l'histoire des fiançailles des demoiselles Provera.

Les robes furent prêtes trois jours avant l'arrivée de la reine. Mlle Gemma me paya la somme convenue sans ajouter le moindre centime de pourboire et me congédia en me rappelant mon serment. Le gain était maigre pour tant de travail, mais j'étais heureuse de la valeur inestimable de tout ce que j'avais appris.

Le lendemain matin, bien que je sois très fatiguée, je me levai tôt et descendis sur l'avenue, je m'arrêtai à la porte du barbier et n'eus pas à attendre longtemps pour voir Tommasina, pieds nus, remonter le trottoir avec les boîtes bleues au-dessus de sa tête, qui criait : « Les robes de notre dame et de nos demoiselles sont arrivées de Paris ! » Quand elle passa à côté de moi, nos regards se croisèrent, j'avais envie de rire mais elle est restée impassible, ne montrant aucun signe de reconnaissance.

Comme d'habitude, la nouvelle de l'arrivée des « robes de Paris » se répandit et, comme d'habitude, la curiosité teintée d'envie des dames qui devaient assister à la réception de la reine se déversa en ragots et en médisances sur la curieuse avarice de l'avocat qui permettait un tel gaspillage à la vanité de ses femmes.

Mais personne, moi y compris, ne doutait qu'Alda et Ida Provera seraient les deux « demoiselles » les plus élégantes du bal. Même si la rumeur de négociations de mariage fructueuses circulait dans les salons, l'annonce officielle des deux fiançailles était attendue pendant la fête ou, si le protocole de la cour ne le permettait pas, dans les jours qui suivaient.

La reine arriva en train avec sa suite. Le voyage depuis la capitale avait été très long, car le convoi devait s'arrêter à intervalles réguliers afin de recevoir les hommages de la population locale, alignée sur les quais des petites gares pour offrir des fleurs et agiter des drapeaux. Dans notre ville, chaque vitrine affichait la photo de la souveraine entourée des petites princesses et de l'héritier vêtu en matelot. Nous étions curieuses, les grandes dames, les bourgeoises et les femmes des ruelles, mais surtout nous, couturières réputées et petites mains à la journée, de voir ce que porterait la reine. Nous savions qu'à son arrivée à Rome, alors jeune mariée, elle avait été jugée rustique et sans élégance, que la famille de Savoie[1] l'appelait avec mépris « la bergère ». Les gens humbles, cependant, l'admiraient, et chez nous aussi une foule nombreuse s'était massée à la gare pour l'accueillir et lui rendre hommage – foule dont je faisais aussi partie, je n'ai pas honte de le dire. Je dois avouer que dans ma naïveté j'étais fière du fait que trois robes que j'avais contribué à confectionner, que ma machine à manivelle avait cousues, seraient vues par la reine, peut-être touchées, peut-être admirées par elle, bergère certes, mais habituée à se vêtir chez les meilleures couturières d'Italie et d'Europe.

La reine et sa suite étaient logées à l'Italia, l'hôtel le plus luxueux de la ville. Le premier jour, la souveraine se reposa de son voyage et ne reçut en privé que les représentants municipaux. Le grand bal était prévu pour le lendemain.

Je n'ai su ce qui s'est passé à la fête que trois ou quatre jours plus tard. Au départ, ils ont essayé de dissimuler le scandale, et lorsqu'il n'a plus été possible d'empêcher les rumeurs de circuler, elles étaient confuses, vagues, imprécises. Personne ne comprenait comment la découverte

---

1. Maison ayant régné sur l'Italie depuis l'unité en 1861 jusqu'à la proclamation de la République en 1946. *(N.d.T.)*

de la véritable origine des trois robes des femmes Provera pouvait constituer non seulement une humiliation pour elles, mais aussi un outrage, une offense très grave envers la reine et les autres dames présentes. On parlait même de crime de « lèse-majesté », même si aucune action pénale ne fut engagée contre l'avocat Provera. Mais la réputation de la famille, et surtout des deux filles, disait-on, était irrémédiablement ruinée.

Pendant un certain temps, la nouvelle n'a circulé que de bouche à oreille, et en chuchotant. Le portail de la maison Provera de la piazza Santa-Caterina restait clos. Les parents et les amis de la famille rougissaient et refusaient d'évoquer le sujet. Le seul commentaire que l'on pouvait arracher consistait en un seul mot : « Inexplicable ! » Mais, après le départ de la reine, les personnes qui avaient assisté à la fête se mirent à parler plus librement, les célibataires, sans épouse à qui se justifier, et qui se vantaient même de leurs exploits érotiques, rapportèrent les détails les plus croustillants, et il ne fut plus possible pour le préfet et les autres autorités de faire taire la presse. Dix jours après l'événement, un journal satirique particulièrement audacieux, de ceux qui n'entrent pas dans les foyers où vivent des jeunes filles à marier, publia un long compte rendu. C'est dans ces lignes que j'ai finalement appris ce qui s'était passé, stupéfaite mais un peu soulagée car le journaliste ne faisait que mentionner en passant la confection des vêtements à domicile, sans lui attribuer une grande importance, et ne citait pas mon nom mais évoquait

« l'aide d'une petite main à la journée ». Je mis l'article – que j'ai toujours – de côté pour le montrer à Mlle Ester à son retour. C'était la première fois que j'étais impliquée, bien qu'anonymement, dans un scandale, et ce ne devait pas être la dernière. La deuxième fois, j'en parlerai plus tard. Pour l'instant, je me contenterai de satisfaire votre curiosité, chers lecteurs, sur ce qui s'est passé ce soir-là dans les salles aux nombreuses fresques de la préfecture.

Le cérémonial voulait que, lors la première phase de la réception, les dames se séparent des hommes dès leur entrée et se rassemblent dans la « salle des Nymphes », connue sous ce nom en raison de ses peintures, qui était transformée pour l'occasion en vaste vestiaire avec miroirs et coiffeuses, où ces dames pouvaient enlever leurs manteaux et arranger leurs robes et leurs coiffures. Une fois les arrivées terminées et les grilles de la préfecture fermées, les dames devaient rejoindre leurs maris, pères et frères respectifs dans la salle principale ornée de fresques marines pour déguster ensemble un léger rafraîchissement, en attendant que la reine prenne place dans le salon principal et se prépare à recevoir les hommages des invités, qui devaient défiler devant elle un par un, par ordre d'importance, et lui être présentés. Après cette cérémonie, les danses pouvaient commencer.

Au salon-vestiaire, quand Mme Teresa et ses filles eurent retiré leurs manteaux, rapportait le journal, les trois robes « parisiennes » laissèrent les autres dames bouche bée d'admiration, de surprise et, insinuait malicieusement le chroniqueur, d'envie mal dissimulée. Les aristocrates les plus âgées et les plus hautaines les observaient de loin à travers leurs lorgnettes avec dédain, mais la plupart des dames s'étaient rapprochées pour les complimenter plus ou moins hypocritement. J'imagine que les parentes et les amies de la famille, au courant des négociations de mariage, avaient embrassé Alda et Ida en leur murmurant à l'oreille : « Tu vas le séduire à coup sûr ! Bonne chance ! » Et je me demandais si la sœur de l'évêque et la comtesse Vetti, futures belles-mères, avaient apprécié la simplicité des manières, approuvé l'élégance des toilettes des deux jeunes Provera et donné quelques signes de bienveillance.

Vint le moment, poursuivait le journaliste, où les dames rejoignirent ces messieurs dans la salle des fresques marines. Les Provera entrèrent modestement parmi les dernières. Quand le neveu de l'évêque aperçut Alda, son regard s'illumina et il fit mine de se diriger vers elle, mais son oncle lui saisit le bras d'une poigne de fer et l'immobilisa à ses côtés. Son Excellence s'empourpra, incrédule. Le capitaine Vetti, don Cosma, qui se dirigeait allègrement vers Ida, s'arrêta également à mi-chemin. Des chuchotements d'indignation et d'outrage coururent de bouche en bouche parmi ces messieurs. Les dames, y compris les trois Provera, ne comprenaient pas. Elles ne pouvaient pas comprendre.

Et ces messieurs, ajouta le journal, ne pouvaient pas expliquer leur indignation.

À ce stade de ma lecture, je m'étais demandé très étonnée comment ces messieurs qui n'avaient jamais tenu une aiguille pouvaient reconnaître ce qui avait échappé à leurs femmes, la confection artisanale des vêtements, pourquoi cela les dérangeait tant et pourquoi ils ne pouvaient l'expliquer. Les gens de la haute, comme disait ma grand-mère, étaient vraiment incompréhensibles.

Mais le journaliste, après avoir éveillé la curiosité du lecteur, donna immédiatement la raison, une raison bien différente et plus sérieuse que je ne l'avais imaginée.

Le fait que les vêtements aient été fabriqués à domicile et non à Paris n'avait été remarqué par personne. Au contraire, les croire cousus dans la capitale française donnait plus de crédit au motif du scandale.

Ce qui avait suscité l'indignation de ces messieurs, ce n'était pas la confection des robes, mais le tissu, cette belle soie aux motifs si exotiques sur laquelle nos doigts s'étaient fatigués un mois entier. Pourquoi ? Parce que beaucoup l'avaient reconnu comme provenant d'un célèbre lieu de péché, une célèbre maison de tolérance dont leurs saintes épouses, et *a fortiori* la reine, n'étaient même pas censées soupçonner l'existence.

Il s'est avéré plus tard – le journaliste ne le savait pas et ne pouvait l'écrire à l'époque (mais je m'en suis immédiatement douté) – qu'à l'insu des pauvres Provera, et peut-être à son propre insu puisqu'il était à moitié analphabète et ne lisait pas les journaux, Tito Lumia avait acheté à un navire français les restes des tissus avec lesquels avait été meublée quelques années plus tôt la « chambre japonaise », l'orgueil de la plus luxueuse maison close parisienne appelée, je recopie le nom donné dans l'article, Le Chabanais. Tous les hommes d'Italie, d'Europe, du monde civilisé, la connaissaient au moins de réputation. En revanche, nous, les femmes, avons découvert son existence, avec tous les détails croustillants, dans les pages du journal satirique. C'était le bordel le plus célèbre d'Europe, fréquenté par les riches millionnaires, les têtes couronnées, les artistes les plus en vogue du monde entier, et par ceux qui pouvaient se permettre de payer, même une fois seulement, par curiosité, le tarif minimum de cinq cents francs. L'héritier du trône d'Angleterre avait sa propre chambre privée au Chabanais, avec un mobilier magnifique fabriqué spécialement et une baignoire en bronze doré en forme de bateau orné d'une figure de proue, qu'il remplissait de champagne pour s'y baigner nu avec une ou plusieurs « pensionnaires » des lieux. Les autres chambres, celles destinées aux clients « normaux », avaient chacune un thème : la salle mauresque, l'indienne, la médiévale, la russe, l'espagnole et, donc, la japonaise. L'ameublement de la chambre japonaise était si élégant, si bien fait que, montré à l'Exposition universelle de 1900, il avait remporté le premier prix de la section des Arts décoratifs et était apparu en photographie dans quelques magazines illustrés – pas ceux destinés aux ménages respectables. Ses rideaux, ses tentures, les revêtements des meubles, le baldaquin du grand lit, tout était réalisé avec une magnifique soie à fleurs de cerisier dans trois nuances de couleur différentes, les mêmes que les trois robes des femmes Provera. Une soie, avaient précisé les exposants, au dessin unique, original, protégé par un brevet.

Comment se faisait-il, s'étaient demandé ces messieurs et à son tour le journal, que l'une des familles les plus éminentes et les plus respectées de notre ville soit entrée en possession de ces étoffes ? Peut-être l'avocat Bonifacio Provera avait-il des intérêts, possédait-il des parts dans Le Chabanais ? Peut-être même, avait-on suggéré, que les deux jeunes femmes, lorsqu'elles s'absentaient sous prétexte de retraite spirituelle, se rendaient en réalité à Paris pour exercer temporairement le plus vieux métier du monde ? Et pourquoi avaient-elles enfilé ces robes honteuses et compromettantes pour les exhiber devant la reine ? Par affront, par offense à la monarchie ? Peut-être ce bel esprit républicain et mazzinien qu'était l'avocat avait-il délibérément organisé le tout pour outrager la souveraine en public ?

C'était, répétait le journaliste, la question que se posaient les hommes présents dans la salle aux fresques bleues. La plupart d'entre eux avaient immédiatement reconnu le tissu puisqu'ils l'avaient vu de leurs propres yeux lors d'un voyage à Paris, y compris Son Excellence l'évêque, qui lui aussi avait voulu satisfaire ce caprice. (Et le journal, satirique et anticlérical, insistait avec délectation sur ce détail.) Tout comme l'avaient reconnue, pour les mêmes raisons, les dignitaires qui avaient accompagné la reine depuis la capitale. Le seul à ignorer, tant l'existence de ce bordel que son ameublement, était Medardo Belasco, le séminariste manqué, qui, contrairement à son oncle l'évêque, prenait le sixième commandement au sérieux. Mais si lui, comme le capitaine don Cosma Vetti, ne pouvait accepter comme fiancée une jeune femme sur la tête de laquelle planait l'ombre d'un si noir soupçon, les dignitaires de la cour ne pouvaient non plus permettre que la reine soit approchée et insultée par les trois impudentes.

Deux grenadiers en uniforme s'approchèrent de Mme Teresa et de ses filles et, essayant sans succès d'être discrets, les firent sortir de la pièce. L'avocat les avait suivies sans comprendre. L'humiliation avait été atroce, mais fort heureusement la reine, qui était dans l'autre salon, n'avait pas remarqué toutes ces manœuvres et le reste de la soirée s'était déroulé comme prévu.

Cependant, comme il fallait s'y attendre, un esclandre éclata en coulisse. Dès le départ de la reine, le préfet et le chef de la police avaient envoyé chercher l'avocat Provera pour l'interroger sur le motif de cet affront. L'avocat était tombé des nues : pour autant qu'il le savait, les tissus incriminés n'avaient rien de scandaleux, ils provenaient du trousseau de sa femme, arrivé de Paris, certes, mais environ un quart de siècle plus tôt. Il ne pouvait pas les reconnaître car, bien qu'il ait voyagé quelques fois seul à Paris récemment, son avarice – plutôt que sa fidélité conjugale – l'avait empêché de fréquenter un lieu de perdition aussi coûteux que Le Chabanais. Qui plus est, il ne savait rien de Tito Lumia ni du trafic que les femmes de la maison faisaient dans son dos. Il admit seulement la supercherie des boîtes et la réalisation domestique des vêtements. En tant qu'avocat, il savait que tromper, ou se moquer de l'opinion publique, n'était pas un délit. Une humiliation, certainement. Mais monsieur le Préfet et monsieur le Chef de la police devaient convenir que les robes de sa femme et de ses filles étaient plus belles, plus élégantes, mieux faites que celles des autres dames. Il s'entêtait à nier que les tissus aient eu quoi que ce soit d'offensant. Les deux fonctionnaires ont dû suspendre la séance et convoquer les autres hommes (pas l'évêque, cependant) pour qu'ils témoignent et, devant eux le préfet a admis avec une certaine fierté qu'il avait lui-même fréquenté la maison de plaisir parisienne. En outre, on a montré à l'avocat Bonifacio Provera le magazine contenant les photos de la chambre japonaise récompensée à l'Exposition, ainsi que des calendriers de poche parfumés des barbiers où le motif unique des étoffes était parfaitement reconnaissable.

L'article du journal se terminait ainsi, avec une petite chanson moqueuse attribuée à des étudiants de l'université, qui mettait en scène et en vers d'embarrassantes scènes familiales dans lesquelles de riches et nobles maris citadins étaient contraints d'avouer leurs tromperies et leurs dépenses à leurs pudibondes épouses.

Environ deux mois plus tard, je me suis rendue à un enterrement à l'église Santa-Caterina. Sur un banc était assise Mlle Gemma, habillée tout en noir comme pour un deuil strict, maigre, pâle, les mains agitées d'un tremblement qu'elle ne pouvait contrôler. Ces mains que j'avais vues si fermes et si sûres quand elles saisissaient les ciseaux pour couper le précieux tissu. Elle m'a reconnue, m'a saluée et m'a invitée à monter avec elle à la maison après la cérémonie pour saluer Mme Teresa et les demoiselles.

« Tu ne nous méprises pas comme tous les autres ? a-t-elle demandé. Après tout, tu connaissais notre secret depuis le début, on aurait pu t'accuser d'être notre complice. Je te remercie d'avoir été fidèle à ton serment, de ne pas t'être répandue à droite à gauche. Toi, tu sais comment les choses se sont passées, et c'est une infamie de nous accuser d'avoir su d'où venait le tissu ! Comment pouvions-nous contrôler, nous, où notre fournisseur était allé le chercher ? »

Je l'ai accompagnée jusqu'à la maison où Mme Teresa, miracle !, m'a offert une tasse de café avec quelques biscuits. Elle et les deux filles étaient également vêtues de noir, toutefois elles n'avaient pas l'air aussi abattues que Mlle Gemma. J'ai observé l'étoffe de leurs robes noires, des robes d'intérieur mais élégantes. C'était une belle soie sauvage, douce et ferme, comme celle que j'avais vue dans la vitrine du meilleur magasin de textile de la ville. Le noir était uniforme, dense, sans reflets verdâtres. La coupe était excellente, la finition parfaite, comme on pouvait s'y attendre. Tout était très différent des habits d'intérieur négligés et élimés auxquelles mère et filles m'avaient habituée pendant notre mois de travail commun.

La plus grande surprise, cependant, est venue de l'avocat Bonifacio Provera. Rien n'avait filtré en ville, mais quelques jours après la deuxième rencontre avec les autorités, le pauvre avait eu une crise d'apoplexie qui l'avait laissé muet et paralysé dans un fauteuil roulant. Cependant il comprenait tout. Il m'a reconnue, mais a grossièrement tourné son visage vers le mur quand je l'ai salué. Il était entré dans la salle de couture, où Mme Teresa me servait du café et des biscuits, poussé dans son fauteuil roulant par la servante. Tommasina, qui portait un tablier propre et décent et deux solides bottines aux pieds, essayait maintenant de lui mettre quelque chose en bouche, une cuillère de café au moins, mais il tenait ses lèvres serrées et jetait des regards furieux autour de lui. Je compris qu'il ne supportait pas d'avoir dû abandonner les cordons de la bourse à sa femme : le seul fait de la voir se livrer à cette petite libéralité à mon égard le faisait endurer les douleurs de l'enfer. Ses yeux brillaient de colère, encore davantage lorsque son regard se posa sur la magnifique machine à coudre à pédale neuve qui trônait sous la fenêtre.

En me raccompagnant dehors, Mlle Gemma se plaignit de sa cousine trop dépensière, qui, après en avoir été privé pendant si longtemps, ne comprenait pas la valeur de l'argent, le gaspillait, achetait à la boucherie des quantités exagérées de génisse qu'ils ne pouvaient pas consommer, offrait les œufs du poulailler à l'orphelinat, glissait à l'église plusieurs billets pour les offrandes. Après avoir ouvert le coffre-fort de leur maison et vérifié les dépôts et les titres auprès des responsables de la banque, elle avait déclaré, débordante de joie, à ses filles : « Nous sommes très riches. Qu'avons-nous à faire de toutes les mauvaises langues ? » Et maintenant, elle envisageait même d'acheter une automobile. Pas une voiture à cheval. Une automobile.

« Et elle veut apprendre à la conduire ? ai-je demandé, effrayée.

— Mais non ! Elle veut embaucher un... comment ils appellent ça en France ? Non, pas un mécanicien, un *chauffeur**. »

Je racontai cette visite à la *marchesina* Ester, qui revenait d'un de ses premiers voyages. Elle fut indignée par le scandale, estimant que les deux fiancés auraient dû honorer leur parole. Si on invoquait la morale, disait-elle, les deux sœurs Provera n'avaient commis aucun péché ; le mensonge à propos des robes parisiennes pouvait passer pour une plaisanterie, il n'avait fait de mal à personne, et les quatre femmes avaient travaillé dur pour être à la hauteur des autres dames prétentieuses et dédaigneuses. Selon elle, ces robes étaient la preuve qu'Ida et Alda seraient des épouses modèles. Les pécheurs, s'il y en avait, étaient les messieurs de la ville qui fréquentaient les bordels, y compris le préfet et l'évêque. « Ici, il ne s'agit pas de vraie moralité, mais d'hypocrisie », affirma-t-elle. Elle avait des idées vraiment bizarres sur l'égalité des sexes, ma demoiselle Ester, et sur le fait que les hommes ne devaient pas exiger des femmes ce qu'ils n'étaient pas, eux-mêmes, prêts à faire ou ne pas faire. Elle s'indignait lorsqu'elle lisait en dernière page des journaux les feuilletons parlant de femmes « perdues » ou de « pécheresses repenties ». Elle m'avait offert un imposant et célèbre livre intitulé *Les Mystères de Paris*. Il m'avait fallu presque un an pour le lire. Elle me questionnait, elle aimait le commenter avec moi, et quand elle a su que j'avais été émue par la mort de Fleur-de-Marie, elle m'a dit : « Tu ne dois pas pleurer, tu dois te mettre en colère. Elle n'avait pas choisi de faire ce travail. Pourquoi ne pouvait-elle pas se marier et vivre une vie normale ? » Ses mots me faisaient réfléchir. Depuis qu'elle était retournée vivre chez son père, Mlle Ester ne parlait plus d'amour ; elle semblait l'avoir effacé de sa vie. De toute façon, une jeune femme séparée ne pouvait pas penser à l'amour. Selon la loi, elle était toujours mariée à son mari, elle ne pouvait que revenir vers lui en espérant être pardonnée. Mais je savais pertinemment que ma demoiselle ne le ferait jamais.

Quand on a appris que l'avocat Bonifacio Provera avait eu une seconde attaque qui lui avait été fatale, la *marchesina* m'a dit : « Sais-tu ce qu'il devrait se passer si le monde allait bien ? » Et elle s'est mise à inventer comme si elle écrivait un roman, mais selon ses propres principes.

« Ainsi, à la mort de l'avocat, sa femme, ses filles et sa cousine reçurent leur héritage et disparurent. Parties pour quelque pays outre-Atlantique. Elles ne voulaient pas rester dans une ville qui les avait si injustement méprisées. Pendant plusieurs années, on n'entendit plus parler d'elles.

« Puis la journaliste américaine, Miss Briscoe, celle qui vit dans notre ville, mon ancienne professeure d'anglais, revenant d'un voyage aux États-Unis, rapporta l'histoire d'une très célèbre couturière française de New York chez qui les épouses des têtes couronnées et des millionnaires du monde entier faisaient la queue pour se faire confectionner un vêtement unique, original, qu'elles payaient à des prix exorbitants. L'atelier était dirigé par une femme d'âge mûr qui s'appelait... voyons comment traduire Gemma en français... *Madame Bijou**. Elle était assistée par une *couturière** plus jeune, sa fille ou sa nièce. Il s'agissait d'Ida, bien sûr, et la couturière était italienne, mais il était plus chic de se faire passer pour une Française. Ida était mariée à un modéliste hongrois qui travaillait dans l'entreprise et jouait du violon pendant son temps libre. Ils eurent trois beaux enfants très doués qui étudièrent dans la meilleure école de New York. Et Alda ? Dans le feu de la passion, Alda avait épousé un jeune peintre catalan, à l'origine sans le sou, qui, encouragé par elle, s'était mis à concevoir de magnifiques tissus, qu'il imprimait avec une technique secrète qu'il avait ensuite brevetée. Ces imprimés inimitables étaient le secret du succès de la maison de couture Bijou.

« Alda et Mariano eurent aussi des enfants, quatre filles. Toutes avaient de vifs penchants artistiques, l'une peignait comme leur père, une autre jouait de la musique comme leur oncle violoniste, la troisième dansait – fallait-il l'envoyer à l'école d'Isadora Duncan ? – et la plus jeune chantait avec une voix d'ange.

« Qui avons-nous oublié ? *Madame Thérèse** ? *Madame Thérèse** était allée vivre dans le Bronx avec Tommasina et avait ouvert une école de coupe et de couture pour les jeunes filles pauvres, une sorte de pensionnat où les élèves dormaient, recevaient des vêtements chauds, de bons repas et même une certaine éducation, en plus d'apprendre les techniques de couture. M. Singer, l'industriel, admiratif de cette initiative, avait offert à l'école sept cent cinquante machines à coudre ultramodernes. Et ce n'est pas tout. L'école n'était pas réservée aux enfants. Il y avait une aile où Mme Bijou venait de temps en temps donner des cours, et où les prostituées qui voulaient quitter la rue et gagner honnêtement leur vie recevaient le gîte, le couvert et la protection en plus des leçons de couture. »

Je riais. « Mademoiselle Ester, excusez-moi mais vous êtes trop optimiste, et trop romantique.

Dans la vie réelle, malheureusement, les choses ne se passent pas comme ça. »

Et en effet, les craintes exprimées par Mlle Gemma se révélèrent finalement fondées.

Dépourvue de tout sens pratique, ne se rendant pas compte que depuis son mariage l'inflation avait explosé et que la richesse qui lui paraissait très importante était *importante*, mais pas infinie, en un peu plus de deux ans Mme Teresa dilapida tout l'argent que son mari avait si avidement accumulé. Elle ne contrôlait pas les métayers qui ne se privaient pas de la voler, pour la cuisine elle ne faisait plus venir les produits de ses fermes mais les envoyait acheter au marché ou dans les épiceries les plus chères. Elle renouvela l'ameublement de la maison où elle n'était pourtant que rarement. Chaque fin de matinée, elle allait avec ses filles prendre un chocolat chaud au Cristal Palace. Elles ne s'asseyaient pas dans une petite salle intérieure comme le faisaient habituellement les quelques dames les plus libres et désinvoltes, non, elles s'installaient à l'une des tables les plus visibles, celles du trottoir, protégées par la structure en verre et en cristal qui en faisait une sorte de vitrine où les messieurs les plus riches et oisifs passaient la journée à lire le journal, à fumer des cigares, à parler politique et à médire. Elle espérait peut-être, en exposant ainsi ses filles, leur trouver deux nouveaux fiancés aristocrates. Et, comme il n'y avait pas beaucoup de jeunes hommes de bonne famille en ville, elle décida de chercher plus loin. Elle voyagea beaucoup avec ses filles, se rendit à Paris et offrit même à chacune d'elles un splendide trousseau au grand magasin Printemps. Elle acheta une automobile, l'une des rares en circulation chez nous, et engagea un chauffeur à qui elle fit porter l'uniforme et une casquette galonnée. Elle prit à son service deux deux femmes de chambre, qu'elle habilla de chemises bleues, de tabliers blancs et d'une coiffe. Elle embaucha une cuisinière. Tommasina n'avait qu'à s'occuper de l'avocat, ce qu'elle fit avec dévouement jusqu'à ce qu'il ait la deuxième attaque qui lui fut fatale. Mme Teresa alla avec ses filles prendre les eaux dans une station thermale élégante. Mais pour faire face à toutes ces dépenses, elle dut commencer à vendre, l'un après l'autre, les métairies, les appartements, puis les magasins, puis les bons du Trésor. Son patrimoine devenait de plus en plus maigre, d'autant qu'il n'y avait personne pour travailler à le reconstituer. Tommasina s'enfuit, emportant avec elle dix cuillères en argent, les deux colliers de perles des filles Provera et une boîte bleue du Printemps remplie de chutes de soie. Quand elle fut retrouvée quelques jours plus tard, elle refusa de dire à qui elle avait vendu son butin et il fut impossible de le récupérer. Mme Teresa gifla la voleuse à plusieurs reprises, l'enferma dans sa chambre au pain et à l'eau mais refusa de la dénoncer à la police. En vérité, elle s'était attachée à elle et ne voulait pas la voir envoyée dans une maison de correction pour finir, comme c'était toujours le cas, dans une maison de tolérance.

À ce moment-là, Mlle Gemma, bien que tourmentée par le tremblement de ses mains qui ne voulait pas disparaître, prit les rênes de la famille pour la deuxième fois, parla sérieusement avec sa cousine et ses nièces et mit un frein aux folles dépenses. L'appartement de la piazza Santa-Caterina était grevé d'hypothèques et elles allaient bientôt devoir l'abandonner, mais il restait à la famille Provera une petite maison de campagne non loin de la ville, meublée grossièrement mais avec tout le nécessaire. Elles s'y retirèrent, emportant la machine à coudre que, sur les conseils de Mlle Gemma, elles n'avaient pas vendue en même temps que leurs nouveaux meubles raffinés. À grand regret, Mme Teresa se résigna à renvoyer les femmes de chambre, les cuisinières et le chauffeur et à ne garder que Tommasina comme domestique. Elle avait honte à l'idée de mettre en vente à la vue de tous la voiture et les trousseaux parisiens de ses filles. Aussi Mlle Gemma fit appel à Tito Lumia, qui acheta tout en bloc, comme il en avait l'habitude, même si le gain fut bien inférieur au montant que tout ce luxe avait coûté. Mais il leur fut quand même possible de reconstituer une petite dot pour les deux filles. Bien sûr, il était désormais très difficile de leur trouver un mari. Les jeunes filles de bonnes familles les évitaient, leurs frères les ignoraient. Alda accepta finalement d'épouser un commerçant fruste d'un village voisin qui lui avait été proposé par l'entremetteur. Son époux ne lui permettait pas de loger, encore moins d'aider ses proches, et se moquait constamment d'elle et l'humiliait en lui reprochant ses goûts raffinés et sa maigre dot.

Ida resta vivre avec sa mère et sa tante. Si elle avait été moins fière, elle aurait cherché un emploi chez l'une des deux grandes couturières de la ville. Mais elle ne voulait pas qu'on la voie, un mètre ruban à la main, prendre les mesures des dames qui l'avaient invitée dans leurs salons et avec qui elle avait échangé des visites dans les loges des théâtres.

Lorsque j'appris que mère et fille s'étaient lancées dans la couture à leur compte, j'eus peur, comme les autres couturières de la ville, que, douées comme elles étaient, elles nous fassent concurrence. Mais les Provera avaient honte de se rendre dans les maisons des familles qu'elles avaient « auparavant » fréquentées sur un pied d'égalité, et elles ne pouvaient ni ne voulaient recevoir de riches clientes dans leur modeste maison de campagne. Elles durent donc se tourner vers une clientèle modeste, des gens des alentours, des paysans qui demandaient des réparations et du raccommodage, des tabliers et des chemises en milleraie, de pauvres trousseaux avec des draps en tissu épais et de simples ourlets sans broderie. J'eus vent qu'elles avaient même accepté, par le biais de Tito Lumia, de coudre un lot de grands sacs en chanvre pour un grossiste de légumes secs. Je me demandais si la belle machine à pédale aux frises dorées avait suffisamment de force pour pousser l'aiguille à travers un tissu aussi épais et dur, et si l'aiguille n'allait pas casser – ou peut-être en existait-il un type très robuste que je ne connaissais pas. Pour la soie du scandale, nous avions dû monter sur ma machine à manivelle une aiguille très fine, de celles que l'on trouve dans toutes les merceries.

Un coup au cœur

Je ne pouvais pas y croire. Je ne pouvais croire que la Miss américaine, le professeur d'anglais de Mlle Ester, avait pris cette décision comme l'affirmait Filomena. Elle n'avait aucune raison de le faire. Elle était tellement contente quand elle m'avait annoncé qu'elle partait et demandé de lui coudre un nouveau corset, un corset spécial, avec des poches intérieures entre les baleines pour cacher son argent pendant le voyage. Elle était heureuse, soulagée d'avoir enfin réussi à se libérer d'un lien qui l'oppressait et qui avait ruiné sa vie ces derniers temps. Je ne savais pas quel était ce lien, car la Miss ne se confiait pas à moi, mais il était évident que son humeur s'était améliorée récemment. Je savais qu'elle avait déjà écrit à sa sœur à New York pour lui annoncer son arrivée, puisque c'est moi qui avais expédié la lettre à la poste. Je savais aussi qu'elle avait déjà acheté les billets pour le bateau qui devait l'emmener à Liverpool, et pour le paquebot qui, trois mois plus tard, devait l'emmener en Amérique depuis l'Angleterre ; j'avais moi-même récupéré les billets à l'agence de voyages. Les jours où j'allais chez elle pour m'occuper de son linge, elle me chargeait également de ce genre de petites tâches. Sa domestique Filomena n'aimait pas qu'on l'envoie faire des courses comme une servante débutante, alors que moi, qui étais payée à la journée, cela ne me dérangeait pas, au contraire, j'étais heureuse de pouvoir me dégourdir les jambes de temps en temps et de faire un tour en ville. Filomena, avec ses grands airs, ne savait pas lire et affichait de l'indifférence, voire du mépris, pour le travail de sa patronne. Chez moi, au contraire, le fait que la Miss soit journaliste suscitait curiosité et enthousiasme. Quel dommage qu'aucun de ses articles ne soit publié dans les magazines que j'empruntais occasionnellement à la bibliothèque mobile. Elle écrivait en anglais et personne en ville, sauf peut-être Mlle Ester, n'était capable de comprendre ses articles, qui n'étaient publiés qu'en Amérique. Mais, voyant que je m'intéressais à son travail, elle m'avait confié récemment combien elle était heureuse d'avoir signé avec le journal de Philadelphie, avec lequel elle collaborait déjà, pour une série de douze articles sur les antiques peintures sur fond d'or qu'elle avait découvertes dans les églises de nos campagnes.

J'aimais bien la Miss, même si c'était une originale et que les familles respectables de la ville ne la recevaient pas et se répandaient en commérages à son sujet, l'accusant d'être une moins que rien, comme d'ailleurs toutes les femmes sans mari, qu'elles soient étrangères ou italiennes, qui quittaient la maison paternelle pour parcourir le monde et gagner leur vie en travaillant. Si elle avait été pauvre, une couturière comme moi, une ouvrière, une domestique, on l'aurait excusée, tant qu'elle restait à sa place et ne prétendait pas les traiter en égale. Mais elle se considérait leur égale ou peut-être, en bonne Américaine, ne se rendait-elle pas compte qu'ici les distances entre les différentes classes et familles étaient importantes et infranchissables. Et que les femmes n'étaient pas autorisées à se comporter aussi librement que les hommes. Sur son passeport, la Miss avait écrit « professionnelle ». Elle voulait évidemment dire dans le domaine du journalisme et de la critique d'art ; le commissaire de police avait raconté ce détail partout et ces messieurs en riaient. Pour eux, « professionnelle » à propos d'une femme, m'avait expliqué Mlle Ester, ne pouvait signifier qu'une chose, qu'on appelait « le plus vieux métier du monde », prostituée.

Mlle Ester aussi aimait beaucoup Miss Lily Rose. La maison Artonesi avait été la seule à ouvrir ses portes à la jeune Américaine lorsqu'elle s'était installée dans notre ville une dizaine d'années auparavant. M. Enrico l'avait fait venir pour donner des cours d'anglais à sa fille, c'est d'ailleurs ainsi que je l'avais rencontrée.

Quand ma grand-mère était encore en vie, nous passions souvent nos journées à coudre chez les Artonesi, et la Miss, qui parlait parfaitement l'italien, lui avait demandé si elle pouvait venir chez elle une fois par semaine pour s'occuper de son linge. Je l'accompagnais parfois. La Miss vivait dans la partie moderne de la ville, dans un bel appartement en location, meublé très simplement mais rempli de tableaux colorés. Elle en avait peint certains, d'autres avaient été achetés lors de ses tournées dans la campagne et les villages de l'intérieur, qui lui permettaient de visiter de nombreuses églises et sacristies. Elle aimait peindre pour son loisir, mais elle était critique d'art et collectionneuse de métier, nous avait-elle expliqué. Ses articles, qu'elle envoyait par la poste au journal de Philadelphie, parlaient de la peinture italienne, en particulier de celle de notre région, notamment ancienne, mais parfois aussi plus moderne. Après avoir fréquenté sa maison pendant quelques mois, ma grand-mère avait fait ce commentaire : « Les commères peuvent dire ce qu'elles veulent : Miss Briscoe est une femme bien. Et une vraie dame. » Elle me fit en outre remarquer que, malgré la simplicité de son appartement et de ses vêtements, Miss Lily Rose devait être plus riche qu'elle n'en avait l'air. Elle voyageait souvent, dans notre région et dans toute l'Italie, sans se soucier du coût du transport. Elle allait au théâtre. Elle était abonnée à de nombreux magazines italiens et étrangers et souvent, aux beaux jours, elle s'installait au Cristal Palace pour les lire, assise à côté des riches oisifs à l'intérieur de la verrière. Les dames occupaient les salons intérieurs et étaient toujours accompagnées, tandis que la Miss s'asseyait toujours seule et lisait, sans se soucier des badauds qui s'arrêtaient devant les vitres pour observer les hommes occupés à fumer des cigares et manger des glaces. Un jour de grande chaleur, en voyant un petit garçon vêtu de haillons presser son nez contre la vitre, elle l'avait appelé. C'était un de ces gamins des rues qui, chaque matin, panier à l'épaule, attendaient parmi les étals du marché qu'un gentilhomme les paye cinq sous pour porter ses courses à la maison. Miss Briscoe voulait lui donner sa glace, mais un serveur s'était précipité et avait chassé méchamment le morveux en lançant à Miss Briscoe un sévère regard de réprimande.

Filomena racontait aux gens que sa maîtresse mangeait de la viande chaque jour, même le vendredi, car elle n'était pas catholique, et cela faisait bien sûr l'objet de critiques et de commérages en ville. La Miss possédait un coûteux appareil photo – dont elle savait faire usage. Ses articles étaient envoyés en Amérique toujours accompagnés de photos d'églises, de tableaux et de paysages, qu'elle avait prises et tirées elle-même dans une petite pièce de son appartement aménagée à cet effet. Elle possédait également une bicyclette avec laquelle elle parcourait la campagne non seulement à la recherche d'œuvres d'art, mais aussi pour récolter des herbes de toutes sortes, qu'elle faisait sécher entre deux feuilles de papier puis qu'elle rangeait soigneusement dans un grand cahier, en écrivant dessous leur nom en latin. Aucune femme ici, quelle que soit sa classe, ne faisait de bicyclette. Même Mlle Ester, quand elle avait été assez grande pour en réclamer une, n'en avait pas obtenu l'autorisation.

Je détaillais avec grande curiosité les vêtements que portait la Miss pour ses excursions : elle avait plusieurs jupes bouffantes, avec un pli central qui s'ouvrait au niveau du pas, si courtes qu'elles découvraient complètement ses chevilles. Plus tard, quand je suis passée des ourlets et de la couture à la découpe des vêtements les plus simples, la façture de ces jupes m'obsédait, j'aurais voulu les examiner, les étaler sur une table, comprendre comment elles étaient faites, avec combien de pinces et où elles se situaient. Existait-il un patron avec les contours à recopier sur le tissu ? Devinant ma curiosité, Miss Briscoe m'avait confié un jour qu'elle les achetait prêtes à porter à Paris, dans un grand magasin qui proposait tout l'équipement pour le cyclisme, à la fois masculin et féminin. Si je le voulais, elle m'en montrerait une, me laisserait la toucher et regarder l'envers pour voir comment elle était fabriquée. J'avais eu honte et je m'étais empressée de répondre : « Non, non. » De toute façon, qui, parmi les femmes du peuple ou les dames de notre ville, m'aurait demandé de lui coudre un vêtement aussi extravagant ?

La Miss ne se préoccupait pas de l'élégance, elle ne suivait pas la mode, elle sortait souvent sans chapeau par beau temps ; personne ne l'avait jamais vue protéger son teint d'un parasol, et en été elle était en effet aussi bronzée qu'une paysanne, y compris ses mains car elle ne mettait des gants qu'en hiver. Elle portait la même robe pendant des années – le tissu était de qualité et ne s'usait pas –, l'important pour elle était que ce soit confortable. Elle avait expliqué à ma grand-mère, comme pour s'excuser de ne pas nous confier la confection de certains vêtements en plus de la lessive, qu'elle les achetait ou les faisait tous fabriquer à l'étranger. Elle voyageait beaucoup, comme je l'ai déjà mentionné, et pas seulement en Italie. Tous les deux ou trois ans environ, elle se rendait en Angleterre et de là, prenait un paquebot pour l'Amérique. Elle revenait deux mois après. On aurait dit que pour elle, traverser l'océan était comme faire une escapade hors de la ville lors du week-end de Pâques. C'était peut-être d'elle qu'Ester tenait sa passion des voyages.

Mais pourquoi la Miss ne retournait-elle pas définitivement dans son pays et restait-elle dans notre ville, ça, nous ne l'avons jamais compris. Ma grand-mère soupçonnait une affaire de cœur derrière cela. Cependant, la Miss côtoyait tant d'hommes dans le cadre de son travail – aristocrates, bourgeois, artistes, prêtres des campagnes, artisans, pauvres gens qu'elle utilisait comme modèles pour ses tableaux – qu'il était difficile de savoir s'il y avait un favori. Elle les recevait dans son salon sans se soucier de la présence d'un chaperon. Sa domestique était mariée et rentrait dormir chez elle la nuit. Je n'aimais pas beaucoup cette Filomena. Peut-être parce que je l'enviais. Et pour cause, chaque année, lorsque la saison de l'opéra arrivait, la Miss, ajoutant du scandale au scandale, louait une loge et s'y rendait tous les soirs en compagnie de sa servante, habillée de la même manière que dans la journée. Le premier soir où elle était arrivée au théâtre avec cette escorte, les gens avaient pensé qu'elle s'était fait accompagner par crainte de l'obscurité à son retour, et qu'elle allait laisser la femme de chambre attendre en bas, au vestiaire. Mais Filomena était apparue à côté d'elle dans la loge, vêtue de ses vêtements de paysanne, et s'était assise sur la banquette de velours, se penchant nonchalamment à la balustrade et observant autour d'elle avec ses jumelles. Personne n'avait osé dire à la Miss que son attitude était inconvenante et offensante, tout comme l'était sa tenue de travail, alors qu'il fallait s'habiller élégamment au théâtre. Et, si sa bonne aimait tant la musique, sa patronne aurait pu lui acheter un billet pour la galerie. Personne, parmi ces dames et ces messieurs, n'avait mis les pieds dans sa loge, personne ne lui avait rendu visite pendant les entractes, pas même par curiosité. « Ah, ces Américains ! De vrais sauvages », avait commenté quelqu'un à la sortie sans baisser la voix. Probablement que Miss Lily Rose l'avait entendu, mais elle s'en moquait. Quant à Filomena, je ne pense pas que la musique l'intéressait, mais ses « incursions » dans le monde lui permettaient de se pavaner devant les autres domestiques. C'était une femme très ambitieuse, elle aimait le luxe et aurait adoré pouvoir se l'offrir. Elle prenait certaines libertés, faisait certaines confidences, que seule une patronne américaine pouvait laisser passer, aucune dame de bonne famille ne le lui aurait permis.

Après la mort de ma grand-mère, je pris sa suite et continuai à m'occuper du linge de Miss Lily Rose. Je l'emmenais chez la blanchisseuse, puis chez mon amie la repasseuse ; s'il y avait des déchirures, je les raccommodais, je recousais les boutons des corsages et des chemises. Pour ces quelques heures par semaine, l'Américaine m'octroyait trois ou quatre fois ce que les dames de notre ville me payaient pour deux jours de raccommodage de l'aube au crépuscule. Elle n'avait, selon Filomena, aucun sens de la valeur de l'argent. Elle aussi, qui y travaillait tous les jours de la semaine, recevait une somme disproportionnée.

Un jour, alors que j'enlevais les draps du lit pour les changer (c'était à Filomena de s'en occuper, mais elle s'en fichait, elle les aurait laissés deux mois de suite sans sourciller), je remarquai que le matelas était décousu sur un bord et que de la laine commençait à s'échapper. C'était à l'artisan d'y remédier, mais il s'agissait d'une toute petite déchirure et je pensais pouvoir la réparer moi-même. La semaine suivante, j'ai donc apporté la trousse de secours de ma grand-mère, celle où elle gardait les aiguilles de formes et de tailles les plus inhabituelles et les fils spéciaux que l'on n'utilisait pas couramment mais qu'il était utile d'avoir à la maison. Il faisait chaud, je ne portais pas de veste mais seulement une chemise et j'avais retroussé mes manches jusqu'aux coudes. Je savais que la Miss était sortie à bicyclette pour herboriser et que Filomena était au marché. Entrer dans la maison était facile parce qu'elles ne fermaient jamais la porte à clé, elles utilisaient juste le loquet. Je n'ai donc pas été surprise quand, en traversant le salon, j'ai vu quelqu'un, un homme, avec un cigare entre les doigts, qui chaussé d'un monocle observait attentivement un tableau inachevé de la Miss qui séchait sur le chevalet. Il me sembla le reconnaître : c'était un habitué de la maison, le baron Salai, un amateur d'art d'âge moyen, riche et respecté, que j'avais aperçu plusieurs fois ici. Peut-être voulait-il acheter cette peinture, ai-je pensé. Peut-être était-il simplement curieux de voir comment le travail avançait. Je n'y songeai pas davantage et le saluai poliment en continuant vers la chambre. Je ne pris pas la peine de fermer la porte. En dégageant le drap du côté abîmé, j'évaluai l'épaisseur et la dureté du tissu puis ouvris ma trousse où je choisis la plus longue aiguille, droite, épaisse et pointue, avec un large chas. Il y en avait des courbes qui auraient pu me faciliter la tâche, mais elles semblaient trop fines, je craignais qu'elles passent à travers et je n'aurais pas pu les pousser puisque le dé à coudre que j'avais avec moi n'était pas adapté. Je cherchai parmi les bobines un fil assez solide et l'enfilai dans le chas avant de me pencher sur le matelas. Je remis à l'intérieur le petit bout de laine qui dépassait et rapprochai les bords de la déchirure. Je n'avais pas encore enfoncé l'aiguille dans le tissu quand je sentis dans mon dos qu'on m'attrapait par les hanches, puis sur mon cou le chatouillement rude d'une moustache cirée et une haleine chaude empestant le cigare. L'homme, le baron Salai bien évidemment, ne dit pas un mot. Il essaya de soulever ma jupe pour la jeter par-dessus ma tête. Mes amies domestiques qui avaient dû se défendre de leurs patrons m'avaient décrit ce geste à plusieurs reprises. Il permettait de te découvrir par-derrière, mais aussi de te bloquer les bras, d'empêcher tout mouvement, de couvrir tes yeux pour que tu ne puisses pas voir leur visage pendant qu'ils étaient occupés à leurs affaires. Mais j'ai été plus rapide ; avant que le baron ait pu se jeter sur moi, me bloquant de son poids, j'ai bondi et lui ai frappé involontairement le menton avec ma tête, j'ai arraché le pan de ma jupe de ses mains et me suis retournée. C'était la première fois que je devais faire face à une agression de ce genre. Je me suis souvenue de ce que j'avais répondu, par ignorance et audace, à ma grand-mère qui me mettait en garde : « Je saurai me défendre ! » Et j'ai pointé l'aiguille du matelas contre la poitrine de mon agresseur, juste en dessous de sa gorge. « Allez-vous-en ! » lui ai-je ordonné d'une voix éraillée par l'émotion et la peur. « Ne fais pas l'idiote », a-t-il répondu, moqueur. Qui sait combien d'autres fois il avait dû vaincre ce genre de résistances. Et il a essayé de serrer mes bras contre ma poitrine. Mais mes mains étaient libres et je poussai l'aiguille. Pas beaucoup, mais assez pour traverser sa cravate et sa chemise et toucher sa peau nue.

« Allez-vous-en », ai-je répété. Il a senti la pointe d'acier appuyer contre sa gorge, mais a ri malgré cela. « Que comptes-tu faire avec cette babiole ? » J'ai poussé un peu plus et une petite goutte de sang a perlé sur le plastron de sa chemise. Le baron s'est écarté en jurant, et ce n'est qu'alors qu'il a vu l'aiguille en entier, qui était aussi longue qu'un stylet. « Ne me touchez pas », lui ai-je dit. Il m'a insultée avec un mot vulgaire que je ne veux pas écrire ici.

Je ne sais pas comment cela se serait passé si le bruit de la porte d'entrée ne nous avait pas fait sursauter tous les deux. On a entendu deux voix qui plaisantaient. Celle de Filomena et, comme je l'ai appris plus tard, celle du plombier, à qui elle avait demandé de venir réparer le robinet de l'évier. Le baron Salai s'est ressaisi. D'un geste rapide, il a ajusté sa cravate pour couvrir la tache de sang, passé une main dans ses cheveux et, sans dire un mot, est retourné dans le salon. Je l'ai suivi, toujours l'aiguille à la main, mais il était déjà parti. Filomena se tenait sur le seuil de la cuisine. « Qu'est-ce que tu fais ? » a-t-elle demandé. Je pouvais entendre le plombier battre le fer de là où j'étais.

« Ce porc… », ai-je commencé d'une voix cassée.

Elle a ri : « Ah, il a essayé avec toi aussi. » Puis elle est redevenue sérieuse. Elle a passé sa main sur ma joue comme pour une caresse bourrue. « Écoute, tu aimes la Miss, n'est-ce pas ? » Je l'ai regardée avec perplexité. Qu'est-ce que la Miss venait faire là-dedans ? « Si tu l'aimes, a poursuivi Filomena, ne lui dis pas ce qu'il s'est passé.

— Mais ce porc, ai-je insisté, il se promène dans la maison, entre et sort à sa guise. Il pourrait essayer avec elle.

— Ne sois pas naïve. Et crois-moi, ne dis rien à la Miss. Tu vas la faire souffrir. »

Son ton était si définitif que je n'ai pas eu le courage de m'obstiner. Elle a vérifié ma mise et a fixé avec des épingles à cheveux les tresses qui s'étaient détachées de mon chignon. « Maintenant va, retourne dans la chambre et finis ton travail. »

Mais la semaine suivante, quand je me suis retrouvée avec la Miss, je lui ai tout raconté. À ma grande surprise, elle ne s'est pas indignée. Elle a soupiré, soudain triste. « Tu dois faire attention, a-t-elle répondu. Essaie de ne jamais être seule avec lui. Pars, ne te préoccupe pas du travail ce jour-là. Je te paierai de toute façon. »

Je ne parvenais pas à comprendre. En d'autres occasions, elle s'était montrée très combative pour défendre la liberté et l'honneur des femmes, leur droit d'être traitées avec respect, surtout les plus pauvres.

J'aurais aimé parler de ce qui s'était passé et de cette étrange réaction avec Mlle Ester, mais elle était en voyage.

Désormais, j'avais peur d'entrer dans cet appartement à la porte toujours ouverte. Puisque moi, je pouvais entrer, n'importe qui le pouvait aussi. Je ne savais jamais à l'avance si j'y trouverais la maîtresse, Filomena ou personne. Ou bien un meurtrier, un voleur, un gentilhomme convaincu qu'il peut ravir l'honneur d'une pauvre fille sans défense. Mais pourquoi la Miss ne prenait-elle pas l'habitude de fermer à clé et de n'en donner un double qu'aux personnes de confiance ?

J'étais tellement inquiète qu'environ un mois plus tard, alors que je soulevais un lourd panier dans lequel j'avais placé les rideaux, les draps et le couvre-lit pour les apporter à la blanchisseuse, j'ai entendu un bruit dans la chambre voisine et, effrayée, j'ai sursauté et trébuché sur un morceau de tissu qui pendait du panier. Je suis tombée, me foulant le poignet de la main droite. Un sacré pétrin. Combien de temps j'étais censée rester coincée avec mon bandage sans pouvoir coudre ? Et le ménage de l'immeuble où je vivais ? Me faudrait-il à nouveau recourir à l'aide rémunérée de mon amie repasseuse ? Et dépenser comme cela toutes mes économies ?

J'essayai de bouger mes doigts, mais eux aussi avaient gonflé et la douleur était très vive. Je n'ai pas honte de dire que je fondis en larmes de désespoir, et c'est ainsi que Miss Lily Rose me trouva en rentrant à la maison. « Qu'est-ce qu'ils t'ont fait ? » demanda-t-elle avec inquiétude, sans préciser qui. Quand je lui répondis que j'étais tombée, elle montra un grand soulagement. Elle banda habilement mon poignet, puis envoya Filomena chercher le vendeur de glace en lui demandant d'acheter un gros morceau qu'elle pila et appliqua sur mon entorse. « Laisse le linge. Filomena va porter le panier à la blanchisseuse. Garde ton bras en écharpe et reviens demain, je te donnerai à nouveau de la glace. »

J'avais cessé de pleurer, mais cette sollicitude presque maternelle me fit monter les larmes aux yeux.

Effectivement, avec des poches de glace quotidiennes et l'immobilité, mon poignet se remit plus rapidement que je ne l'avais craint. Après une semaine, je pus reprendre mon aiguille, mais je ne pouvais toujours pas soulever de poids.

Malgré tout j'étais impatiente. J'avais un petit travail à faire chez l'ingénieur Carrera, l'étranger qui travaillait à la construction de l'aqueduc. Sa femme voulait que je couse une robe de carnaval pour leur fille de sept ans, et ils n'avaient pas de machine à coudre chez eux. Il me fallait apporter la mienne.

Je pensai pouvoir tenir la mallette de la main gauche et me mis en route tranquillement en réfléchissant à la façon de couper ce pantalon de taffetas irisé pour qu'il reste gonflé comme sur le dessin du livre. Peut-être pourrais-je les faire tenir avec une doublure de paille ou de tarlatane[1].

La fille de l'ingénieur était une enfant étrange, un peu chétive mais belle et délicate, blonde comme une fée nordique, comme les créatures ailées des livres de contes qu'Ester avait achetés à Londres pour Enrica. Sa mère l'avait fait

1. Mousseline servant à faire des garnitures et des patrons. *(N.d.T.)*

choisir parmi des pages de magazines de mode. Je pensais que la petite fille m'aurait demandé un costume de princesse. Au lieu de cela, la jeune extravagante s'était entichée de la couverture d'un des romans de son père, *Les Pirates de la Malaisie*[1]. Et elle ne voulait pas s'habiller comme la Perle de Labuan, elle voulait un costume de Sandokan. Un turban, une veste en satin ajustée avec une double patte de boutonnage, une ceinture dans laquelle mettre des pistolets et des poignards, un pantalon bouffant, des babouches au bout recourbé. Si elle avait été ma fille, je lui aurais dit que ce n'était pas convenable d'aller au Bal des enfants déguisée en garçon, mais ses parents lui passaient tout. La mère avait acheté le tissu pour le pantalon et la ceinture. Il me faudrait tailler le turban et la veste dans une de ses vieilles robes de chambre en satin.

Je marchais penchée sur le côté gauche à cause du poids de la machine que je tenais à grand-peine, et songeais aux carnavals de mon enfance, quand il suffisait d'un drap avec deux petits nœuds faisant office d'oreilles pour s'imaginer être un chat. Ma grand-mère se déguisait aussi en chat pour m'accompagner sur la place, lancer des confettis et jouer de la trompette avec un sans-gêne, ce cotillon qui se déroule comme une langue. Elle riait elle aussi comme une petite

1. *I pirati della Malesia*, d'Emilio Salgari, roman de 1896, traduit en français en 1902 (Librairie Ch. Delagrave). *(N.d.T.)*

fille. C'était notre grande occasion mondaine, notre seul luxe.

J'étais tellement plongée dans mes souvenirs que je ne remarquai le jeune homme qui s'était approché de moi que lorsque sa main se posa sur la poignée de la mallette et me débarrassa de son poids. Ma première pensée fut qu'il essayait de me la voler. Instinctivement, je resserrai ma prise. Une voix aimable et polie me dit en bon italien : « Désolé si je vous ai fait peur, mademoiselle. Je voulais juste vous aider. » Mademoiselle ? Il était très grand, j'ai dû lever le visage pour le regarder. C'était un jeune monsieur. Un étudiant habillé à la mode, avec des vêtements sur mesure, un pardessus et un chapeau, un foulard en soie. Un fils de bonne famille. À peu près de mon âge, peut-être un peu plus jeune, glabre, de belles joues fraîches, une belle bouche pleine, de beaux grands yeux clairs. J'ai soudain songé à un vers que Mlle Ester m'avait fait lire, écrit par un poète persan, « des joues de rose et des yeux de gazelle ». Il évoquait une jeune fille. Alors que je devais admettre que l'inconnu était tout à fait viril. Il aurait pu être, au lieu d'un étudiant, un cadet, un jeune officier en civil.

J'étais gênée, je ne savais pas quoi lui répondre. Je m'accrochais à la poignée de la mallette et nos doigts se touchaient.

« Si vous me permettez de me présenter. Mon nom est Guido Suriani, à votre service. » Il m'a regardée dans les yeux, attendant que je dise mon nom à mon tour. Mais je gardai le silence.

Je ne voulais pas lui donner confiance. Je ne savais pas qui il était. Je n'avais jamais entendu ce nom, et pourtant il n'y avait pas beaucoup de familles d'un certain rang en ville. Suriani. Un étranger. Et pourquoi me traitait-il comme une égale ? Ne voyait-il pas que j'étais couturière ? Voulait-il se moquer de moi ? Pleine de méfiance, je lui ai rétorqué avec rudesse :

« Ce n'est pas la peine. Je n'ai pas besoin d'aide.

— Mais si », a-t-il insisté. Et pour le prouver, il a soulevé la machine comme s'il s'était agi d'une plume. « Je vais la porter, mademoiselle. Où puis-je vous accompagner ? »

Je suis restée muette. Je ne pouvais pas lui arracher la mallette de la main, je n'aurais pas réussi. J'avais envie de pleurer de contrariété mais je me suis retenue. « J'appelle un garde si vous ne me la rendez pas », ai-je menacé. Il a ri et abandonné son fardeau. Mais à ce stade, je n'étais plus capable de le soulever, mon bras était mou, sans force, je sentais une étrange langueur. J'ai dû le laisser reprendre la machine. Contrariée, j'ai serré les lèvres et marché vers la maison de l'ingénieur, pendant qu'il me suivait avec mon bagage.

Devant le portail, nous avons rencontré la maîtresse de maison, qui connaissait manifestement mon compagnon. « Bonjour Guido ! a-t-elle lancé cordialement. Tu es de retour pour les vacances ? Comment ça se passe là-haut à Turin ? »

Je ne voulais pas en entendre davantage. J'étais à nouveau capable de tenir la machine à coudre, j'ai tendu la main, il me l'a cédée et je me suis glissée par la grille, puis j'ai grimpé les escaliers.

J'ai pensé à cette rencontre tout l'après-midi, alors que je découpais et assemblais les pièces du costume de pirate pour Clara qui se tenait à mes côtés, presque collée à moi, tenant le livre de son père et vérifiant que je le fasse exactement comme sur la photo. Elle ramassait les épingles qui tombaient, jaillissant comme une petite assistante, une *piccinina* comme on disait à Milan. Je lui faisais essayer sa ceinture de satin jaune à franges, confectionnée à partir d'un vieux rideau, et je songeais au jeune homme qui m'avait suivie. Il était beau, je ne pouvais le nier, et il semblait gentil et bien éduqué. Il s'était comporté tout à fait respectueusement. Mais combien d'histoires avais-je lues dans les romans, combien de récits avais-je entendus de mes amies et de vieilles femmes, à propos de jeunes messieurs de bonne famille qui avaient courtisé et séduit une pauvre fille du peuple, l'avaient trompée avec mille promesses, l'avaient mise dans le pétrin puis l'avaient abandonnée. Il y avait même un roman de Carolina Invernizio, *Histoire d'une couturière*, qui mettait en garde contre ces dangers. J'étais bouleversée, j'avais peur surtout, car c'était la première fois de ma vie qu'un jeune homme me faisait une telle impression. Heureusement, il étudiait à Turin et il y retournerait très certainement dès la fin du carnaval.

Pourtant je le recroisai plusieurs fois les jours suivants. Je n'avais plus ma machine avec moi. La femme de l'ingénieur m'avait convaincue de la laisser chez eux le temps de finir mon travail, car mon poignet droit était encore un peu faible. Personne n'y toucherait, je pouvais en être sûre, elle la garderait enfermée dans un placard. Guido Suriani me saluait d'une discrète révérence en ôtant son chapeau. Je ne savais pas dire s'il le faisait sérieusement ou s'il plaisantait. Je ne lui répondais même pas d'un regard et continuais mon chemin. Mais je ne pouvais m'empêcher d'y penser.

La *marchesina* Ester était revenue, mais je n'osais pas lui en parler. De toute façon qu'aurait-elle pu me conseiller ? Il ne pouvait rien se passer entre moi et un jeune homme de bonne famille. Je ne voulais pas qu'elle imagine que je m'étais mis d'étranges idées en tête. Après mon premier élan d'indignation, je n'avais même pas eu le courage de lui parler du baron Salai. J'avais honte de ce qui était arrivé, comme si c'était ma faute, comme si c'était moi qui l'avais provoqué. En outre, le baron avait très bonne réputation en ville, il était lié aux familles les plus importantes. La sienne n'était certes pas la plus riche, mais leur titre était très ancien. Il en était le seul héritier et avait deux sœurs aînées, deux vieilles filles pleines d'orgueil qui l'avaient toujours empêché de se marier lui aussi. Chaque fois, la jeune femme pressentie avait été jugée d'origine trop humble pour devenir une Salai. Même lorsqu'il s'était agi d'une richissime comtesse ou de la fille d'un marquis. Il ne semblait pas souffrir de la solitude. C'était un coureur de jupons, tout le monde le savait, mais il était aussi très actif, il était membre du conseil municipal, du conseil d'administration de l'orphelinat, il était conseiller du préfet, expert auprès du tribunal, et pendant des années il avait été directeur du musée de la ville.

Je le voyais souvent chez Miss Lily Rose, trop souvent. Il me regardait d'un air effronté, comme pour me dire : « Tôt ou tard, je t'attraperai. » S'il n'y avait personne d'autre dans la maison, je m'éclipsais immédiatement. Si la Miss était là, je ne pouvais m'empêcher de remarquer qu'il la traitait grossièrement, avec condescendance, lui donnant des ordres et la critiquant. Mais pourquoi ne restait-il pas chez lui ? Et elle, pourquoi acceptait-elle de le recevoir ? Quoi qu'il en soit, je n'avais pas replacé la grosse aiguille de matelassier dans ma trousse, je l'avais toujours sur moi, glissée dans les lacets de mon corsage, la pointe protégée par le cordon mais à portée de main. Pour me défendre du baron et, qui sait, de l'étudiant si nécessaire.

En quelques jours, j'ai terminé le costume de Sandokan pour Clara. Nous ne lui avions pas encore fait essayer intégralement, juste pièce par pièce. Cet après-midi-là, nous devions faire l'essayage final, et si tout se passait bien, ma mission serait finie, je serais payée et j'allais pouvoir repartir avec ma machine à coudre.

Après avoir mis la petite fille debout sur la table de la salle à manger, sa mère et moi lui avons enlevé sa robe à fleurs, la laissant en combinaison. C'est moi qui l'avais cousue, comme tout le reste de ses sous-vêtements : un bustier sans manches en percale de coton garni de valenciennes, avec des boutons à la taille pour retenir la culotte courte de la petite fille, afin qu'elle puisse s'enlever et se baisser rapidement en cas d'urgence. Nous lui avons fait revêtir la veste en satin avec la double patte de boutonnage et le bord évasé, ourlée de franges assorties à la ceinture. Ensuite les bas de la même couleur que le pantalon bouffant, puis le pantalon, la ceinture, les pantoufles à bouts recourbés également recouvertes de satin, rembourrées de coton et ornées de deux rangs de petites perles de verre. Enfin, nous avons rassemblé ses cheveux blonds sur le sommet de son crâne et les avons recouverts du turban. Clara restait tranquille, toute contente, nous laissant l'habiller. J'étais satisfaite de mon travail, même si c'était impressionnant de voir cette frêle petite poupée blonde habillée en pirate féroce. Quand elle a été prête, sa mère l'a prise sous les aisselles et l'a posée par terre. Nous sommes allées ensemble dans la chambre de ses parents pour que la petite puisse se regarder dans le grand miroir de l'armoire.

« Ça te plaît ? » a demandé sa mère. Clara a jeté un regard et stupéfaite, a éclaté en pleurs désespérés.

« Non, non ! Je le voulais comme ça, a-t-elle crié en montrant la couverture du livre qu'elle avait pris avec elle.

— Mais chérie, il est comme ça, a protesté la mère déconcertée, tu l'as vu quand la couturière l'a cousu. Elle l'a fait exactement pareil. »

Clara pleurait tellement que l'ingénieur est sorti de son bureau. À ma grande surprise, il était accompagné de mon soupirant, Guido Suriani, qui était passé le voir. Mais le désespoir de la petite était si grand, ses cris si forts, que nous ne pouvions prêter attention à rien d'autre. Son père s'est agenouillé devant elle : « Ma petite poupée, qu'est-ce qui ne va pas ? Dis-le à ton papa. On peut tout arranger.

— Je le voulais comme ça, a répété Clara entre deux sanglots, en pointant son doigt sur la couverture du livre.

— Mais il est comme ça », a insisté sa mère.

Guido a suivi du regard le doigt de l'enfant et a vu qu'elle ne désignait pas les vêtements, mais le visage du pirate. Il a étouffé un rire. « Tu as raison, a-t-il observé. Mais comme ton père le dit, on peut tout arranger », et en s'adressant à sa mère : « Pourrais-je avoir un bouchon en liège et une bougie, s'il vous plaît ? »

Il s'est assis sur la chaise de la coiffeuse, a pris Clara, qui avait cessé de sangloter, entre ses genoux et lui a essuyé le visage. « Tu vas voir, ça va être parfait maintenant », lui a-t-il dit d'un ton rassurant. Cela me plaisait qu'il soit si doux avec les enfants. La mère, qui avait compris, faisait brûler le bouchon au-dessus de la flamme de la bougie. Avec patience, Guido a tracé sur le visage de l'enfant une belle moustache de suie, une barbe en collier comme celle de Cavour, et épaissi ses sourcils. Il a tourné Clara vers le miroir : « C'est bon ainsi ?

— Non ! » a crié la petite. Et avec colère, elle a arraché le turban de sa tête et l'a jeté sur le sol. Elle a enlevé ses chaussures pour les lancer sur le miroir, avant de s'attaquer frénétiquement aux autres éléments de son costume. Elle est restée dans sa barboteuse, ses boucles blondes étalées sur ses épaules, serrant le livre de Salgari contre sa poitrine. Sa moustache et sa barbe imprégnées de larmes faisaient sur sa peau pâle et délicate un effet très étrange.

« Mais Claretta ! Qu'est-ce qui ne va pas ? » a demandé son père consterné.

Guido a eu une idée. Il s'est approché d'elle, lui a pris le livre des mains et lui a montré le visage du pirate, peint à la gouache comme toutes les autres illustrations de la collection. C'était un visage sombre, creusé, avec un nez aquilin, des yeux étincelants, un visage adulte et farouche.

« C'est ça que tu voulais ?

— Oui, a répondu Clara.

— Tu pensais qu'en t'habillant comme Sandokan, tu allais aussi avoir son visage ? »

La petite fille a acquiescé en silence. La mère a commenté : « Mais c'est un homme affreux, ma chérie. Comment as-tu pu penser que tu allais lui ressembler ?

— Un costume de carnaval ne peut pas faire de tels miracles, a ajouté le père. De toute façon, tu es beaucoup plus belle, tu es mon bouton d'or. »

Clara s'est remise à pleurer, cette fois-ci non plus de colère mais de dépit. Guido l'a serrée contre sa poitrine en silence. Nous, les adultes, nous nous sommes regardés avec perplexité. Comment comprendre le raisonnement d'un enfant, ses désirs, ses chagrins ?

« Allez, allez. Tout le monde va te trouver magnifique, tu auras le plus beau des déguisements, a dit sa mère.

— Je ne veux pas être déguisée. Je veux être un pirate, a chuchoté Clara contre la poitrine de Guido.

— Tu n'aimes pas la façon dont j'ai maquillé ton visage ? Je peux améliorer cela si tu as un peu de patience.

— Je ne veux pas d'un visage de pirate. Je veux être un pirate. Comme Sandokan. Un vrai pirate. Pour toujours.

— Quand tu seras grande, tu pourras être un pirate, je te le promets », a répondu doucement Guido.

Après avoir assisté ensemble à un drame enfantin aussi peu compréhensible pour nous adultes, et à la fois tellement profond, il a semblé naturel qu'il m'accompagne ensuite, en tenant avec chevalerie ma mallette. Je n'avais plus peur de lui montrer où j'habitais. « Demain, je pars pour Turin, m'a-t-il dit en marchant. J'y étudie à l'université. Ingénierie. Mais à mon retour,

Mademoiselle, j'aimerais vous revoir. Et d'ici là, en attendant, j'aimerais vous écrire, si vous me le permettez.

— Il ne vaut mieux pas », ai-je répondu instinctivement. J'avais peur de faire mauvaise impression avec mes phrases pleines de fautes de grammaire. De toute façon, il était préférable de couper court dès maintenant à cette relation qui ne présageait rien de bon pour l'avenir. J'avais ma fierté. Mais en même temps, je ne voulais pas qu'il pense que je refusais parce que je ne savais pas écrire, parce que j'étais analphabète. Que de contradictions ! Il n'a pas insisté. Pas même pour que je lui dise mon nom. Mais s'il l'avait voulu, il aurait pu le demander à la femme de l'ingénieur.

Nous nous sommes salués devant la porte de mon immeuble. Et dans mon esprit, rapidement s'est dessinée une nouvelle illusion. C'était un bâtiment majestueux, il pouvait croire que je vivais dans un des appartements du haut, pas au sous-sol. Mais qu'est-ce que j'imaginais ! On voyait tout de suite que je n'étais qu'une couturière. Non seulement à mes vêtements, mais aussi à mon foulard noué sur ma tête en lieu et place d'un chapeau. Et le motif même de notre première rencontre avait été ma machine à coudre. Comment pourrais-je me faire passer pour une jeune fille de bonne famille ? Et comment pourrait-il avoir des intentions sérieuses ?

Non, non ! comme avait crié Clara, ce n'était pas ainsi que j'imaginais une histoire d'amour. Mensonges, tromperies, déception, abandon. À ce moment précis, au fond de mon cœur, j'ai renoncé. Je conserverais pour toujours le souvenir de sa gentillesse.

« Merci pour tout », ai-je dit un peu sèchement. J'ai soulevé la mallette et tiré la porte derrière moi.

Je n'ai pas su si Clara s'était laissé convaincre de mettre le costume de Sandokan pour le Bal des enfants qui avait lieu chaque carnaval au foyer du théâtre Mascagni. J'avais un autre ouvrage à terminer d'urgence, la layette pour un bébé qui devait naître en avril et que sa grand-mère voulait offrir complète le jour de sa naissance. Y compris des carrés de molleton pour envelopper ses jambes, car c'était une famille moderne comme les Artonesi, et les bandes rigides de piqué feutré et cousu ne seraient enroulées qu'autour de sa poitrine et de ses hanches pour maintenir son dos. Je cousais à la maison, toute la journée seule, j'avais beaucoup de temps pour réfléchir. En brodant ces minuscules vêtements, ces nids d'ange, ces langes, je me suis surprise à imaginer un enfant à moi, un bébé qui aurait des joues de rose et des yeux sombres et doux de gazelle. Mais j'ai vite chassé cette pensée.

En attendant, je consacrais comme toujours un jour par semaine au linge de Miss Lily Rose. Cette commère de Filomena m'avait dit que la Miss était de mauvaise humeur ces derniers temps, qu'elle s'enfermait dans sa chambre pour pleurer, qu'elle ne parvenait pas à dormir sans prendre un médicament que la bonne appelait « sa drogue ». En effet, quand j'arrivais à la maison, je la trouvais déprimée, mélancolique. Elle avait tellement maigri que j'ai dû resserrer ses jupes et déplacer les boutons de ses vestes. Elle mangeait très peu. Elle avait l'air malade, même si elle se consacrait à ses activités avec son énergie habituelle.

Un jour, j'ai remarqué qu'elle avait une marque jaunâtre sur la pommette droite, comme un bleu qui aurait déjà pâli. Elle a vu que je la regardais et s'est empressée de m'expliquer : « Le frein de la bicyclette. Je suis tombée, une branche s'est prise dans les rayons de la roue avant. Une chance que je ne me sois pas foulé le poignet comme toi. » Une chance, effectivement : elle terminait alors un tableau religieux de grande taille, avec beaucoup de bleu, et elle travaillait rapidement à la spatule et au pinceau. « C'est le doyen de la cathédrale de G. qui me l'a commandé, avait-elle eu la gentillesse de m'expliquer. Je dois le lui livrer à temps pour l'inauguration de la nouvelle chapelle. » Tout comme moi, elle aussi avait ses échéances.

Dans son appartement, il y avait le va-et-vient habituel. De temps en temps, le baron Salai arrivait avec son air de maître du monde, critiquant tout, détaillant le tableau avec son monocle, affirmant que la perspective était complètement fausse, que les couleurs n'allaient pas ensemble. Mais contrairement à son habitude, la Miss n'acceptait pas les critiques, elle défendait son travail et lui a même rétorqué un jour en ma présence d'aller au diable.

Lorsque le tableau a été terminé, au lieu de l'envoyer par la poste, la Miss a décidé de l'apporter en personne à G. et de prendre de courtes vacances dans cette ville où elle avait une amie dont le mari élevait des chevaux. « Un peu d'équitation au grand air me fera du bien », a-t-elle commenté en faisant ses bagages.

En définitive, les vacances ne furent pas aussi courtes que prévu. Miss Briscoe est restée absente plus d'un mois et, quand elle est revenue, elle était complètement changée. Toujours mince, mais le visage coloré par les chevauchées au grand air, le dos plus droit, l'humeur plus sereine. Elle s'était acheté un nouveau chapeau très élégant, orné de roses en soie, de plumes de paon, de cerises et d'autres fruits en cire, comme nous n'en avions encore jamais vu par ici. Elle avait arrêté de prendre ses médicaments pour dormir, m'a raconté Filomena, et puisque le printemps était arrivé ici aussi, elle faisait de longues promenades à bicyclette tous les jours. Mais elle ne revenait pas chargée de ses habituelles brassées d'herbes fleuries. Au contraire, elle m'avait demandé de l'aider à mettre dans une petite malle son herbier, quelques vieux livres, l'appareil photo avec le matériel d'impression ; puis elle m'avait fait porter la malle à la poste pour l'expédier à l'adresse de sa banque en Angleterre. Filomena et moi nous posions mille questions sur ce que projetait la Miss, et notre étonnement fut encore plus grand quand, en ouvrant le tiroir de sa table de chevet à la recherche d'un bouton qui s'était détaché de sa chemise de nuit, je trouvai un pistolet. Un petit revolver que l'on pouvait mettre dans une poche, ou dans un sac à main de dame.

La Miss nous a surprises alors que, stupéfaites, nous nous passions de main en main cet objet dangereux, mais elle ne s'est pas mise en colère comme nous aurions pu le redouter. Elle a dit que c'était sa faute, qu'elle aurait dû le mettre sous clé. Heureusement, il n'était pas chargé, mais si nous l'apercevions de nouveau, nous ne devions absolument pas y toucher. Il suffisait de pas grand-chose pour faire partir le coup et tuer quelqu'un.

Filomena, plus effrontée que moi, a demandé : « Mais quel est le besoin d'avoir une arme à feu chez vous ?

— Tu as raison. Et d'ailleurs, jusqu'à aujourd'hui, je n'en avais pas. Je l'ai achetée à G. parce que mon amie, son mari et moi avons fait plusieurs randonnées dans les bois de la région, où l'on raconte qu'on peut rencontrer des brigands. Quelles bêtises ! s'exclama-t-elle en riant. Nous avons rencontré des hommes un peu primitifs, mais c'étaient des bergers, et tout ce qu'ils voulaient de nous, c'était nous faire goûter puis acheter leurs délicieux fromages.

— Mais vous savez vous en servir ? a demandé encore Filomena.

— Oui, je sais m'en servir depuis que je suis petite. En Amérique, tout le monde a un pistolet pour voyager. J'ai un permis de port d'arme, sinon on ne me l'aurait pas vendu à G. Mais peut-être vaut-il mieux que je le dépose à la banque, dans le coffre-fort. »

Nous n'avons pas tardé à découvrir qu'elle ne l'avait pas fait.

Quelques jours après, la Miss m'a fait venir et m'a demandé si je voulais sa bicyclette en cadeau. « Je ne peux pas la donner à Filomena, son mari ne lui permettrait pas de l'utiliser. Mais tu n'as pas de mari, et j'ai remarqué que tu dois souvent faire un long trajet pour aller travailler. Cela te serait très utile. En plus, elle a un solide porte-bagages. »

Bonté divine, ai-je pensé, toute la ville se moquerait de moi. On raconterait que je ne suis pas une fille sérieuse. Et quoi encore, il me faudrait porter ces ridicules jupes-pantalons ? Mais je ne pouvais pas lui dire cela. Je ne pouvais pas répondre à sa générosité par une insulte.

« Je ne sais pas en faire, ai-je expliqué à la place. Je tomberais et me ferais mal. Je vous remercie vraiment. Mais, pourquoi avez-vous décidé de la donner ?

— Ne le dis encore à personne, mais je pars le mois prochain. Je vais en Amérique.

— Vous allez voir votre sœur comme il y a deux ans ? Mais la bicyclette peut attendre votre retour au garage.

— Cette fois, je ne reviendrai pas. Je dois libérer l'appartement, j'ai déjà résilié le bail, je veux donner tout ce que je ne peux pas emporter. »

Cela m'a fait tant de peine que la Miss a pris ma main et m'a fait asseoir à côté d'elle. « Je suis même restée trop longtemps, a-t-elle repris. Plus de dix ans. Et ça n'en valait pas la peine. Tôt ou tard, je devais la prendre, cette décision. Mon ami à G. m'a convaincue que le moment était venu. Mais je suis heureuse, tu sais ? M'en aller, c'est comme commencer une nouvelle vie, laisser derrière moi tous les chagrins. »

Je n'étais pas assez proche d'elle pour lui demander quels étaient ces chagrins, et elle ne me l'a pas dit.

« Quel dommage, vous allez me manquer, ai-je balbutié.

— Tu ne dois pas t'inquiéter pour le travail. » Elle a serré ma main plus fort. « J'ai demandé à ma banque de te verser chaque mois le même montant qu'aujourd'hui, comme si tu venais encore t'occuper de mon linge. J'ai arrondi à quarante lires, comme ça le calcul sera plus simple pour eux aussi. »

C'était plus du double de ce qu'elle me donnait habituellement. Tant d'argent sans rien faire ! Je ne pouvais pas le croire, cela ne m'était jamais arrivé.

« Pour combien de temps ? ai-je osé demander.

— Pour toujours. Une petite rente. J'ai fait de même pour Filomena. Ainsi, vous garderez un bon souvenir de moi. »

J'étais sans voix. J'ai songé à ma grand-mère, persuadée que la Miss était beaucoup plus riche qu'elle ne le paraissait, et que c'était une grande dame.

Puis elle m'a dit : « Le corset que je porte habituellement en voyage pour cacher mon argent et mes documents est vieux, les poches sont déchirées...

— Voulez-vous que je le répare ? ai-je demandé.

— Non. Il faut que tu m'en fasses un nouveau, plus solide, et avec des poches intérieures plus grandes. Cette fois-ci, je dois y mettre tous les dollars et les livres que je garde dans mon coffre-fort. »

Je n'étais pas étonnée. Il s'agissait d'un sous-vêtement, si l'on pouvait l'appeler ainsi, que j'avais déjà fabriqué pour des dames âgées qui avaient l'habitude de voyager. Il était facile d'arracher un sac à une dame, aussi valait-il mieux n'y mettre que de la monnaie, un mouchoir, des sels et les petites choses que l'on devait avoir à portée de main. Pour les objets de valeur, le corset était idéal. Pour s'emparer de ce qu'il contenait, il aurait fallu agresser la victime, combattre au corps-à-corps et la déshabiller. Ce qui ne pouvait arriver si l'on avait la prudence de ne jamais se trouver seule dans des endroits isolés.

L'ancien corset de la Miss avait été confectionné par ma grand-mère bien des années auparavant. Je l'avais vu plusieurs fois lorsque je rangeais les tiroirs, et il était effectivement en mauvais état. Avec l'argent que m'avait donné Miss Lily Rose, je suis allée acheter de la toile solide, des sangles, des crochets, de nouveaux fanons de baleine. J'ai sorti le patron en papier que j'avais gardé avec les autres, je l'ai coupé, je l'ai assemblé et je l'ai apporté à Miss Briscoe pour l'ajuster à ses mesures.

« Très bien. Mais je veux davantage de poches, a-t-elle déclaré.

— Si vous le remplissez trop, il va devenir aussi rigide qu'une armure », ai-je observé.

Elle a ri. « L'armure d'un guerrier. J'en aurai besoin cette fois. Ça va être une sacrée bataille pour me détacher de cet endroit, pour me détacher de... »

Elle s'est interrompue. Puis elle s'est levée et s'est mise à marcher nerveusement dans la pièce. « Stop ! » répétait-elle sans s'adresser à moi, comme si elle parlait aux meubles et aux murs. « Stop ! C'est terminé. À quoi a mené ma patience ? Il ne peut pas m'épouser, paraît-il ! Et pourquoi ? Quels sont les obstacles ? Ne m'en juge-t-il pas digne ? Il ne peut pas ? Qu'il ait le courage de dire qu'il ne veut pas, qu'il a honte de moi. Mais c'est moi qui ai honte de lui. Qu'est-ce qu'il croit, que nous vivons encore au Moyen Âge, au temps des esclaves ? Il veut une concubine à garder secrète ? Mais moi je suis une femme libre. Je ne supporte pas cette jalousie. Et j'ai mieux à faire que de rester ici à me laisser offenser. Le monde est grand, je suis encore jeune, j'ai tant à voir, à faire ! Qu'est-ce qu'il croit, qu'il m'a coupé les ailes ? Ah, il va bien voir que je peux encore voler ! »

Je la regardais avec de grands yeux, tenant le corset entre mes mains. Donc grand-mère avait raison. Il y avait un homme derrière tout ça. Mais qui ? Avais-je été si naïve toutes ces années que je ne m'en étais pas rendu compte ? Filomena devait le savoir, elle.

La Miss est revenue s'asseoir à mes côtés. Cette explosion l'avait calmée. Ses yeux riaient. « J'ai tellement de projets, tu sais ? Des choses que j'ai toujours repoussées à plus tard, des amis que je n'ai pas vus depuis longtemps. Avant d'embarquer pour l'Amérique, je veux visiter l'Écosse, puis l'île de Wight. La lumière y est spéciale, mon amie Ellen m'y attend pour me montrer son laboratoire de photographie. Une nouvelle technique, des portraits comme des tableaux, moi aussi je veux apprendre. Combien de temps j'ai perdu...

— Vous avez fait beaucoup de bonnes choses ici aussi », ai-je glissé timidement.

Elle m'a serrée dans ses bras. Aucune dame ne l'avait jamais fait. Juste Mlle Ester quelquefois. C'étaient deux femmes spéciales.

« Écoute-moi, a dit gravement la Miss. Tu es jeune, et il pourra t'arriver de tomber amoureuse. Mais ne permets jamais à un homme de te manquer de respect, de t'empêcher de faire ce qui te semble juste et nécessaire, ce qui te plaît. C'est ta vie, ta vie à toi, souviens-t'en. Tu n'as de devoir qu'envers toi-même. »

Des mots abrupts, des mots d'Américaine. Une femme doit se sacrifier, doit endurer, elle ne peut pas se laisser critiquer par les autres. C'est ce qu'on m'avait toujours enseigné, ce qu'elles faisaient toutes. N'était-ce pas un grand sacrifice pour moi de renoncer à mes rêves avec M. Guido ? À présent, je songeais à lui comme à ma grand-mère. Avec beaucoup d'affection, avec regret, comme quelqu'un que je ne reverrais qu'au paradis, s'il existait.

J'ai renforcé le corset comme la Miss l'avait demandé. J'y ai ajouté des poches. Elle avait tellement maigri ces derniers temps que même après l'avoir bourré de billets et de pièces de monnaie, elle avait encore une silhouette élancée. Nous avons fait plusieurs essayages. Une fois sa veste enfilée, il était impossible de deviner qu'elle portait autant d'argent sur elle. Elle avait retiré tout le liquide qu'elle avait à la banque, et ça représentait une sacrée somme. J'étais étonnée qu'avec tout cet argent à la maison, elle ne se soit pas mise à verrouiller la porte.

Jour après jour, elle donnait ses affaires aux personnes qui lui rendaient visite. La nouvelle de son départ définitif s'était répandue dans la ville. Ceux qui l'avaient fréquentée toutes ces années sont venus lui dire au revoir. Le baron Salai est venu lui aussi, un jour où j'aidais la Miss à ranger les vêtements dans la haute malle qui allait voyager avec elle. Il y avait d'autres personnes dans la pièce, mais lorsque le baron a commencé à pontifier, par respect, chacun s'est tu. Il savait qu'il était écouté et parlait en scandant les syllabes, comme un acteur de théâtre. La Miss écoutait distraitement, continuant son travail.

« Vous vous êtes donc décidée, a dit le baron Salai en regardant avec désapprobation les murs dépouillés de leurs tableaux, qui avaient laissé une marque. Une mauvaise décision. Vous le regretterez.

— Je ne pense pas, a répondu la Miss tranquillement. Je serai heureuse de revoir ma maison, ma sœur, mes amis.

— Vos plus chers amis, vous les laissez ici.

— Ils n'étaient pas si chers. Je l'ai enfin compris.

— Vous ne comprenez rien. Vous êtes une idiote.

— Si c'est ce que vous pensez, alors je ne vous manquerai pas.

— Non, en effet. Je suis venu vous dire adieu car je pars aussi. Trois jours avant vous. Je vais à Paris.

— Je vous souhaite un bon voyage. Amusez-vous bien. »

Je n'ai pas pu m'empêcher de penser au Chabanais. Après le scandale des Provera, mon innocence à ce sujet avait disparu. Bien sûr, ai-je pensé, les cinq cents francs du tarif minimum ne manqueraient pas au baron.

Nous l'avons regardé sortir et avons continué à ranger les vêtements, puis les chapeaux dans leurs boîtes.

La veille du départ de la Miss est arrivée. Les bagages avaient déjà été envoyés à la gare. Il restait uniquement quelques meubles dans l'appartement, que le propriétaire voulait garder, ceux de la chambre et du salon. Filomena et moi avions fini de balayer le sol dans les chambres vides et elle était rentrée chez elle, avec pour mission de revenir avant l'aube avec son mari et une voiture pour emmener la Miss à la gare. J'ai refait un tour pour vérifier que tout était en ordre. La Miss tenait à rendre l'appartement tel qu'elle l'avait reçu. Pour finir, Miss Lily Rose m'a donné congé avec une accolade, une enveloppe généreuse et un billet où elle avait écrit son adresse à New York. « Si jamais tu penses un jour à émigrer, écris-moi », avait-elle ajouté. J'avais un peu pleuré. Pas elle. Elle était trop heureuse, trop excitée pour s'émouvoir. Son tailleur de voyage était prêt, tout comme le corset, déjà garni de billets et de pièces de monnaie.

« Promettez-moi de fermer à clef au moins ce soir, l'ai-je prié.

— D'accord, je le promets. Mais vas-y maintenant. Il est tard. Bonne chance. » J'ai descendu les escaliers en essuyant mes yeux avec mon tablier. Même si elle ne le voulait pas, j'avais décidé d'aller lui dire adieu une dernière fois à la gare le lendemain.

Cette nuit-là, je n'ai pas réussi à dormir. Je m'assoupissais quelques minutes, commençais à rêver et me réveillais aussitôt en sursaut. Je rêvais de ma grand-mère, qui me regardait avec une expression inquiète, comme si elle essayait de m'avertir d'un danger. « Je sais, je sais, voulais-je lui répondre, ne t'inquiète pas, je ne pense plus à Guido Suriani. » Mais je me réveillais avant de pouvoir lui parler. Jusqu'à ce que je décide de me lever. J'ai allumé une bougie, pris un livre. La maison était froide, je me suis enveloppée dans mon châle et me suis assise près de la fenêtre en attendant les premières lueurs de l'aube pour m'habiller et sortir comme je l'avais prévu.

Mais le soleil n'était pas encore paru quand j'ai entendu frapper doucement sur les volets donnant sur la rue. C'était Filomena.

« Viens ! Dépêche-toi ! me dit-elle d'une voix basse et angoissée. Un malheur est arrivé. La police est là. Ils veulent te parler.

— Mais où ? Que s'est-il passé ?

— Chez la Miss. Elle est morte. »

J'ai ressenti comme un coup au cœur. En un instant, j'ai enfilé une jupe et un corsage pardessus ma chemise de nuit, j'ai resserré mon châle car j'étais glacée d'angoisse, et j'ai couru derrière Filomena.

Ils l'avaient trouvée, écrivirent les agents dans le procès-verbal, vêtue de son tailleur de voyage en gabardine grise et, en dessous, d'un étrange corset bourré de billets italiens et étrangers, surtout des dollars. Il y avait aussi, dans l'une des poches, sur le côté gauche, un bon nombre de livres en argent. Avec un peu de chance, une des pièces aurait pu arrêter la balle qui l'avait frappée en plein cœur. Mais non. Elle avait vraiment été très malchanceuse, Miss Lily Rose Briscoe, dans la vie comme dans la mort.

Quand je suis arrivée à l'appartement, il y avait plusieurs agents de la sécurité publique et le docteur Bonetti, qui habitait en face. Le plus âgé des agents m'a emmenée voir la Miss. Elle était dans sa chambre, allongée sur le lit, couverte d'un drap jusqu'au menton, bien coiffée. Elle avait l'air d'être endormie. Sur le fauteuil à côté d'elle gisaient sa veste en gabardine, son corset et son jupon.

« Tu la reconnais ? » m'a demandé gentiment l'homme, me tenant par le coude, prêt à me soutenir au cas où je m'évanouirais. Je m'étais entraperçue dans le miroir de la coiffeuse, j'étais plus pâle que le drap. Mais je n'ai pas perdu connaissance. J'avais l'impression de me trouver dans une bulle de verre, d'être ailleurs et d'observer la scène, y compris moi-même, de très loin.

« Bien sûr que je la reconnais, ai-je répondu. C'est Miss Lily Rose Briscoe. Je travaille, j'ai travaillé pour elle pendant dix ans.

— La femme de chambre dit que tu es la dernière personne à l'avoir vue vivante hier. C'est vrai ? À quelle heure es-tu partie ?

— À huit heures et demie. Mais que s'est-il passé ? Elle allait bien. Elle a eu une attaque ? Une si jeune femme. Le cœur ?

— Le cœur. Oui. Mais la domestique ne t'a rien dit ? Elle s'est tiré une balle. »

Je me suis effondrée sur le fauteuil, sur les vêtements de la Miss, et j'ai senti contre mon dos l'encombrant corset plein d'argent, la dureté des pièces.

« Ce n'est pas possible, ai-je murmuré. Je n'y crois pas. Un voleur a dû entrer. Il y avait beaucoup d'argent dans la maison.

— Et il est toujours là. Rien ne manque, à ce que dit la femme de chambre. Viens vérifier toi aussi. »

Je l'ai suivi dans le salon. Il régnait un désordre indescriptible. Le sac de voyage ouvert et les affaires de la Miss éparpillées ci et là, sur le sol, sur les chaises, partout. Les pages déchirées d'un livre. Des billets de banque. Les chaises renversées. Par terre aussi le napperon de velours à franges qui recouvrait habituellement la table, par terre le vase de cristal et les jonquilles, l'eau qui avait formé une petite flaque. Et, au pied du fauteuil, le pistolet.

« Ne le touche pas ! a intimé l'officier. Nous attendons l'arrivée du commissaire. » Ils avaient dessiné une silhouette à la craie blanche sur le sol autour de l'arme.

« Mais quelqu'un est entré, c'est évident. Ils se sont battus », ai-je objecté. Il me semblait vraiment étrange qu'avant de se suicider, la Miss ait pu provoquer un tel chaos toute seule.

« La porte était fermée à clé. Et aucun signe d'effraction sur les fenêtres. Nous avons vérifié partout, a déclaré l'officier.

— La Miss avait souvent des crises, des accès d'hystérie. Elle jetait tout en l'air, déchirait des livres, cassait des verres », répondit Filomena, qui se tenait près de la porte en se tordant les mains. Je l'ai regardée stupéfaite. Pendant toutes ces années, je n'avais jamais été témoin d'une telle chose, et je n'en avais jamais entendu parler. « Je ne te le racontais pas parce qu'elle avait tellement honte après coup, a-t-elle expliqué. Ça lui arrivait quand elle abusait de ses drogues.

— Ne dis pas ça. C'était un médicament pour dormir. Et elle n'en prenait plus depuis des mois.

— Qu'est-ce que tu en sais ? L'officier a trouvé sur sa table de chevet un verre sale et le flacon ouvert. »

Le médecin n'avait pas encore dit un mot. Je le connaissais, du temps de ma grand-mère, nous étions allées quelques fois chez sa femme pour retourner un manteau. Des gens bien, les Bonetti, mais avec trop d'enfants pour pouvoir se permettre régulièrement de nouveaux vêtements.

« L'Américaine était-elle agitée hier quand tu es partie ? Se plaignait-elle de quelque chose ? ont demandé les policiers.

— Non. Elle était calme. Heureuse. Elle n'avait aucune raison de se tuer.

— Elle n'allait pas te le raconter à toi », m'a interrompue Filomena. Je ne pouvais comprendre son agressivité. J'ai été prise d'un étourdissement. Quelqu'un m'a apporté un verre d'eau.

Entre-temps, le commissaire était arrivé avec un photographe de la police. Il s'est fait répéter comment les choses s'étaient passées. C'est Filomena qui avait trouvé la Miss. Elle a raconté qu'elle avait rendez-vous avec sa patronne à six heures du matin : le train partait à sept heures. Mais elle s'était réveillée brusquement à quatre heures, à la suite d'un mauvais rêve, dans lequel la Miss l'appelait en pleurant. « En général, je n'y crois pas, je ne suis pas superstitieuse. Mais ce rêve était si étrange. Comme si c'était vrai même une fois réveillée. Je me suis levée, et sans déranger mon mari, je suis venue voir. Je vis juste au coin de la rue. » J'ai songé à ma grand-mère et son visage préoccupé au même moment. Elle n'était pas apparue pour me mettre en garde contre l'étudiant, mais pour la Miss, me suis-je dit. Et j'ai immédiatement eu honte ; ce n'était pas des histoires à raconter à un commissaire.

Filomena avait couru jusqu'à la maison de la Miss, et contrairement à l'habitude, avait trouvé la porte fermée à clé. Mais elle en avait un double ; elle l'avait ouverte, était entrée, et avait immédiatement vu le désordre. Une chaussure de sa patronne gisait par terre, retournée, sur le seuil de la penderie. La Miss était dans le salon, assise dans un fauteuil, la tête rejetée en arrière, les yeux fermés, inconsciente, elle poussait un râle.

« Était-elle en chemise de nuit ? a demandé le commissaire.

— Non. Elle portait son ensemble de voyage.

— Elle ne s'était pas encore couchée à quatre heures du matin ! Ou s'était-elle déjà levée et habillée ? »

Filomena a haussé les épaules. Elle n'était pas responsable des étranges habitudes de la Miss. Elle en avait vu d'autres, laissa-t-elle entendre. Elle avait eu peur, et au lieu de secourir sa patronne, elle s'était précipitée dans la rue pour frapper à la porte du docteur Bonetti. Elle était revenue avec lui.

La Miss ne semblait plus respirer, mais il n'y avait pas de traces de sang, a rapporté le médecin, qui avait donc pensé à un évanouissement, ou une crise cardiaque pour laquelle on pouvait encore faire quelque chose. Tous deux l'avaient soulevée et portée jusqu'au lit, le médecin avait ouvert sa veste pour faciliter sa respiration et était tombé sur son corset. Il l'avait également défait et, à sa grande surprise, avait découvert, sur le côté gauche de sa poitrine, un trou de balle. Il avait approché une plume de la bouche de Miss Briscoe. Elle n'avait pas bougé. Le corps, cependant, n'était ni froid ni raide, a-t-il expliqué. C'est pour ça qu'il avait d'abord pensé qu'elle s'était simplement évanouie. Depuis combien de temps l'Américaine était-elle morte ? Difficile à dire. Cinq minutes ? Dix ? Quinze ? Pas plus de trente, mais même cela, il ne pouvait le dire avec certitude, car dans le salon le grand poêle en porcelaine était allumé et il faisait très chaud.

« Quand je l'ai trouvée, elle respirait encore, elle haletait, a répété Filomena. Et il ne vous a pas fallu plus de cinq minutes pour venir.

— Mais comment est-il possible qu'il n'y ait pas de sang ? demanda le commissaire.

— Cela peut arriver, a expliqué le médecin. Si la balle a aussi traversé le poumon, le sang a pu s'y accumuler. L'autopsie le dira. Mais ça ne change pas grand-chose. »

Bien que Filomena, persuadée qu'il s'agissait d'un suicide, ait insisté pour ne rien dire, afin de protéger la Miss du scandale et de la condamnation de l'Église, le docteur Bonetti l'avait envoyée appeler les agents du commissariat le plus proche. Ce n'est qu'à ce moment-là que l'un d'eux, en entrant dans le salon, avait remarqué le revolver de l'Américaine sur le sol, au pied du fauteuil, près des jonquilles. Le commissaire nous fit certifier, moi et la femme de chambre, que nous l'avions déjà vu, que la Miss l'avait acheté récemment et qu'elle le gardait dans le tiroir de son chevet. « Pour se tirer une balle quand elle en aurait eu envie », a commenté Filomena sur un ton de blâme qui m'a offensée. Si sa patronne avait été vivante, elle ne se le serait pas permis. Je ne sais pas pourquoi elle était si sûre que c'était un suicide. Juste à cause de la porte fermée à clé ?

Le médecin n'en était pas aussi convaincu. Il a accompagné le commissaire dans la chambre, a pris la veste et le corset dans le fauteuil et les lui a montrés. Moi aussi, qui les suivais, je les ai vus. Ils étaient intacts. Il n'y avait pas de trou, pas de tache de sang, pas même une petite brûlure. Comment la balle aurait-elle pu les traverser et atteindre le cœur ?

« La Miss tenait tellement à cette veste, est intervenue Filomena. Elle a dû la déboutonner et l'écarter avant de se tirer dessus.

— Et l'a ensuite rattachée ? Et le corset ? C'est très rigide, c'est fermé par une rangée de crochets. J'ai eu du mal à l'ouvrir, a dit le médecin.

— Mais elle n'est pas morte tout de suite, elle respirait encore quand je l'ai trouvée. Elle a pu la reboutonner », a insisté Filomena. Le commissaire notait tout. Il nous a demandé de bien regarder autour de nous, de lui indiquer si quelque chose manquait. Il voulait savoir quelles autres personnes avaient les clés. Rien ne manquait, et seule Filomena avait un double.

Mais le fait que les vêtements soient intacts était trop étrange. Le médecin a refusé de signer le certificat de suicide. Le commissaire a décidé d'ouvrir une enquête et a fait sceller l'appartement. Filomena a protesté, elle voulait sauver la réputation de Miss Briscoe, elle craignait les rumeurs. Non pour la contenter mais pour ne pas alerter un éventuel coupable, le commissaire a décidé de faire courir le bruit que Miss Briscoe était morte d'une crise cardiaque la veille de son départ, et nous a demandé de garder le silence.

L'Église a ainsi pu autoriser des funérailles religieuses, auxquelles ont assisté les personnalités les plus importantes de la ville, les familles de haut rang, ceux qui la connaissaient bien et ceux qui ne la connaissaient que de vue. Davantage par curiosité, je pense, que par affection, pour se toiser mutuellement, pour voir qui était là et qui n'y était pas. Le baron Salai n'est pas venu, bien sûr. Mais tout le monde savait qu'il était en voyage à Paris. Il était, certes, l'un des visiteurs les plus assidus de la maison de la Miss, mais personne ne s'attendait à ce qu'il revienne de si loin pour son enterrement. À l'arrière du cortège, se tenait un groupe nombreux de pauvres gens comme moi, de gens humbles, de gens du peuple qui avaient travaillé pour Miss Briscoe, qu'elle avait traités avec amabilité et familiarité, sans « maintenir une distance » comme les bourgeois l'imposaient. La pauvre Miss a été enterrée dans notre cimetière.

Aujourd'hui, personne ne se rend sur sa tombe, pas même Filomena, qui pourtant, comme moi, reçoit sa rente mensuelle, probablement pas aussi petite que la mienne car, maintenant, elle n'est plus domestique et s'habille chez Belledame, même si on peut voir à un kilomètre qu'elle n'a rien d'une dame. À vrai dire, j'ignore à combien s'élève sa rente ni quel était son salaire du vivant de la Miss ; peut-être lui a-t-elle même laissé quelque chose dans son testament. Quant à moi, chaque fois que je rends visite à ma grand-mère, j'apporte aussi une fleur à l'Américaine. Je m'arrête devant sa pierre tombale, lui dédie une pensée affectueuse et songe : si seulement les morts pouvaient parler ! Parce que, même après tant d'années, je ne crois toujours pas qu'elle se soit suicidée.

Ils ont clos l'enquête au bout de deux mois. Les deux témoins les plus importants étaient Filomena et moi-même. Il y avait aussi le docteur Bonetti, qui n'avait pas beaucoup fréquenté la Miss de son vivant et ne pouvait prétendre bien la connaître.

Mes déclarations et celles de Filomena étaient contradictoires. J'ai affirmé que, oui, la Miss avait eu à une époque des accès de mélancolie et d'abattement, qu'elle avait besoin d'un somnifère pour dormir dans ces moments-là. Mais elle ne s'était jamais agitée en ma présence, n'avait jamais eu de crises d'hystérie, et s'était toujours comportée raisonnablement. Et de toute façon, ces accès de mélancolie appartenaient au passé. Depuis qu'elle était revenue de G., elle allait bien, elle était sereine, et même plus que sereine, heureuse et pleine de projets. Elle pensait avec enthousiasme et envie à son prochain voyage : rentrer à la maison, embrasser sa sœur. J'étais certaine, je pouvais le jurer sur Dieu, qu'elle n'avait aucune pensée suicidaire. À mon avis, avais-je insisté, quelqu'un l'avait tuée. Quelqu'un qui l'avait surprise dans sa chemise de nuit, lui avait tiré dessus et l'avait ensuite habillée. La chemise de nuit n'avait pas été retrouvée, m'avait-on objecté. Elle était en batiste légère, avais-je répondu, il n'était pas compliqué de la rouler, de la mettre dans sa poche et de partir avec.

Mais la porte était fermée à clé. C'était peut-être elle qui l'avait ouverte à quelqu'un qu'elle connaissait. Ou bien un visiteur si fréquent, si digne de confiance, qu'il avait un autre double de la clé.

« Ce sont des hypothèses, pas des faits. Ne dites que ce dont vous êtes certaine, ce que vous avez vu », m'a-t-on réprimandée.

Filomena a témoigné sous serment que Mademoiselle avait toujours eu un tempérament neurasthénique ; elle faisait des scènes, elle prenait encore des drogues, jusqu'au dernier jour. Devant elle, plusieurs fois, elle avait menacé de se tuer pour une petite contrariété. Surtout pour des histoires de cœur. Elle avait fréquemment des liaisons. Non, ce n'était pas une dame respectable comme les nôtres. Elle était américaine. Ils ont une morale différente là-bas. La Miss tombait souvent amoureuse d'hommes indignes d'elle, de classe inférieure, et leur donnait de l'argent, les couvrait de cadeaux. Puis elle le regrettait, se sentait trahie, honteuse et voulait mourir. Elle avait acheté l'arme dans ce but et s'était confiée à elle. « J'aurais dû la lui prendre, je sais. La jeter, la faire disparaître. Mais je ne croyais pas à ces menaces, et puis c'était ma patronne. » On lui a demandé si elle pouvait donner les noms de ces amants. Elle a répondu : « Pas de tous. Et puis, ils nieraient. Et aucun d'entre eux n'avait la clé, ça, j'en suis sûre. » Elle a déclaré que la Miss avait une véritable obsession pour la propreté de ses vêtements, que pour éviter de les tacher elle aurait fait n'importe quoi, même se déshabiller, se tirer dessus puis se rhabiller. Que je ne pouvais pas bien la connaître, que je ne pouvais pas tout savoir sur la Miss ; après tout, je ne la voyais qu'une fois par semaine, je ne vivais pas à ses côtés tous les jours comme elle le faisait.

Comment les enquêteurs ne se rendaient-ils pas compte que Filomena mentait ? Mais dans quel but ? Pour protéger quelqu'un ? Et qui ? Je ne parvenais pas à l'imaginer, à faire une hypothèse. J'étais certaine d'une chose : ces histoires d'amants à qui la Miss donnait de l'argent étaient une invention. Comment a-t-elle pu porter des accusations aussi infâmes contre quelqu'un qui ne pouvait plus se défendre ? Et qui l'avait si bien traitée ? Mais comment aurais-je pu, moi, la démentir ?

Le médecin a déclaré qu'à son arrivée, la Miss était morte, il n'a pas pu dire depuis combien de temps exactement. Et qu'elle était habillée de pied en cap, avec sa veste de costume de voyage boutonnée jusqu'au cou. Et que cette veste et ses sous-vêtements étaient intacts, sans la moindre trace de coup de feu. Tout comme l'argent contenu dans le corset. Qu'il considérait comme peu probable que la pauvre femme ait eu le temps et la force de s'habiller ou même de se boutonner après avoir reçu une balle en plein cœur. Mais qu'il ne pouvait pas absolument l'exclure. À l'article de la mort, les gens peuvent faire les choses les plus incroyables. Il le savait par expérience.

Ils ont cru, ils ont voulu croire Filomena et les légers doutes du docteur. Ils m'ont dit que j'étais trop exaltée, qu'ils s'étaient renseignés sur moi. Ils savaient que je lisais des romans et m'ont conseillé de contenir mon imagination.

L'enquête a conclu à un suicide. L'évêque s'est montré clément et n'a pas exigé que le cercueil contenant les restes de Miss Briscoe soit retiré du cimetière. Si vous la cherchez, elle y est toujours.

Les scellés de l'appartement ont été enlevés et le propriétaire nous a demandé, à Filomena et à moi, qui avions travaillé là pendant tant d'années, d'aller y faire un dernier ménage, de tout remettre en ordre, de faire disparaître les signes de ce qui s'y était passé. Puis il le ferait repeindre et chercherait un autre locataire.

Pour mieux balayer, nous avons déplacé les quelques meubles restants et nous avons passé la serpillière. Je me suis notamment occupée de la petite pièce à côté de la chambre. Il n'y avait pas grand-chose à faire à part laver le sol. Elle avait été vidée depuis longtemps ; la veille de la tragédie, j'avais vérifié une dernière fois, j'avais vu qu'elle était vide. J'ai donc été étonnée de voir quelque chose scintiller sur le sol, dans un coin, au milieu de la poussière qui s'était formée ces deux derniers mois. Je me suis baissée pour ramasser l'objet. C'était un monocle à monture dorée, son cordon de velours couvert de saleté.

J'ai appelé Filomena. Je le lui ai montré dans la paume de ma main. Je ne savais pas quoi penser. « Tant de gens de toutes sortes défilaient dans cette maison, a-t-elle dit, pire que dans un bordel. Qui sait depuis combien de temps ce machin est là sans qu'on le remarque.

— Je m'en serais aperçu. J'avais bien vérifié le dernier soir, avant de dire adieu à la Miss, ai-je protesté.

— Tu lis trop de romans, tu t'es monté la tête ! Tu te prends pour qui ? Tu ne te souviens pas de ce que le sergent t'a dit ? Essaye de contenir ton imagination ou tu finiras mal. »

Elle m'a pris le monocle des mains et l'a jeté dans la poubelle avec le reste.

La boîte aux illusions

«Entre pauvres, il faut s'entraider, me répétait ma grand-mère. Si on espère de l'aide des riches, on peut toujours attendre ! » De son côté, elle n'avait jamais refusé de partager avec une voisine dans le besoin un morceau de pain, même si c'était le dernier qui nous restait, ou de renoncer à une nuit de sommeil pour veiller sur un enfant malade pendant que sa mère terminait un ouvrage à livrer absolument le lendemain. Elle avait tout un cercle d'amies dans le quartier, des femmes seules comme elle, de vieilles femmes qui avaient perdu leur famille dans l'épidémie, de jeunes veuves avec des enfants en bas âge, ou de jeunes mères qui ne pouvaient compter sur leurs maris parce qu'ils buvaient ou étaient incapables de garder un emploi. À personne, ma grand-mère n'a jamais refusé un peu de charbon, un conseil, une assiette de soupe ou un bout de tissu pour rapiécer une jupe qui tombait en lambeaux. Quant à demander de l'aide elle-même, elle faisait tout pour l'éviter, elle connaissait leur misère et avait sa fierté : elle avait toujours tenu, même plus jeune, à subvenir aux besoins de sa famille et aux siens. C'est elle qui m'avait transmis ce besoin d'indépendance, je l'avais intégré à partir de son exemple sans même m'en rendre compte. Si je ne pouvais éviter de demander une faveur, j'essayais de rendre la pareille le plus rapidement possible. Par exemple, je faisais en sorte de dédommager la repasseuse qui habitait juste en face à qui je demandais parfois, quand j'avais trop de travail, de me préparer un peu de soupe, de nettoyer les escaliers ou d'envoyer sa fille faire une livraison à ma place ; et si je ne pouvais pas la payer, j'essayais de lui trouver du travail, ou je lui donnais des vêtements que m'offraient mes clientes qui n'en voulaient plus.

Zita et Assuntina étaient vraiment pauvres. Il n'y avait plus d'homme à la maison depuis que le mari de l'une et père de l'autre avait été tué dans une bagarre d'ivrognes quelque temps auparavant. La mère et la fille vivaient dans un *sottano*, un sous-sol sans fenêtre et humide, situé en dessous du niveau de la rue, auquel on accédait en descendant trois marches. Il n'était pas facile, dans cette pièce toujours obscure, de repasser le linge des hautes gens et de le livrer d'un blanc immaculé, sans le souiller de suie ou le brûler avec les étincelles du fer chauffé par les braises. Les vêtements qui nécessitaient en outre d'être amidonnés, comme les chemises des messieurs, posaient un réel problème. Zita devait toujours avoir au moins trois fers à repasser prêts à l'emploi sur la cuisinière, afin de ne pas perdre de temps à attendre que celui qu'elle utilisait, qui avait refroidi, se réchauffe. Si elle avait eu une cour où arrivait l'eau pour mettre un baquet, elle aurait pu offrir un service complet et gagner un peu plus d'argent, mais au lieu de cela, elle devait récupérer le linge humide auprès de la blanchisseuse.

Elle avait quelques clientes régulières, que je lui avais pour la plupart adressées, comme la Miss américaine, devenue sa cliente la plus généreuse, et qui leur permettaient de survivre. De survivre tout juste, car souvent, elle et sa fille n'avaient pas les moyens de manger autre chose que du pain rassis sans même une goutte d'huile ; les fèves séchées avec du chou ou les aubergines rôties, que l'on appelait en ville « la viande du pauvre », étaient un luxe auquel elles ne pouvaient prétendre que le dimanche. Si je ne leur avais pas donné et ajusté à leur taille les vêtements que ne voulaient plus mes clientes, mère et fille se seraient promenées en guenilles.

Quand la Miss est morte, la situation entre nous devint désagréable, il y eut comme une sorte de déséquilibre. Cette petite somme sur laquelle Zita comptait, bien qu'elle fut modeste, lui manquait et, de mon côté, après les délais requis par la bureaucratie, j'ai commencé à recevoir de la banque une rente mensuelle de quarante lires, qui bien sûr ne m'aurait pas suffi pour vivre, mais qui m'apportait néanmoins un confort, un répit que je n'avais jamais imaginé, surtout parce que je n'avais pas à travailler, je n'avais rien à faire pour gagner cet argent.

Les huit premiers mois, précisément parce qu'ils étaient en retard, me sont arrivés d'un seul coup, à la fin de décembre, trois cent vingt lires, une véritable fortune qui m'incitait à m'abandonner aux rêves les plus fous. J'aurais pu prendre un abonnement à la saison d'opéra, toujours dans la galerie bien sûr, mais pour l'ensemble des représentations. Je n'aurais pas manqué un seul opéra, je n'aurais pas eu à me creuser la tête pour choisir celui ou ceux que je pouvais me permettre. Ou bien j'aurais pu m'inscrire à des cours du soir, apprendre à bien écrire, pour ne pas avoir honte quand il m'arrivait d'écrire une lettre. Et aussi apprendre un peu d'histoire, de géographie, d'arithmétique. J'aurais pu essayer d'obtenir mon certificat de fin d'études, même s'il ne me serait d'aucune utilité pour mon travail. Je ne savais pas si la rente serait suffisante pour étudier, si j'allais avoir le temps de suivre les cours, c'était une hypothèse tellement irréaliste. Mais recevoir tout cet argent d'un coup m'était monté à la tête. Et j'avais aussi des envies plus modestes. Un voyage en train, par exemple. Je n'étais jamais montée dans un train, bien que j'en aie vu partir et arriver de nombreuses fois. Un voyage, même court. Peut-être jusqu'à G. Je savais qu'il était possible de faire l'aller-retour en une journée, sans avoir à dépenser pour la nuit. Ou même aller jusqu'à P., au port, et voir enfin la mer. Mais dans ce cas, il m'aurait fallu passer la nuit dehors. Aurais-je assez d'argent pour un hôtel modeste ? Ces petites pensions de famille dont Mlle Gemma m'avait parlé – mais j'avais peur, je n'étais pas confiante à l'idée d'y aller seule, et si un étranger entrait dans ma chambre ? Mais peut-être, fantasmais-je, y avait-il un couvent à P. qui aurait pu m'accueillir. Oui, mais comment faire comprendre à ces religieuses que j'étais une jeune femme bien et non une écervelée en quête d'aventure ? Entre un château en Espagne et un autre, il m'est aussi venu à l'esprit que je ne méritais pas cet argent puisque je ne faisais rien pour le gagner, j'aurais dû le partager avec Zita. Mais je dois avouer que j'ai immédiatement repoussé cette pensée, je ne manquais pas d'excuses. La Miss m'avait laissé cet argent à moi, le donner à quelqu'un d'autre aurait été une offense. Elle savait bien que quelqu'un d'autre lavait et repassait son linge, que ce n'était pas moi qui m'en occupais. Pourquoi ne leur avait-elle pas laissé une rente à elles aussi ? Parce qu'elle ne connaissait pas leurs noms, a suggéré une petite voix intérieure, parce qu'elle n'avait jamais vu leurs visages, parce que je m'étais toujours occupé de tout. Et alors ? La ville était pleine de pauvres gens. Allais-je maintenant devoir partager avec des étrangers tout ce que j'avais gagné par mon dur labeur ? N'était-ce pas suffisant d'avoir habillé la mère et la fille de la tête aux pieds, en adaptant pour elles de vieux vêtements, les siens et ceux de Clara, que la femme de l'ingénieur Carrera m'avait donnés ? Des vêtements épais et chauds ; Assuntina n'avait plus à se protéger du froid avec un petit châle tricoté comme les autres filles de la ruelle, elle avait un manteau de laine avec des revers de velours comme les demoiselles. À l'origine, il y avait aussi de beaux passements sur le devant, mais je les avais enlevés en le reprenant, car ils me semblaient trop élégants pour une fille de repasseuse. Elle aimait tant ce manteau que pour l'économiser, elle ne le portait pas souvent. Elle préférait s'envelopper dans un de mes vieux châles, peut-être aussi pour ne pas paraître trop différente des autres filles de la ruelle. Je lui avais également procuré une paire de chaussures d'hiver en bon état, seulement deux pointures trop grandes, qui, avec des chaussettes en laine, lui allaient parfaitement et lui dureraient jusqu'à l'année prochaine. Zita ne cessait de me remercier, elle aurait voulu au moins me payer pour les heures que j'avais passées à découdre, rétrécir, ourler, déplacer des boutons. Mais je savais qu'elle était sans le sou et je voulais faire preuve de générosité. « Tu me le revaudras », lui disais-je. J'espérais persuader la femme de l'ingénieur de confier le repassage de son linge à mon amie, afin de remplacer le travail perdu avec le décès de la Miss. Mais pour l'instant, la dame avait une blanchisseuse qui repassait également, et elle s'en trouvait très bien. Elle n'avait pas l'intention de changer.

Cet hiver avait été long et froid. Assuntina avait eu une pneumonie et, selon le médecin, n'en avait réchappé que par miracle. Avec le retour du beau temps, elle sortait à nouveau jouer sur le trottoir, l'écharpe rouge qui avait été celle de Clara bien enroulée autour de son cou. Elle faisait parfois quelques livraisons pour moi, que je lui payais dix sous. Au marché du samedi, je lui avais acheté en cadeau un pot de miel pour la toux.

J'étais si confuse quant à la façon de dépenser ma rente que j'ai décidé d'attendre et de demander conseil à Mlle Ester à son retour d'un énième voyage. J'avais mis les trois cent vingt lires, et les autres qui me parvenaient maintenant régulièrement chaque mois, dans la boîte en fer-blanc, que j'appelais désormais la boîte aux souhaits, et je m'étais immergée dans le travail. Heureusement, les commandes ne manquaient pas, la clientèle s'était peu à peu élargie, la femme de l'ingénieur Carrera avait fait passer le mot, et on me commandait beaucoup de vêtements pour enfants, pas seulement des costumes de carnaval ou de pièces de théâtre, mais des tabliers, des chemises, des culottes courtes, des vestes à passements, et beaucoup de sous-vêtements, pour les tout-petits. Si je l'avais voulu, j'aurais pu me spécialiser. Mais mon expérience avec ma grand-mère, lorsque nous avions tout abandonné pour nous consacrer au trousseau Artonesi, m'avait découragée de suivre cette voie. Il y avait des familles pour qui je travaillais depuis des années, des familles composées uniquement de vieilles personnes, qui payaient bien et dans les temps. Les Delsorbo, par exemple. Des gens étranges, que n'aimait pas ma grand-mère, même si elle n'a jamais voulu me dire pourquoi. Elle avait été à leur service de nombreuses années auparavant, alors que je n'étais pas encore née, mais seulement quelques mois. Elle avait découvert une chose qui ne lui plaisait pas et avait préféré partir. Mais elle acceptait leurs travaux de couture, elle ne pouvait pas se permettre de les refuser. Je dois admettre que les Delsorbo se sont toujours bien comportés avec moi. Pas comme ces dames toutes souriantes qui, une fois le travail terminé, me disaient : « Pour ce que je te dois, passe la semaine prochaine. » Et qui soupiraient quand je me représentais : « Quelle insistance ! » Puis elles me faisaient revenir trois ou quatre fois encore avant de me payer. Je savais qu'elles finiraient par le faire, mais en attendant, l'épicier ne voulait plus rien me donner à crédit, et je devais bien acheter de l'huile et des bougies ; qui plus est j'étais persuadée qu'elles avaient cet argent dans leur portefeuille, alors à quoi bon me faire lanterner ? Pourquoi me traiter comme une mendiante ennuyeuse qui les harcelait ? Peut-être pour que je ne me monte pas la tête ? Pour que j'apprenne à rester à ma place ?

Les Delsorbo ne l'ont jamais fait. Le jour même où je finissais ma tâche, ils me donnaient ce que nous avions convenu. Quirica me remettait l'argent enveloppé dans les bouts de tissus qui restaient. Ils n'étaient pas nombreux à m'en faire cadeau ; pour moi, ces chutes étaient précieuses, je pouvais en faire tant de choses, des plus simples écussons aux coussins pique-aiguilles, en passant par les poches à cacher sous une jupe et, en les cousant ensemble avec patience, en assortissant avec goût les tissus et les couleurs, même des oreillers, des couvertures, des couvre-lits. « Prends-les, prends-les ! me répétait Quirica. Que veux-tu que nous en fassions, nous autres, pauvres vieilles ? Ne vois-tu pas dans quel état sont nos doigts ? » Les siens étaient déformés par l'arthrite, mais en cuisine elle travaillait encore comme une jeune femme, et repassait les chemises de don Urbano mieux que Zita, même dans ses meilleurs moments. Quirica était la « vieille servante ». C'est elle-même qui se désignait par ce terme que, par respect, je n'aurais jamais prononcé en sa présence. Je ne sais pas quel âge elle pouvait bien avoir. Elle était déjà à leur service depuis plusieurs années au moment de l'unification de l'Italie. Il y avait aussi une « jeune servante » chez les Delsorbo, Rinuccia, qui avait au moins une cinquantaine d'années et dont les mains étaient également diminuées au point qu'elle ne pouvait plus manier l'aiguille.

Dans l'appartement, une séparation « géographique » très stricte entre les domestiques et les patrons était respectée, comme s'ils vivaient sur deux planètes différentes. Naturellement, les limites entre les deux territoires étaient franchies par les servantes pour le nettoyage, le service à table, l'ouverture et la fermeture des volets, mais une fois ces tâches accomplies, les deux femmes se retiraient en grande hâte au-delà du couloir de service, où se trouvaient la lingerie avec les armoires de draps et la table à repasser, leur chambre, la cuisine et le garde-manger. Elles passaient leur vie dans la cuisine, qui sentait les saucisses fumées, le bois brûlé et le menthol, car

Quirica souffrait d'asthme et fumait constamment de ces cigarettes qui l'aidaient à mieux respirer. Elles ne sortaient jamais de la maison, sauf pour la messe du dimanche ; les courses quotidiennes et toutes les autres marchandises étaient apportées à domicile par les commis.

Les patrons, en revanche, ne franchissaient jamais ce couloir. Ils avaient à leur disposition un grand salon, une salle à manger, un bureau pour don Urbano, plusieurs chambres à coucher et une salle de bains avec l'eau courante, équipée des appareils les plus modernes. Ils n'étaient plus que deux : la mère presque centenaire, donna Licinia, veuve depuis des lustres, et son fils, don Urbano, âgé de plus de soixante-dix ans. Il y avait aussi eu une fille, née bien des années après son frère, mais elle avait épousé un étranger à la région et était partie vivre loin d'elle. La mère n'avait pas trop souffert de la séparation, me disait Quirica, car elle préférait son fils, l'héritier, qui en tout état de cause ne s'était pas marié pour ne pas la laisser seule. Don Urbano avait eu plusieurs fiancées, me raconta Quirica, mais chaque fois, donna Licinia avait fait échouer le mariage, et elle avait ainsi pu le garder à la maison pour toujours.

« Et des petits-enfants ? ai-je demandé. Sa fille ne lui a pas donné de petits-enfants ?

— Donna Vittoria, qu'elle repose en paix, s'était mariée tardivement, et ses enfants naissaient malades et ne survivaient pas, a répondu la vieille domestique. Mais elle ne se résignait pas, ou peut-être était-ce son mari. » Et en effet, donna Vittoria était tombée à nouveau enceinte à plus de quarante ans et était morte en couches. L'enfant, cependant, contrairement à ses frères et sœurs, était né en bonne santé et avait survécu. La grand-mère, donna Licinia, aurait voulu le prendre avec elle pour l'élever comme un Delsorbo, mais le père de l'orphelin s'y était opposé, provoquant un désaccord qui avait éloigné les deux familles. Toutefois, quand le garçon a grandi, il a pris l'habitude de venir de temps en temps rendre visite à sa grand-mère et à son oncle ; il était affectueux, beau, poli, intelligent, et les deux anciens étaient très fiers de lui. Quirica aussi, et elle était certaine que sa grand-mère et son oncle avaient fait un testament en sa faveur. Après tout, il était leur seul héritier.

Les Delsorbo étaient des aristocrates d'une très ancienne lignée. Ils n'avaient pas de titres tels que comte, baron ou marquis, ils pouvaient seulement se vanter de l'attribut « gentilhomme » et « gente dame » et du « don » devant leur nom, mais en raison de cette ancienneté de sang et de leur richesse, ils se jugeaient supérieurs aux autres nobles de la ville. Quirica en était également convaincue et fière. De son côté, elle était née dans un village très pauvre de l'intérieur des terres et était entrée au service de la famille Delsorbo à l'âge de quinze ans. Sa dévotion à la famille était comme une religion, et elle récitait leurs généalogies comme s'il s'agissait des pages de son missel.

Les Delsorbo ne me faisaient jamais venir coudre chez eux. Quirica me remettait le tissu pour les draps et le linge de maison à emporter dans mon appartement, où je m'acquittais de ma tâche, puis je leur livrais une fois terminé. Mais on m'avait quelques fois demandé de m'occuper de petits travaux de tapisserie, des housses pour les fauteuils et les coussins, des cantonnières pour les rideaux, un couvre-lit de damassé pour la chambre d'amis. Ils n'avaient pas peur de me confier des tissus aussi précieux, la confiance que ma grand-mère avait gagnée par son honnêteté et ses talents de couturière jouaient après tant d'années en ma faveur. Dans ces circonstances, j'avais dû franchir la frontière du couloir et pénétrer dans l'espace des patrons afin de prendre les mesures. Des pièces sombres aux rideaux toujours tirés, du velours rouge foncé, de l'argenterie imposante, des tableaux immenses dans des cadres en or pur. J'avais aperçu donna Licinia une ou deux fois par une porte entrouverte, assise dans son fauteuil, raide comme une statue, maigre, sèche, habillée de noir. Elle n'avait jamais cessé de se vêtir de noir depuis qu'elle était veuve, m'avait expliqué Quirica, et plus de cinquante ans s'étaient écoulés. Cependant, même si elle ne quittait jamais la maison, donna Licinia portait chaque jour sa parure de perles, seul bijou autorisé sur les vêtements de deuil, des pendants d'oreilles, un collier haut avec un fermoir en améthyste, une broche sur la poitrine pour fixer son *fichu**, un bracelet à quatre rangs. Elle ressemblait à l'une de ces Vierges de douleur de cathédrale que l'on ne sort que pour le Vendredi saint, avec les sept épées fichées dans le cœur mais parées de tous les joyaux offerts par les fidèles.

En revanche don Urbano – je l'avais également rencontré et il m'avait saluée cordialement alors même qu'il ignorait qui j'étais – était un vieil homme bedonnant, pas très grand, habillé à la dernière mode, qui se coiffait à l'intérieur d'une calotte de velours à la Garibaldi et pour sortir d'un chapeau de paille en été et d'un melon en hiver. Contrairement à sa mère et aux servantes, il était toujours dehors, assis à fumer un cigare dans la cage de verre du Cristal Palace, en visite chez les familles les plus importantes, au casino des nobles pour jouer aux cartes, à l'hippodrome pour les courses de chevaux, au théâtre, au café *chantant**. Il était, j'allais l'apprendre plus tard, ce que, les Français appelaient un *viveur**. Depuis qu'il était âgé lui aussi et ne parlait plus de se marier, sa mère lui laissait une totale liberté et ne protestait même pas quand son fils passait la nuit dehors. Où cela ? Dans un hôtel de luxe ? Chez des amis ? Avait-il une liaison secrète ? En m'en parlant, Quirica me faisait un clin d'œil, comme si l'endroit où son patron passait ses nuits était une évidence, mais je n'en avais aucune idée, et pour être honnête, je ne m'en souciais même pas. « Plus ils sont riches, plus ils sont fous », m'avait appris ma grand-mère, et aussi : « À chaque fou sa folie. » Pourquoi chercher à la comprendre si elle ne nous concernait pas ?

Mlle Ester était rentrée après le carnaval et m'avait fait venir pour me donner le petit cadeau qu'elle avait l'habitude de me rapporter. Rien de précieux, juste un souvenir pour me montrer qu'elle avait pensé à moi pendant le voyage. Cette fois, il s'agissait d'un album contenant des photographies colorées à la main des plus grands monuments d'Europe. Nous avons parlé de tout et de rien, et elle a appelé Enrica pour me montrer à quel point elle avait grandi et me signaler que j'allais bientôt devoir rallonger tous ses tabliers pour la maison. J'ai pris mon courage à deux mains et lui ai fait part de mon désir de faire un voyage à P., si seulement je pouvais trouver un endroit sûr où dormir à peu de frais. Mlle Ester m'a répondu que cela lui semblait une excellente idée et qu'une de ses cousines éloignées, une religieuse, travaillait dans une institution pour scrofuleux[1] que son ordre avait construite au bord de la mer. Elle allait lui demander de m'héberger, pas seulement pour une nuit, mais pour trois ou quatre si je le souhaitais. Gracieusement. Les sœurs de P. ne pouvaient pas lui refuser cette faveur, car son père faisait chaque année un don très généreux à leur institution.

Quand elle décidait quelque chose, Mlle Ester ne traînait pas. Elle a immédiatement écrit à sa cousine et dix jours plus tard, elle m'a fait venir pour me montrer la réponse. Les sœurs

1. Atteints de scrofules (écrouelles), abcès d'origine tuberculeuse. *(N.d.T.)*

m'accueilleraient volontiers, même accompagnée d'une amie. « Elle pense sûrement qu'il n'est pas prudent pour une jeune fille de voyager seule », a commenté Ester en riant. Elles mettaient à ma disposition pour une semaine la petite chambre destinée aux voyageurs, qui avait deux lits. Et si je le désirais, je pourrais prendre mes repas avec les patientes dans le réfectoire. Je n'aurais ainsi qu'à payer le billet de train.

Une amie ? Je n'avais aucune amie de mon âge qui pouvait s'absenter de son travail ou payer le voyage, et à bien y réfléchir, je voulais profiter de cette expérience seule. Je voulais me promener sur la plage, contempler l'horizon comme je l'avais vu sur un tableau, ramasser des coquillages et rêver tandis que les vols des mouettes strieraient le ciel. Rêver de quoi ? De qui ? Rêver était très dangereux, je le savais, je ne pouvais pas me le permettre. Et puis, ne serait-ce que voir la mer n'était-ce pas la réalisation d'un rêve ?

J'avais un travail à rendre qui me prendrait encore quelques jours. Je décidai donc de partir le lundi suivant et de revenir le jeudi, et écrivis aux sœurs en ce sens. Avec émotion, je préparai mon sac en paille : des sous-vêtements de rechange, un peigne et des épingles à cheveux, du savon, un gros châle pour me servir de couverture si besoin, mon nécessaire à couture et quelques mouchoirs à ourler pour m'occuper si le temps était à la pluie. Je dois avouer qu'à la place des mouchoirs, j'avais d'abord mis un roman dans mon bagage. Mais j'ai ensuite pensé que cela ne ferait pas bonne impression sur les sœurs, la couture ferait meilleur effet. Comme objet de lecture, je me contenterais du missel. Pour ne pas me présenter les mains vides, j'emportais également, enveloppés dans du papier de soie, deux napperons que j'avais brodés pour m'exercer à un nouveau point suggéré par un magazine.

Le dimanche est arrivé. J'étais excitée, impatiente, j'avais vérifié mille fois l'horaire du train dont j'avais acheté le billet trois jours auparavant. J'ai rangé mon intérieur, bien frotté l'évier, balayé sous le lit. Je me suis rendu compte soudain que, distraite par mes préparatifs, j'avais oublié de me faire remplacer pour le nettoyage des escaliers. Il ne manquerait plus que le voyage au bord de la mer me vaille d'être expulsée ! Heureusement, il était encore temps de m'organiser : Zita ne refuserait certainement pas ce travail et cette entrée d'argent inattendus.

Je me suis précipitée chez la repasseuse. La porte donnant sur la rue était grande ouverte pour laisser circuler un peu d'air. Assuntina, qui avait commencé l'école au début de l'année même si elle ne l'avait que très peu fréquentée à cause de sa pneumonie, était assise sur la marche en plein courant d'air mais la tête couverte de son écharpe rouge. Elle traçait laborieusement ses lettres bâtons dans son cahier en toussant.

Comme un éclair, une phrase m'est revenue à l'esprit, que j'avais entendue dans la bouche de la femme de l'ingénieur Carrera lorsqu'elle retirait le tricot de laine de la tête de Clara avant de la plonger dans la baignoire. « Tu es aussi maigre qu'un fakir indien », avait-elle commenté en chatouillant son ventre. Clara avait éternué. « Non mais tu t'entends ? Tu sais quoi ? À la fin du mois, école ou pas école, nous irons voir ta grand-mère. Tu as besoin de respirer un peu d'air marin, ça te fera du bien. »

À Assuntina aussi, cela aurait fait du bien. Sans me donner le temps d'y réfléchir à deux fois, je lui ai dit à la hâte : « Demain, je vais à P. pour quelques jours. Tu veux venir avec moi ? » Les sœurs n'y verraient rien à redire, elles m'avaient offert l'hospitalité pour deux personnes. Et dans le train, les enfants payaient demi-tarif.

Zita ne savait pas comment m'exprimer sa gratitude. Pour le ménage et pour l'invitation lancée à sa fille. Aucune d'elles n'avait jamais voyagé en train, aucune d'elles n'avait jamais vu la mer. La mère aurait elle aussi aimé venir avec nous, je le voyais dans ses yeux. Mais elle ne pouvait pas abandonner son travail et sauter des livraisons, elle aurait perdu ses clientes. D'ailleurs, qui aurait lavé les escaliers et le hall de mon immeuble à ma place ? La propriétaire ne voyait pas d'inconvénient à ce que je me fasse parfois remplacer, mais si elle trouvait une seule trace de pas boueuse sur les marches de marbre, une seule toile d'araignée au plafond d'un palier… Je n'osais y penser.

Et puis, il y avait le billet de train. Zita savait bien qu'elle ne pouvait me demander de payer le sien, en plus de celui de sa fille.

Elle m'a remerciée les larmes aux yeux et a préparé un paquet avec quelques affaires pour Assuntina, qu'elle a placées dans la taie d'un oreiller, car elles n'avaient pas un panier en paille comme le mien. Elle ne lui a pas permis de prendre son manteau à revers de velours pour éviter qu'elle l'abîme et a préféré lui donner son épais châle – aussi pour qu'elle n'attire pas l'attention, j'imagine. Elle a également eu la présence d'esprit de nous préparer deux morceaux de pain garnis de *farinata* de pois chiches aux oignons pour manger dans le train. Le voyage durerait plus de cinq heures et je n'avais pas songé aux exigences de l'estomac.

Le lundi, nous sommes parties à huit heures du matin. Nous sommes arrivées une demi-heure en avance et avons pris place sur les sièges en bois de la troisième classe, déjà presque tous occupés par des personnes voyageant pour le travail. Mais nous, nous partions en vacances, pensais-je fièrement, comme les seigneurs. Je me demandai si ma grand-mère, dans ses pensées les plus secrètes, avait jamais osé souhaiter ou du moins imaginer une telle chose.

En attendant le départ, j'ai posé mon sac sur mon siège et j'ai regardé par la fenêtre les derniers voyageurs retardataires qui se pressaient vers les voitures. J'ai reconnu avec stupeur Filomena et son mari, habillés élégamment, elle arborant un grand chapeau, suivis d'un porteur chargé de deux grandes et lourdes valises flambant neuves. Où pouvaient-ils bien aller ? Je les ai vus monter tranquillement dans le wagon de première classe. J'avais toujours su que Filomena aimait le luxe et enviait les riches qui pouvaient se le permettre. Se pourrait-il qu'elle ait décidé de dépenser tout son argent dans cette mascarade ? Mais ce n'était pas mes affaires. Tout comme ce n'était pas ses affaires que je décide de m'offrir de petites vacances à la mer.

Le chef de gare a levé son panneau, la locomotive a émis un long sifflement. Je suis retournée m'asseoir. Quand le train a démarré, en crachant de la vapeur, Assuntina a serré ma main avec force. Depuis que sa mère l'avait réveillée le matin elle n'avait pas prononcé une parole. Elle n'avait pas pleuré en lui disant au revoir, feignant d'être occupée à vérifier que tout était dans son baluchon, qu'il y avait son abécédaire et un cahier, bien séparés de l'emballage de son en-cas pour qu'ils ne soient pas salis.

Et ainsi, nous étions parties en voyage. La campagne défilait de part et d'autre : arbres, vaches en pâture, rochers de granit aux formes étranges, ânes chargés de paniers et de sacoches, plantations d'artichauts et de pastèques, paysans au travail. Ma petite compagne de voyage regardait dehors avec de grands yeux, le nez collé à la vitre. Pour elle, enfant de la ville née et élevée dans les ruelles, tout était nouveau, et spécialement ce grand ciel au-dessus des champs, ces nuages blancs qui voyageaient aussi mais plus haut que nous, ces oiseaux qui croassaient, cette lumière, et les buissons de genévrier pliés par le vent. Il m'était arrivé de sortir de la ville, même si je n'étais jamais allée bien loin, et toujours à pied ou dans une charrette tirée par un âne pour rendre visite à des connaissances de ma grand-mère qui vivaient à la campagne, et par la suite pour rendre visite aux Provera. Mais cette fois-ci, c'était différent, ne serait-ce qu'à cause de la vitesse, : les arbres semblaient courir vers nous, le paysage changeait si rapidement qu'on ne pouvait pas vraiment voir les détails, car lorsque l'on reconnaissait un joug de bœuf ou un buisson d'aubépine, ils avaient déjà disparu. J'étais heureuse d'avoir suivi mon impulsion, ce n'était pas de l'argent gaspillé, les voyages ouvrent l'esprit, Mlle Ester avait raison.

Nous sommes arrivées à G. D'après ce que nous pouvions voir par les fenêtres, la ville n'était pas très différente de la nôtre. Nous aurions peut-être pu constater qu'elle était plus grande en nous promenant dans ses rues, en la traversant d'un bout à l'autre. Mais nous ne sommes pas descendues du train, qui s'est arrêté en gare seulement dix minutes, pendant lesquelles personne n'a quitté notre compartiment et aucun nouveau passager n'y est entré. J'avais regardé qui descendait par la vitre, curieuse de savoir où Filomena allait, mais je ne l'ai pas vue. En crachant de la vapeur – Assuntina observait à chaque fois l'épaisse fumée blanche comme s'il s'agissait d'une merveille – la locomotive a repris son voyage et en quelques minutes nous étions de nouveau en pleine campagne.

Au bout de quelques heures, nous avons aperçu la mer, qui n'était encore qu'une mince bande bleu foncé le long de l'horizon. Je la reconnaissais pour l'avoir admirée maintes fois sur les tableaux chez Mlle Ester, chez la Miss, et chez d'autres dames où j'allais travailler. Également sur les illustrations et les photographies des magazines. Je me demandais si elle était aussi bleue de près, si elle bougeait, s'il y avait des vagues et de l'écume blanche sur la crête comme dans les peintures de batailles navales ? Et s'il y avait des plages de sable avec des coquillages. Je les avais promis à Assuntina, les coquillages. Je lui avais dit qu'elle pourrait en prendre autant qu'elle voudrait et les rapporter chez elle. Les voyageurs assis à côté de nous dans le compartiment étaient habitués au spectacle et regardaient à peine dehors, ils essayaient de surmonter leur ennui en discutant avec leurs voisins. Je répondais à leurs questions par monosyllabes pour décourager toute confidence. J'étais finalement heureuse de voyager accompagnée, la présence d'Assuntina me protégeait des importuns, même si, tout absorbée à regarder par la vitre, elle se comportait comme si elle ne me connaissait pas, comme si elle était sourde et muette. Quand une femme m'avait demandé si c'était ma fille, j'avais dit oui pour ne pas donner trop d'explications, et Assuntina n'avait pas réagi, pas même avec un sourire complice.

Elle n'a pas souri non plus quand, enfin, après un virage, la mer a surgi, immense, plus verte que bleue, scintillant sous les rayons du soleil. Je ne l'avais jamais imaginée ainsi, vivante comme le dos d'un grand animal endormi, même si, une fois le vent tombé, la surface ondulait à peine.

Sans se tourner vers moi, Assuntina a dit à voix basse : « On ne voit pas les poissons. » La femme assise à côté de moi l'a tout de même entendue et a ri. « Pas encore. Mais si tu montes sur un bateau, tu les verras, tu en verras des tonnes ! Et si tu plonges dans l'eau, tu pourras les attraper avec tes mains, tellement il y en a. Mais tu sais nager, petite ? »

Assuntina ne lui a pas répondu, mais elle m'a jeté un regard interrogateur, les yeux comme deux soucoupes. Un bateau ? Plonger ? Nager ? Nous n'avions jamais parlé de cela, seulement de voir la mer. J'ai compris qu'elle ne voulait pas le montrer, mais qu'elle était bouleversée. Effrayée et fascinée en même temps. Je l'ai prise sur mes genoux, j'ai senti combien elle était maigre et petite sous les couches de laine de sa robe et de son châle, j'ai pensé que sur la plage le vent pourrait l'emporter loin de moi.

« Il fait encore trop froid pour aller dans l'eau, lui ai-je dit, ne t'inquiète pas. » Et j'ai sorti l'emballage du déjeuner de mon panier, l'invitant à prendre le sien.

Nous sommes arrivées en début d'après-midi. À la descente du train, j'ai cherché Filomena des yeux avec curiosité et je l'ai vue se diriger avec son mari vers les voitures qui attendaient les voyageurs pour les accompagner au port. Elle allait donc prendre le bateau, elle partait loin, à l'étranger peut-être. Qu'elle y reste ! Elle ne me manquerait pas, je n'avais pas aimé son comportement pendant l'enquête, les mensonges qu'elle avait racontés sur la Miss. Dans quel but ? Pour se rendre intéressante aux yeux du commissaire ?

De notre côté, à Assuntina et moi, malgré mes craintes, tout s'est déroulé sans problème. Une religieuse était venue nous chercher à la gare et nous a accompagnées à l'institution, qui se situait vraiment sur la plage. De la petite chambre de la dépendance donnant sur la mer, même avec la porte-fenêtre fermée, nous pouvions entendre le va-et-vient de l'eau sur le rivage, comme une respiration. Ce son nous a accompagnées chaque nuit de notre séjour. Pendant la journée, tant qu'il y avait de la lumière, nous restions dehors, et à la tombée de la nuit, dans la salle du réfectoire des femmes, nous nous réchauffions près du grand poêle avec les sœurs et les patientes. Il y en avait de tous âges, dont beaucoup de petites filles, toutes vêtues de tabliers gris rayés identiques et, je ne sais pas pourquoi, avec la tête rasée. Après son premier repas en leur compagnie, Assuntina avait retrouvé la parole. Elle me harcelait de questions sur tout ce qu'elle voyait, elle s'adressait aux religieuses et aux femmes adultes assez poliment, mais avec les autres filles, il n'a pas fallu longtemps avant que, dès le lendemain matin, elle ne redevienne la gamine effrontée des ruelles, des mille jeux sur le trottoir, des poursuites, de la corde à sauter, des jets de pierres, et même des crachats et des jurons. J'ai dû m'enfermer dans la chambre avec elle et la réprimander sérieusement : si elle me faisait honte devant nos hôtesses, nous repartirions immédiatement à L. Elle a promis, elle a même un peu pleuré, mais c'était plus fort qu'elle : tant d'espace à sa disposition, tant d'air, ça lui faisait tourner la tête.

De temps en temps, en la voyant si sauvage, si incontrôlable, je regrettais de l'avoir emmenée. Les religieuses, qui s'étaient renseignées sur moi auprès d'Ester avant d'accepter de m'accueillir, et qui savaient que j'étais célibataire, ont cru qu'Assuntina était une jeune apprentie que j'avais prise sous mon aile. Les cicatrices de brûlures sur ses mains leur ont fait penser cela. Entre autres tâches, il incombait aux petites qui travaillaient chez les couturières de tenir les fers à repasser toujours prêts. Aussi se sont-elles étonnées en la voyant arriver dans le réfectoire avec son abécédaire et son cahier d'exercices. Je leur ai alors raconté Zita et notre bon voisinage, leur expliquant qu'Assuntina, dont je n'étais pas parente, devait se remettre d'une pneumonie. « Quelle action charitable ! m'a félicitée la supérieure. Quoique ces quelques jours ne seront pas suffisants. Mais tu peux dire à sa mère que si elle en fait la demande à notre maison de L., en apportant le certificat médical et en détaillant son cas, elle pourra la faire admettre chez nous gratuitement pour la saison entière. J'ai examiné son cou, elle n'est pas encore scrofuleuse, mais ça ne saurait tarder. En fait, tu sais quoi, tu peux même la laisser directement ici pour lui éviter un deuxième voyage, je te fais confiance. Vous m'enverrez les documents ensuite par courrier. »

Assuntina était visiblement heureuse, elle mangeait avec gourmandise les copieux repas du réfectoire, dormait avec bonheur dans le lit chaud et moelleux à côté du mien, et s'était déjà fait de nombreuses amies. Je lui ai parlé de la proposition de la supérieure et lui ai demandé si elle voulait rester. J'expliquerais moi-même à Zita pourquoi je l'avais laissée à P. Elle m'a regardée d'un air contrarié. « Tu as dit qu'on rentrait jeudi.

— Oui. Mais nous pouvons changer le programme.

— Non. Je ne veux pas. Je veux retourner chez moi, je veux retourner chez maman.

— Ta maman serait heureuse que tu restes. Ce serait bon pour toi, tu guérirais de ta pneumonie.

— Si je reste, elles vont me couper les cheveux. Je veux retourner chez ma mère. »

Je n'ai pas réussi à la convaincre, et je ne voulais pas non plus prendre la responsabilité de l'y obliger sans en avoir parlé d'abord à Zita. Je suis donc allée à la gare et j'ai acheté les billets de retour pour jeudi après-midi, comme prévu.

Quant à moi, à part mon inquiétude constante à cause du comportement imprévisible d'Assuntina, les vacances avaient été agréables, même si elles n'avaient pas été aussi exaltantes que je l'avais imaginé. J'avais marché sur le sable, respiré cet air à l'odeur si différente de celui de la ville, et même ramassé des coquillages. Mais pour autant je n'en avais pas ressenti un bonheur particulier, rien en moi n'avait changé. Il y avait toujours cette pensée qui s'invitait timidement et que je m'empressais de repousser. M. Guido ne songeait certainement pas à moi, et je ne devais pas songer à lui, non, je ne devais pas, cela ne ferait que me blesser.

Le jour du départ, je me suis réveillée juste avant l'aube, en sursaut, comme si quelqu'un m'avait touché l'épaule. Le lit à côté du mien était vide. La porte-fenêtre donnant sur la plage était ouverte et laissait entrer un courant d'air froid. Assuntina ! J'ai bondi hors du lit, je me suis enveloppée dans mon châle et me suis précipitée sur l'estrade en bois qui séparait la baraque du sable de la plage, j'ai regardé vers la mer. Elle était là, cette maudite gamine désobéissante ! Quand elle reviendrait sur le rivage, j'allais lui donner une de ces raclées. Je n'avais jamais eu une réaction aussi violente, pas même lorsque j'avais dû me défendre contre le baron Salai. Un sentiment de tragédie, de fatalité. « Cette fois, elle va vraiment tomber malade et y rester, ai-je pensé furieusement. Qu'est-ce que je vais lui dire, à Zita ? »

J'ai aperçu, abandonnée sur le sable, la chemise de nuit en flanelle que j'avais retaillée dans une autre, plus grande, ayant appartenu à Clara. Pas de chaussures en vue, la petite inconsciente était sortie pieds nus, et barbotait maintenant dans l'eau peu profonde avec ses cheveux étalés autour de ses épaules tel un éventail. La lumière des dernières étoiles se reflétait sur la mer sombre. J'ai enlevé mon châle pour ne pas le mouiller, j'ai relevé ma jupe et me suis précipitée comme une furie dans l'eau, qui m'arrivait aux genoux, puis j'ai attrapé Assuntina par les cheveux. « Tu veux attraper la mort ? ai-je crié en la secouant. Tu veux attraper la mort ? Il va t'arriver malheur ! » Il faisait froid, les bras humides de l'enfant me glissaient des mains, mais je pouvais sentir qu'elle avait la chair de poule. Je l'ai traînée sur le rivage et l'ai enveloppée dans mon châle. « Mais à quoi pensais-tu ?

— Je voulais voir si on peut vraiment attraper les poissons avec les mains. » J'aurais aimé la gifler mais j'avais les deux mains occupées à la tenir.

Je l'ai portée dans la chambre, je l'ai jetée sur le lit ; comme le châle était maintenant humide, j'ai commencé à la frictionner avec les draps. Elle ne disait pas un mot. J'étais surtout préoccupée par ses cheveux mouillés. Heureusement, les sœurs étaient déjà dans la chapelle pour matines. Dans la cuisine, le poêle était allumé. La religieuse cuisinière nous a fait entrer et nous a installées près du feu, elle a enroulé une serviette chaude autour de la tête de l'enfant et lui a fait boire du lait bouillant. « Ce n'est pas la première fois que cela arrive », a-t-elle dit doucement pour me rassurer ; et elle m'a aussi donné un verre de lait.

« Quelle grande idée tu as eue, a-t-elle réprimandé sévèrement Assuntina. Heureusement que vous partez après le déjeuner, sinon tu aurais passé une semaine dans ta chambre, punie, au pain et à l'eau. Et dis-moi, qu'est-ce qu'il y avait de si beau dans cette eau noire ?

— Rien du tout, a répondu Assuntina d'un air bougon. Il n'y avait pas de poissons.

— Sans rire ! lui a répliqué la religieuse. Ils dorment encore à cette heure-ci. »

Une fois l'office terminé, les autres sœurs nous ont rejointes. La supérieure a voulu examiner l'enfant et m'a rassurée. « Elle est un peu chaude, mais elle n'a pas de fièvre. Elle ne tousse pas, elle ne frissonne pas. Espérons que tu l'auras sortie à temps. Mais tu fais bien de la ramener. Je préfère ne pas avoir une si grande responsabilité. »

Assuntina fut mise au lit sous une montagne de couvertures, avec deux bouillottes à ses pieds et un brasero allumé à côté d'elle, et elle y resta jusqu'à l'heure du départ. Même le déjeuner lui fut apporté au lit et une religieuse la fit manger. Toutes les deux heures, on lui prenait la température, mais elle n'en avait pas. J'étais tellement en colère que je ne lui ai pas adressé la parole, et elle aussi faisait l'offensée. La seule phrase qu'elle m'a dite lorsque je me suis approchée pour toucher son front était : « Je ne veux pas de toi. Je veux maman. »

Quand l'heure est venue, elle s'est levée, s'est habillée en silence, a rempli son baluchon et m'a suivie sans un mot jusqu'à la gare. Dans le train, elle s'est assise aussi loin de moi que possible, s'est appuyée contre le dossier en bois et a fait semblant de dormir. Nous étions seules dans le compartiment. J'écoutais anxieusement sa respiration et, au fil des minutes, en l'entendant régulière, sans toux ni sifflement, je me suis progressivement calmée. Mais je n'avais plus aucune envie d'admirer le paysage par la fenêtre.

Nous sommes arrivées à G. alors qu'il faisait presque nuit, les lumières étaient déjà allumées dans la gare. J'ai ouvert la vitre et me suis penchée pour regarder dehors : cette fois, il y avait davantage de monde, des porteurs avec des valises qui s'appelaient en hurlant, des voyageurs de toutes les classes qui saluaient leurs amis et leurs parents, des vendeurs ambulants qui proposaient leurs crêpes chaudes saupoudrées de sucre en criant. Les religieuses nous avaient donné du pain garni de fromage et une bouteille de lait avec du miel pour Assuntina. J'ai songé que je pourrais lui offrir une crêpe pour faire la paix, et je me suis penchée encore davantage pour appeler le vendeur. Mais trop tard, le train s'était déjà remis en marche. C'est alors que j'ai cru le voir. Un éclair, car d'un bond il était déjà monté dans le wagon de première classe. Un jeune homme en manteau en poil de chameau qui ressemblait comme une goutte d'eau à M. Guido. Mais ce n'était certainement pas lui. Que faisait-il à G. ? Il n'était pas censé être à Turin ?

Mon cœur battait la chamade. J'ai fermé la fenêtre et me suis rassise. J'avais froid. Je me suis enveloppée dans mon châle en essayant de me calmer. Et si c'était Guido ? La distance entre nous n'était nulle part plus apparente que dans un train. Première classe. Troisième classe. Plus éloignés que la Terre de la Lune. Je ne devais jamais oublier ça, jamais, jamais, jamais.

Lorsque mon cœur a recouvré ses battements normaux, j'ai jeté un coup d'œil à Assuntina qui avait toujours les yeux fermés, peut-être était-elle vraiment endormie. Bercée par le mouvement du train, sans même m'en rendre compte, j'ai moi aussi sombré dans le sommeil.

J'ai été réveillée je ne sais combien de temps après par une voix agréable qui ne m'était pas étrangère et disait : « Puis-je faire quelque chose pour vous, mademoiselle ? Êtes-vous bien installée ? » J'ai vu une main me tendre un oreiller de voyage du genre de ceux que l'on pouvait louer en première classe, j'ai levé les yeux. C'était le jeune M. Guido, assis à côté d'Assuntina sur le siège en face du mien.

« Par chance, je vous ai aperçue à la gare, accoudée à la fenêtre. Je n'aurais jamais imaginé vous trouver dans ce train. Vous arrivez de P. ? Vous êtes allées à la plage ? Vous avez pris des couleurs. C'est votre nièce ? »

Je lui fus reconnaissante de ne pas avoir dit : « C'est votre fille ? » Assuntina était si petite et chétive qu'elle ne faisait pas son âge. Pour autant que Guido le sache, j'aurais pu l'avoir à seize ans, je n'aurais pas été la première. J'étais la seule à savoir que j'avais gardé mon cœur et mon corps intacts pour lui jusqu'à ce moment-là. Et je ne le lui aurais jamais confessé.

« Non, ai-je répondu, la fille d'une amie. » Je ne lui ai pas demandé pourquoi il était dans ce train, et pourquoi il n'était pas resté en première classe. Ce ne fut pas nécessaire.

« Mon oncle a eu une attaque, a-t-il expliqué rapidement, et ma grand-mère m'a envoyé un télégramme pour me demander de venir. Ça l'a effrayée. J'espère que ce n'est pas grave. Ils sont si seuls, les pauvres vieux, ils n'ont que moi.

— Je suis désolée, ai-je répondu. Je souhaite un bon rétablissement à votre oncle. » J'étais encore loin de soupçonner qui étaient cet oncle et cette grand-mère. J'espérais, sans me l'avouer, qu'il s'agissait de petits-bourgeois, de boutiquiers, d'employés qui faisaient mille sacrifices pour maintenir ce jeune homme à l'école, pour l'habiller afin qu'il ne fasse pas mauvaise figure à côté de ses compagnons plus riches.

« Je peux faire le reste du voyage ici avec vous ? a demandé le jeune M. Guido.

— Le train ne m'appartient pas, ai-je répliqué sèchement. Mais il doit être beaucoup plus confortable en première classe.

— Je ne pourrais pas y avoir le plaisir de votre compagnie. »

Que pouvais-je lui dire ? « Le plaisir est partagé » ou « Faites-moi la faveur de partir » ? J'ai gardé le silence. J'oscillais entre la joie que me procurait cette rencontre inattendue et la méfiance. Que voulait-il de moi ? Pourquoi était-il venu me voir ? Savait-il qu'il n'y aurait personne d'autre dans le compartiment ? Voulait-il profiter de moi ? Me tendre quelque piège ? Heureusement qu'Assuntina était là.

Il s'est installé avec désinvolture sur le siège et a continué à parler sans manifester une quelconque gêne face à mon silence. « Heureusement, les cours ont pris fin le mois dernier. Il me reste une dizaine de jours avant le dernier examen. Dans quatre mois, je serai diplômé. Je termine ma thèse et il faut que je travaille dur. Mais chez ma grand-mère, on ne me laissera pas tranquille. Par conséquent, si je vois que mon oncle ne va pas aussi mal qu'elle l'imagine et qu'il est bien soigné, dès après-demain, j'irai travailler dans la salle de lecture de la bibliothèque municipale, au moins pour quelques heures. De neuf heures à midi. Vous ne voudriez pas passer m'y voir ? Vous savez où elle est ? L'entrée est gratuite. Nous pourrions descendre dans le patio et discuter tranquillement.

— Nous n'avons rien à nous dire.

— Je vous en prie. Pourquoi ne me faites-vous pas confiance ? Je ne vous manquerai jamais de respect. »

Le patio de la bibliothèque, je le savais, n'était pas un endroit isolé, des gens y passaient sans cesse. S'il voulait me tendre un piège, ce n'était pas l'endroit idéal. Et puis, on nous verrait ensemble. N'avait-il pas honte de moi ? Un étudiant avec une couturière ? Ce serait immédiatement rapporté à sa grand-mère, à la famille. Toutes ces pensées se pressaient dans mon esprit.

« Alors ? Viendrez-vous ? » a-t-il réitéré en tendant la main pour effleurer la mienne. Je ne l'ai pas retirée. Même si j'avais honte de ma peau rugueuse, abîmée par les aiguilles et les brûlures du fer. J'ai regardé Assuntina. Elle avait les yeux fermés, mais j'étais certaine qu'elle était réveillée et qu'elle nous écoutait.

« Je n'ai fait que penser à vous ces derniers mois », a repris Guido.

Pardonne-moi, lecteur, si j'ai commencé peu à peu à le considérer comme « Guido », simplement, en oubliant ou en voulant effacer la distance que présupposait le « jeune monsieur ».

« Et vous ? Avez-vous pensé à moi, au moins quelques fois ? » Je ne savais pas quoi répondre, mes lèvres tremblaient. Je ne voulais pas éclater en sanglots.

« Je vous en prie, je vous en prie, a dit Guido. Venez. Après-demain matin. Vous serez plus libre un samedi, n'est-ce pas ? Ou, si vous ne pouvez pas, venez lundi. À l'heure que vous voudrez. Je vous attendrai chaque jour, chaque minute. »

Je n'ai rien promis. Mais je n'ai pas non plus retiré ma main, qu'il tenait de plus en plus serrée. Nous sommes restés en silence tandis que le train roulait dans la nuit. Pendant combien de temps ? Je n'étais pas capable de le mesurer. Je n'étais capable de penser à rien, seulement de retenir les larmes qui me brûlaient les yeux.

Et au loin, apparurent les lumières de L. Nous arrivions. Je me suis secouée puis me suis levée. J'ai réveillé Assuntina et je l'ai emmitouflée dans le châle que j'ai noué dans son dos. J'ai enroulé deux fois l'écharpe rouge autour de sa tête. Elle s'est laissée habiller docilement, en silence, mais ses yeux perçaient Guido d'un regard interrogateur.

« Elle ne doit pas prendre froid, ai-je expliqué. La nuit dernière, elle est tombée dans la mer, et se remet à peine d'une mauvaise pneumonie. » Je me suis rendu compte que c'était la première phrase à peu près structurée que je prononçais depuis que j'avais quitté P.

« Si vous me le permettez, demain je vous enverrai le médecin de mon oncle Urbano », a dit Guido. Et même ce nom ne m'a pas fait réagir. Il est vrai qu'il n'y a pas plus sourd que celui qui ne veut pas entendre, comme disait ma grand-mère.

À la gare, Guido a insisté pour nous ramener chez nous dans une voiture, du genre de celles qui attendent sur la place les derniers voyageurs du soir. Sa belle valise en cuir offrait un étrange contraste avec mon panier de paille et le baluchon d'Assuntina. Je n'ai pas eu besoin de lui donner mon adresse, il s'en souvenait du jour où il m'avait raccompagnée en portant ma machine à coudre.

Il nous a aidées à descendre. Au bruit de la voiture, Zita s'était avancée sur la route et l'observait étonnée. « Maman ! Les poissons ne m'ont pas laissée les toucher, mais je t'ai rapporté trois coquillages », s'est exclamée Assuntina d'une voix un peu enrouée par le long silence. Ou peut-être, ai-je tremblé, des conséquences du bain glacé.

Guido m'a serré fort la main et m'a dit à voix basse, en cherchant mon regard fuyant : « Je vous attendrai à la bibliothèque après-demain. » Puis il est remonté en voiture et a dit au conducteur : « Et maintenant, au Palazzo Delsorbo, *via* Cesare Battisti ! Aussi vite que possible, s'il vous plaît. Ma grand-mère va s'inquiéter de ce retard.

— Et on l'entend quand elle est en colère, donna Licinia ! » a répliqué en riant le cocher, qui la connaissait manifestement.

Ce nom résonna à mes oreilles comme un coup de canon, comme la sentence de mort prononcée par le plus impitoyable des juges, comme la malédiction invoquée sur ma tête par une sorcière puissante et cruelle. Comment avais-je pu ne pas le comprendre pendant tous ces mois ? Je n'avais pas voulu me renseigner sur la famille de Guido, me protégeant de la vérité, m'égarant moi-même avec ce nom de famille étranger à notre région, Suriani. Je n'avais pas voulu comprendre que « mon » jeune monsieur ne s'appelait pas Delsorbo uniquement parce qu'il était le fils de donna Vittoria, l'orphelin dont Quirica m'avait parlé, l'unique petit-fils, l'unique héritier de cette famille fière et arrogante qui ne considérait personne comme son égal, ni comtes, ni barons, ni princes, ni rois. Ni, encore moins, une pauvre couturière à la journée. Et certainement Guido, ou plutôt don Guido, en était-il conscient. Il savait pertinemment qu'il n'y avait pas d'avenir pour nous. Pourquoi m'avait-il trompée ? Pourquoi m'avait-il menti ? Comme il savait jouer la comédie ! Voulait-il s'accorder un caprice avec moi ? Était-il un noceur égoïste comme son oncle don Urbano ?

J'ai coupé court aux remerciements de Zita, j'ai ouvert la porte, je suis rentrée chez moi et me suis jetée sur le lit en pleurant. J'ai pleuré et pleuré et pleuré, jusqu'à en perdre mes forces, jusqu'à ce que mon esprit devienne confus et que je tombe dans un sommeil agité, angoissé, visité par des rêves et des images sombres, troubles, comme des ombres sous l'eau, inquiétantes, menaçantes.

Dès que je me suis réveillée, les yeux tellement gonflés que je pouvais à peine les ouvrir et portant encore mes vêtements de voyage, tout m'est revenu et je me suis juré de ne pas le retrouver à la bibliothèque, ni le lendemain ni jamais.

Je me suis lavé le visage à l'eau froide, j'ai détaché mes cheveux et les ai peignés, arrachant impitoyablement les nœuds, puis je suis allée me regarder dans le miroir. J'avais du mal à me reconnaître. Le teint que ces quelques jours de mer et de vent avaient donné à mes joues me semblait bizarre, quelque chose qui ne m'appartenait pas, comme un masque imposé par des étrangers. Dans mon cœur, j'étais pâle comme un fantôme, comme une morte. Quelque chose en moi était mort pour toujours. La confiance ? L'espoir ? Tout cela ressemblait à un cauchemar. Étais-je vraiment allée à P. pendant quatre jours ? Avais-je vraiment voyagé en train ? Y avais-je vraiment rencontré celui que je pensais être mon amour, lui avais-je vraiment serré la main ? Mon fidèle, mon véritable amour, comme l'avait dit la chanson ?

Je me suis ressaisie, car quelqu'un frappait à la porte. J'étais habillée même si j'étais un peu débraillée, aussi suis-je allée ouvrir. C'était Zita, qui tenait sa fille par la main, et derrière elles un monsieur âgé avec une barbe grise et un col en fourrure sur son manteau.

« Il est venu pour examiner Assuntina, a dit la repasseuse. Le jeune homme d'hier l'a envoyé.

— Bonjour. Je suis le docteur Ricci, s'est présenté l'étranger. C'est le jeune Delsorbo qui m'a demandé de venir, le petit-fils. Enfin, il ne s'appelle pas Delsorbo, je sais bien, mais il est comme le fils de donna Licinia pour moi. »

J'ai eu envie de répondre : « Qu'est-ce que monsieur le petit-fils veut de moi ? Dites-lui d'aller en enfer ! Que je ne veux rien avoir à faire avec lui. » Mais l'éducation donnée par ma grand-mère a eu raison de moi, m'a fait me reprendre et m'enquérir poliment : « Comment va don Urbano ?

— Mal. J'ai peur qu'il n'en ait plus pour longtemps. Don Guido ne veut pas quitter son chevet. Il m'a demandé de te le dire. Il ne sera pas en mesure d'aller à la bibliothèque pour étudier. Son oncle peut partir d'un moment à l'autre.

— Vous m'en voyez désolée », ai-je répondu, même si je me souciais peu de ce vieil homme riche et hautain qui avait profité de la vie jusqu'au bout, sans aucun sacrifice ni peine.

« Cependant, a expliqué le médecin, il m'a supplié de venir jeter un coup d'œil à cette enfant.

— Ah oui ? » ai-je laissé échapper, frappée malgré moi par le fait que ce menteur se soit rappelé sa promesse. « Et comment l'avez-vous trouvée ? »

Je pouvais le voir par moi-même, avec un immense soulagement : Assuntina allait bien, elle ne toussait plus, elle avait bonne mine. Elle se blottissait contre sa mère, un peu intimidée, et scrutait de haut en bas, méfiante, cet étranger qui, comme Zita me l'a raconté plus tard, avait soulevé son vêtement dans son dos et y avait posé l'oreille, l'avait tapé du doigt, l'avait fait tousser et compter, avait palpé son cou, et tâté son ventre. C'était la première fois de sa vie que la petite subissait un examen aussi minutieux.

« Plutôt bien, compte tenu des circonstances. Gardez-la au chaud », a conseillé le docteur Ricci avant d'ajouter : « Pourrais-je te parler en privé ? »

Un message confidentiel de la part de Guido, ai-je songé, le cœur qui s'emballait dans ma gorge. Mais maintenant que j'avais pris ma décision, je n'allais pas me laisser séduire par ses fausses attentions. « Les Turinois, tous faux mais courtois » disait ma grand-mère, le menteur avait dû apprendre dans cette ville. Mais les bonnes manières voulaient que je congédie Zita et sa fille pour écouter ce que le docteur était venu me dire.

Lorsque nous avons refermé la porte derrière nous, je l'ai regardé d'un air de défi, prête à rejeter toutes ses offres ou demandes. Je ne m'attendais pas à ce qu'il veuille me parler de Zita.

« J'ai également pris la liberté d'ausculter la mère, ton amie si j'ai bien compris, a-t-il dit. Et elle m'inquiète beaucoup. Ses poumons sont fichus, tu le savais ? Tuberculose en phase terminale. »

Je ne m'étais jamais interrogée à ce sujet. Je connaissais Zita d'aussi loin que je me souvienne, et je l'avais toujours vue ainsi, dévorée par le travail, très maigre, perpétuellement fatiguée.

Je savais qu'elle aussi toussait, que de temps en temps elle crachait un peu de sang, mais je la voyais travailler avec tant d'énergie, elle n'avait jamais passé un seul jour au lit, loin de sa table à repasser. Je croyais que c'étaient des refroidissements saisonniers. J'ai été prise d'un amer sentiment de culpabilité. Au lieu de rêver d'opéras, de cours du soir, de voyages, j'aurais dû lui donner tout l'argent de la rente, et même tout l'argent de ma boîte aux souhaits pour qu'elle puisse s'accorder un peu de repos, qu'elle mange de la viande tous les mois, qu'elle ne se promène pas pieds nus.

« Tu devrais la convaincre d'aller à l'hôpital, a poursuivi le docteur. Ils ne pourront pas la guérir à ce stade. Mais la soulager un peu, certainement, et puis mieux vaut l'éloigner de sa fille, si elle ne l'a pas déjà contaminée.

— Elle ne voudra pas aller à l'hôpital », ai-je objecté. Et je ne pouvais pas lui donner tort. Les pauvres allaient à l'hôpital pour mourir, je n'avais jamais entendu parler de qui que ce soit qui en était ressorti vivant. Les riches, tout le monde le savait, se faisaient soigner chez eux, comme don Urbano, ou allaient dans les sanatoriums de luxe en Suisse ou dans les grands hôtels de la Riviera.

Le docteur Ricci a haussé les épaules et m'a tendu quelques feuilles de papier. « J'ai écrit ici une demande d'admission. Utilise-la comme bon te semble. Et là c'est une ordonnance pour le pharmacien. Fais-lui au moins prendre les médicaments. Il faudrait éloigner l'enfant. Envoie-la à la campagne ou à la mer, si possible. C'est un miracle que vivre dans ce trou humide n'ait pas déjà rendu sa poitrine malade. »

Combien de personnes en ville vivaient dans des sous-sols, combien d'enfants, le docteur Ricci le savait-il seulement ? J'aurais aimé lui répondre que tout le monde ne pouvait pas s'offrir les appartements secs et sains de la *via* Cesare Battisti.

Maintenant, il me tendait une enveloppe fermée. Un message ? Je ne voulais pas lire de message. Mais non, c'étaient des billets de banque. « Pour acheter son médicament, a expliqué le médecin. Il est très cher et doit être administré deux fois par jour. Don Guido a dit... »

Je l'ai interrompu, refusant de prendre l'enveloppe. « Que don Guido s'occupe de son oncle, me suis-je exclamée, nous nous débrouillerons seules. Je vous remercie. » Qui voulait la charité de ce menteur ? Qu'il garde son argent et ses quartiers de noblesse.

« Comme tu veux », a répliqué le docteur sèchement, offensé par une telle ingratitude. « Je te l'aurais dit. Là, l'ordonnance et ici, la demande d'admission. Faites-en ce que vous voulez. »

Il m'a saluée puis est parti, en prenant soin de ne pas salir ses bottes brillantes avec la boue de la rue.

Contre toutes mes prévisions, Zita a accepté d'aller à l'hôpital. Je ne m'en étais pas rendu compte : absorbée que j'étais par mes châteaux en Espagne, je n'avais pas vu que, ces derniers temps, mon amie était épuisée, si faible qu'elle peinait à se tenir debout, qu'elle avait perdu du poids, que ses yeux étaient brillants et qu'elle avait deux taches rouges sur les pommettes. Sa seule véritable inquiétude avec l'hôpital était de laisser sa fille seule. Mais quand je lui ai dit que j'accueillerais Assuntina chez moi pendant son absence, elle s'est résignée. Elle a fait chauffer de l'eau et a pris un bain dans son baquet, a revêtu les meilleurs sous-vêtements qu'elle possédait, ceux qui avaient le moins de trous et de déchirures. Je lui ai prêté ma chemise de nuit en flanelle. Assuntina et moi l'avons accompagnée à l'hôpital où, à l'accueil, après avoir lu la lettre du docteur Ricci, on lui a immédiatement attribué un lit dans le service des tuberculeux. Il ne serait pas possible de lui rendre visite, elle allait être à l'isolement. Avant de franchir cette porte vitrée dont elle ne savait pas si elle sortirait un jour, Zita a demandé à sa fille d'être obéissante, de m'aider à laver les escaliers, de bien se comporter à l'école. Elle n'a pas voulu l'embrasser. Le docteur l'avait effrayée avec le danger de contagion. Assuntina n'a manifesté ni émotion ni chagrin. Elle a fixé sa mère d'un regard sérieux mais n'a pas pleuré. Elle tenait ma jupe de la main droite et trifouillait un bouton de son corsage de la main gauche. Moi, en revanche, j'ai versé quelques larmes. Probablement davantage par remords que par chagrin. Ce n'est que plus tard, après avoir donné à dîner à Assuntina et l'avoir couchée dans le petit lit qui avait été le mien lorsque ma grand-mère était encore là, que je me suis arrêtée pour réfléchir et réaliser la responsabilité que j'avais prise. Si Zita mourait, ou plutôt quand Zita mourrait, aurais-je le courage d'emmener l'enfant à l'orphelinat ?

En revenant de l'hôpital, avec Assuntina qui s'accrochait encore à ma jupe, j'étais allée chez le boucher acheter une cuisse de poulet pour le bouillon, puis chez le laitier, où j'avais fait remplir mon bidon de deux litres, et enfin chez le boulanger. Comme l'enveloppe du tiroir supérieur de la commode était désormais vide, j'avais dû prendre l'argent, avant de partir, dans la boîte aux souhaits que j'aurais mieux fait désormais d'appeler boîte aux illusions, et j'avais observé que les pièces et les billets de banque destinés au superflu n'étaient pas aussi nombreux que mes rêves absurdes l'avaient imaginé.

Le lendemain, je me suis levée tôt comme d'habitude pour laver l'escalier et l'entrée, et quand Assuntina a été partie à l'école, la main fermement tenue par une fille plus âgée de la ruelle, j'ai rangé un peu la maison, je suis allée vérifier que la porte du sous-sol de Zita était bien fermée à clef, et j'ai sorti quelques draps que je devais ourler au point de feston, mais pour lesquels il n'y avait pas d'urgence. Tandis que je passais et repassais l'aiguille dans le tissu, nouant le fil à chaque point en haut de la bordure du feston, mes pensées s'entrechoquaient. Cette dernière semaine, ma vie me semblait avoir complètement changé. Mais en réalité, les seuls changements réels étaient mon léger hâle, qui allait bientôt disparaître, et la présence d'Assuntina. Qui, elle aussi, était destinée à durer peu de temps, bien que je sois incapable de prédire combien. Tout le reste n'avait été que fantasmes illusoires. Illusions. Des rêves qui disparaissaient à l'aube.

Un pont fragile au-dessus de l'abîme

Depuis la mort de ma grand-mère, j'avais toujours vécu seule. Cela ne me déplaisait pas. Quand je verrouillais la porte la nuit et que j'enlevais mes chaussures, je me sentais libre, ma propre patronne. Même dans les moments où mes ressources semblaient complètement épuisées et où aucune proposition de travail ne se profilait à l'horizon, je n'avais jamais envisagé de louer l'une des deux petites chambres. Et puis, je n'étais pas certaine que la propriétaire me donne son accord. En revanche, il ne m'a pas traversé l'esprit de lui demander la permission d'accueillir Assuntina. Peut-être parce qu'elle était si petite, ou parce qu'il m'avait semblé qu'il n'y avait pas d'alternative. La vieille dame connaissait à la fois Zita et sa fille. Elle savait que c'étaient des personnes comme il faut, polies et propres, même si elles vivaient dans un sous-sol – dont Zita lui avait toujours payé le loyer régulièrement. Plus d'une fois, elle avait vanté les efforts de la repasseuse pour maintenir son logis en ordre, même si elle devait aller chercher de l'eau à la fontaine de la place voisine. Elle avait vu naître Assuntina. Elle n'aurait pas le cœur, pensais-je, de me demander maintenant de la mettre à la rue.

En ce qui me concernait, la présence de la fille de Zita représentait un changement notable, j'en ressentais le poids, parfois l'inconfort. Je n'avais plus l'habitude de ne pouvoir être seule ne serait-ce qu'un instant et je ne savais pas comment m'occuper d'une enfant, même si, pour son âge, Assuntina était très indépendante et faisait de son mieux pour ne pas me causer le moindre problème. Elle avait toujours aimé ma maison, surtout la pièce que ma grand-mère appelait « le petit salon » et où elle recevait les clientes. Assuntina était fascinée par les deux fauteuils garnis de chintz, le miroir haut et étroit que l'on pouvait incliner, et surtout la machine à coudre. Comparé à la cave sans fenêtre composée d'une seule pièce où elle avait toujours vécu, rester avec moi était comme emménager dans un palais. Elle s'amusait à ouvrir et fermer les fenêtres et les volets, à fermer la porte de la cuisine pour nous isoler des odeurs quand on cuisinait du chou-fleur, à utiliser encore et encore les toilettes dans la remise de la cour, à y jeter des seaux d'eau qu'elle n'avait pas eus à aller chercher à la fontaine. Pour l'eau, je disposais d'un petit robinet, également dans la cour, situé au-dessus de la vasque en grès au bord incliné et rainuré où je nettoyais le linge. Cela aussi était un objet de grande admiration pour Assuntina qui me demandait sans cesse des mouchoirs à laver, elle les frottait ensuite si vigoureusement qu'elle finissait par les déchirer.

Quelques jours passèrent. Quand elle était à l'école, je restais à la maison à coudre et à ruminer ce qui s'était passé dans le train. J'étais encore en colère contre Guido, bien qu'en me rappelant son regard, le ton de sa voix, je me languissais avec tendresse.

Je terminais le point de feston du dernier drap quand, vers 13 h 30, on a frappé à la porte. J'ai reconnu avec une certaine déception Rinuccia, la « jeune servante » des Delsorbo. Je me suis raidie, prête à refuser tout message. Et il y avait bien un message, mais de la part de donna Licinia.

« Don Urbano est en train de mourir », m'a informée Rinuccia. J'ai compris au ton sur lequel elle me l'a annoncé qu'elle ignorait tout de mes liens avec Guido, elle ne se doutait pas que j'étais déjà au courant de la maladie de son patron. « Quirica ne quitte pas son chevet, elle est désespérée. » Bonne et fidèle servante, ai-je pensé instinctivement, me souvenant des Écritures. Mais pourquoi Rinuccia me parlait-elle de la peine de Quirica ? Quelle importance ce détail pouvait-il avoir ?

« Donna Licinia doit être désespérée, ai-je rétorqué. C'est terrible de perdre un fils. Surtout à presque cent ans.

— Donna Licinia veut que tu viennes coudre le galon en soie sur le drap funéraire. L'ourlet, qui date de donna Vittoria, s'est déchiré. Ils vont devoir exposer le corps demain, si ce n'est pas ce soir, et tout doit être prêt. »

Debout, les mains sous son tablier, elle attendait que je pose mon ouvrage et que je me prépare pour la suivre. Elle n'imaginait pas un seul instant que je puisse refuser. J'avais toujours accouru quand ils me faisaient venir, et cette fois, l'urgence était réelle.

Comment lui dire que je ne voulais pas y aller sans lui expliquer ce qui s'était passé entre moi et don Guido ?

« J'ai recueilli une petite fille chez moi, ai-je répondu. Je dois attendre qu'elle revienne de l'école. Je ne peux pas bouger.

— Donna Licinia ne sera pas contente si tu la fais attendre », a-t-elle répliqué, agacée et étonnée que l'ordre de sa maîtresse ne soit pas exécuté sur-le-champ. Pendant ce temps, je réfléchissais laborieusement à une autre excuse que je pourrais invoquer pour ne pas y aller. En refusant sans raison, je me serais fait une ennemie très puissante. Donna Licinia aurait fait passer le mot que je n'étais pas fiable, que j'étais capricieuse et qu'on ne pouvait pas compter sur moi. Elle m'aurait fait perdre ma clientèle, et Dieu savait à quel point j'avais besoin de travailler, maintenant que j'avais Assuntina à ma charge.

« Allez, dépêche-toi, a-t-elle insisté sévèrement. Ta filleule est en train de rentrer, tu ne l'entends pas ? » Et en effet, les voix des enfants résonnaient dans la ruelle alors qu'ils envahissaient le trottoir en bande, certains criant à tue-tête : « Maman, j'ai faim ! »

Assuntina a passé la porte avec son écharpe rouge enroulée autour de la tête et son manteau de fille de bonne famille boutonné jusqu'au cou. Elle avait pris les recommandations du médecin au pied de la lettre, et le manteau la protégeait bien mieux que le châle. Elle a posé son manuel et son cahier sur la chaise en jetant un regard interrogatif à Rinuccia.

« Je dois aller travailler, me suis-je décidée à lui dire. Il y a du pain et du fromage dans le garde-manger. Sauras-tu te réchauffer une tasse de lait ? Et reste ensuite dans la maison jusqu'à ce que je revienne. » Par prudence, j'ai mis autour de son cou la ficelle à laquelle était attaché le double de la clé. « N'ouvre à personne. Et ne touche pas à la machine à coudre. »

J'ai refermé la porte de chez moi et j'ai suivi Rinuccia dans la rue. Sur le chemin de la *via* Cesare Battisti, j'ai réfléchi au comportement à adopter quand je verrais Guido. J'ai décidé que je ferais semblant de ne pas le connaître. Bien évidemment, il n'oserait pas me parler devant sa grand-mère. À présent, je n'étais plus désespérée, j'avais recouvré mon courage. J'étais, par-dessus tout, pleine de ressentiment, presque en colère. Mais regardez dans quelle situation il m'avait mise, ce jeune monsieur menteur, gentilhomme à la manque.

Rinuccia m'a fait entrer comme d'habitude par la porte de service et m'a conduite directement à la cuisine. Nous y avons trouvé Quirica en pleurs, tordant dans ses mains le grand drap de damas rouge foncé dont je devais coudre la bordure. « Elle m'a fait sortir, a-t-elle bredouillé en sanglotant. Donna Licinia m'a dit que je devais partir, que dans ses derniers moments, don Urbano ne devait avoir que sa famille auprès de lui. » Cela ne me semblait pas un raisonnement absurde, lui ai-je répondu, en essayant de la consoler. « Mais il y a les cousins de F., a insisté Quirica, ils sont arrivés hier soir, comme des vautours. Et cela faisait plus de dix ans qu'ils ne s'étaient pas montrés. Ils n'en ont jamais rien eu à faire de don Urbano. Et pourtant, eux, elle les laisse rester. Et il y a le docteur près du lit. Et le prêtre. Mais moi, seulement moi, elle me chasse comme un chien galeux ?!

— Tais-toi, ils peuvent t'entendre de là-bas », lui a dit brusquement Rinuccia. Mais la porte séparant la zone des patrons de celle des domestiques était fermée et ne laissait filtrer aucun son. J'ai commencé à espérer pouvoir terminer mon ouvrage et partir sans avoir rencontré aucun membre de la famille. Avec un peu de chance, Guido ne saurait même pas que j'étais venue. Et de toute façon, si je restais dans la cuisine, je ne risquais pas de le croiser comme j'aurais pu le faire si j'étais allée travailler seule dans la salle de couture. La présence des deux servantes me rassurait.

J'ai pris le grand rectangle de tissu précieux des mains de Quirica et en ai vérifié l'ourlet, dont le galon de soie s'était en effet détaché à de nombreux endroits tandis qu'à d'autres, il était très élimé. Il ne pouvait pas être réparé, il devait être remplacé. Les femmes s'en étaient rendu compte, puisqu'elles avaient acheté de nouveaux galons ; il y avait aussi la bobine de fil de la bonne couleur et le pique-aiguilles. Je me suis assise dos à la porte et j'ai commencé à détacher soigneusement le vieil ornement, en prenant soin de ne pas endommager le damas, qui était également très ancien. Ce n'était pas une tâche difficile, mais elle était fastidieuse et demandait beaucoup de concentration. Le galon devait être cousu à la main avec de petits points invisibles. La machine à coudre n'était d'aucun secours dans ce cas précis. Pour avoir vu des morts exposés dans d'autres familles importantes, je savais que le lit de don Urbano serait porté dans le salon et recouvert de ce drap. Le corps, lavé et vêtu de ses plus beaux habits, y serait installé, à la vue de ceux qui viendraient lui rendre un dernier hommage.

Je cousais, et le temps passait. Quirica, épuisée par ses pleurs, s'était assoupie, la tête posée sur la table. Rinuccia récitait le rosaire à mi-voix. Les aiguilles de l'horloge suspendue près de la porte bougeaient très lentement. De temps en temps, je pensais à Assuntina, et j'espérais qu'elle n'était pas sortie jouer dans la rue, qu'après avoir fini ses devoirs, elle avait joué à un jeu tranquille, peut-être en feuilletant les vieux magazines illustrés que je gardais dans le tiroir.

J'avais fini, coupé le fil après l'avoir noué en cachant bien les extrémités, rangé l'aiguille et plié le tissu sur le dossier d'une chaise. Rinuccia faisait chauffer les fers pour le repasser quand un léger coup s'est fait entendre à la porte. J'ai sursauté, craignant que ce ne soit Guido, et comme j'étais près de la porte du garde-manger, je me suis glissée à l'intérieur.

Mais c'était le docteur Ricci. « C'est fini, a-t-il annoncé. Vous pouvez aller dans la chambre et préparer le corps. » Quirica a levé la tête de la table et a porté une main à sa bouche pour étouffer un cri. Rinuccia a dit « Ave Maria ».

Quand le médecin est sorti, Quirica a mis à chauffer une grande casserole d'eau sur la cuisinière, même si, désormais, être lavé à l'eau froide ne dérangerait pas don Urbano. Puis elle a réarrangé ses vêtements et ses cheveux, s'est séché les yeux et est allée à la salle de bains pour prendre le rasoir, la mousse et le blaireau. « Ces joues doivent être comme de la soie », a-t-elle commenté. L'idée d'être utile une dernière fois à son patron l'avait un peu calmée. Je me suis enveloppée dans mon châle. « Je vais y aller, alors », ai-je commencé à saluer.

« Tu ne veux pas entrer pour le voir ? a demandé Rinuccia. Si tu attends un peu, tu pourras peut-être nous aider à l'habiller.

— Non, les morts me font horreur. Et puis, j'ai la petite à la maison, vous vous souvenez ? Transmettez à donna Licinia mes condoléances.

— Attends une minute, alors. » Nous n'avions pas parlé de ma rétribution, et je serais partie sans rien réclamer, du moment que c'était rapide. Mais Quirica l'avait prévue depuis le matin. Comme d'habitude, elle a fait un rouleau du billet, y a mis les pièces, et a enroulé autour le reste du nouveau galon de soie et tous les morceaux de l'ancien que j'avais défait. « Si tu passes demain matin, tu pourras lui faire tes hommages. Et ils auront fixé la date et l'heure des funérailles. » Elle prenait pour acquis que je prévoyais d'y assister.

Je l'ai remerciée et me suis précipitée dans le couloir en direction de la porte de service, bien soulagée d'avoir pu éviter la rencontre que j'avais tant redoutée. Mais il était trop tôt pour crier victoire. Le couloir était long, mal éclairé par une unique lucarne qui donnait sur l'escalier, et plein de recoins où se trouvaient autrefois des armoires murales. Je marchais si vite que je n'ai pas remarqué la silhouette à demi cachée dans l'un des renfoncements et, alors qu'il faisait un mouvement pour sortir, j'ai foncé en plein sur lui.

« Excusez-moi, ai-je dit automatiquement en faisant un pas en arrière et en le reconnaissant aussitôt.

— Que faites-vous ici, mademoiselle ? » a demandé Guido, stupéfait. Son visage était bouleversé par les larmes, ses yeux rouges de la longue veille. J'ai appris plus tard qu'il avait passé deux nuits sans dormir. Assis à côté de son oncle, il avait tenu sa main jusqu'à son dernier souffle, luttant pour retenir ses larmes. Lorsque don Urbano avait expiré, il avait quitté la pièce : il avait besoin d'être seul sans personne pour lui parler, il avait besoin de se laisser aller, il avait besoin de pleurer. Il était allé se réfugier dans le couloir de service, pensant n'y trouver personne.

« Que faites-vous ici ? » a-t-il répété, incrédule. Je n'ai pas pris la peine de lui expliquer.

« Je suis désolée pour votre oncle », ai-je répondu à la place.

Il tentait d'essuyer ses larmes. « C'était un homme bon. Il va beaucoup me manquer. D'abord mon père et ensuite... » Sa voix s'est brisée en sanglots.

J'ignore comment c'est arrivé. Nous étions face à face, proches l'un de l'autre, dans la pénombre. D'une main, je tenais les pans de mon châle sur ma poitrine, et de l'autre, je serrais le rouleau de ma compensation. Je ne savais pas quoi dire, et il ne me demandait rien, il me regardait simplement. Sa douleur semblait sincère, impuissante, comme celle d'un enfant. Pleine de compassion, j'ai instinctivement tendu une main pour toucher sa joue, il a ouvert ses bras. Je me suis retrouvée pressée contre sa poitrine, mon visage dans le creux de son cou mouillé de larmes. Je n'ai pas reculé. J'ai laissé tomber mon châle et à mon tour je l'ai serré fort. « Ne pleurez pas, je vous en prie, ne pleurez pas. » Il a embrassé ma tête, de côté, sur une tempe. J'ai levé mon visage.

À ce moment-là, la porte séparant les deux parties de la maison s'est ouverte et donna Licinia est apparue sur le seuil. Guido lui tournait le dos, mais je l'ai vue, et elle m'a vue, elle nous a vus. Elle n'a pas dit un mot, a reculé, puis a claqué la porte d'un coup sec. Guido s'est ressaisi et m'a laissée partir.

« Pardonnez-moi, a-t-il dit. Je suis désolé. Je ne voulais pas. »

J'ai ramassé mon châle, j'avais honte de le regarder en face. « Je m'en vais », ai-je murmuré d'une voix si fluette qu'elle ne me ressemblait pas et je me suis dirigée vers la porte. Il m'a suivie.

« Après l'enterrement, reprit-il, je vais devoir rester à L. pendant quelques jours. Je veux vous voir. Je vous attendrai tous les matins à la bibliothèque. »

Je suis sortie et j'ai descendu les escaliers en vitesse. Il faisait presque nuit dehors, mais je n'étais pas loin de chez moi et je suis rentrée à vive allure sans même m'en rendre compte. En moi s'affrontaient les émotions les plus diverses, la pitié et la tendresse pour la douleur de Guido, comme un tourment, mais aussi une étrange exultation, une joie inconnue, un espoir confus. Et en même temps l'incertitude, la crainte, les doutes, une peur glacée de cette silhouette noire immobile sur le seuil. M'avait-elle reconnue ? Qu'allait-elle penser de moi ? J'étais si agitée que j'en avais presque oublié Assuntina, qui était à la maison et allait devoir manger, éventuellement quelque chose de chaud. Et qui, peut-être, en mon absence, avait fait je ne sais quelles bêtises.

Je suis arrivée hors d'haleine. Ce n'est qu'une fois à l'intérieur après avoir enlevé mon châle que je me suis aperçu que ma main n'enserrait plus l'argent enroulé dans le galon. Je l'avais probablement laissé tomber dans le couloir de la maison Delsorbo. Je me suis sentie déçue, puis aussitôt honteuse d'être touchée par un détail si vulgaire. D'autant plus que ce n'était pas une grosse somme. Mais chaque centime comptait, surtout maintenant qu'Assuntina était là, et que la boîte en fer-blanc se vidait.

La petite fille a compris qu'il m'était arrivé quelque chose d'insolite. Elle m'a regardé avec curiosité mais n'a rien demandé. Elle avait mis la table, tranché le pain, épluché et coupé les pommes de terre ainsi que le céleri et les carottes pour la soupe. « Je n'ai pas réussi à allumer le feu, a-t-elle confessé. Ce fourneau n'est pas comme celui de maman.

— Regarde, je vais te montrer. » Il arriverait à nouveau que je doive la laisser seule. Si on me demandait de venir coudre à domicile, je ne pourrais pas l'emmener. J'ai ajouté de la chicorée et des lentilles que j'avais laissées tremper et j'ai fait une marmite copieuse de soupe qui durerait au moins trois jours. J'ai sorti deux œufs du placard et les ai fait frire avec un peu d'oignon.

Une fois que nous fûmes installées à table, je me suis efforcée de parler avec Assuntina, je lui ai demandé ce qu'elle avait appris à l'école aujourd'hui et si elle avait fait ses devoirs. Elle a répondu par monosyllabes, comme si elle était épuisée. Comme elle était différente, ai-je songé, de la gamine turbulente des vacances à la mer. Elle avait perdu son insolence, sa confiance, sa vivacité. Tout au long de la journée, elle avait certainement pensé à sa mère et s'était interrogée sur son avenir. Mais elle ne posait aucune question, ne demandait pas d'explications. Pauvre petite, ne pouvais-je m'empêcher de penser, qui sait ce qui l'attend ? Moi, au moins, il m'était resté ma grand-mère.

Bien que navrée d'avoir perdu le salaire d'un après-midi de travail, je me suis bien gardée de retourner chez les Delsorbo le lendemain. Je ne voulais pas voir le mort exposé, écouter le bavardage des visiteurs, embarrasser Guido ni affronter le regard de sa grand-mère. Je ne voulais pas non plus connaître le jour et l'heure des funérailles. Il y aurait une foule immense, je le savais, d'amis, de parents, de personnes de tous les milieux, même les plus humbles, ne serait-ce que par curiosité de voir donna Licinia qui n'avait pas quitté la maison depuis la mort de sa fille. Mais je n'avais pas l'intention d'y aller.

Les jours suivants, je suis restée à la maison à coudre. Je devais terminer les draps à point de feston et allonger quatre blouses d'intérieur d'Enrica, une opération très simple puisqu'il suffisait de défaire un ou deux des plis horizontaux accompagnant l'ourlet, qui avaient été conçus ainsi tant pour décorer que dans ce but ultérieur. Mlle Ester, malgré sa richesse, suivait les règles communes du bon sens et de l'économie. Les tabliers de sa fille étaient utilisés jusqu'au bout, jusqu'à ce que le tissu soit usé et déchiré aux coins des poches, ou qu'ils soient devenus si serrés qu'on ne pouvait plus les boutonner dans le dos.

Travailler chez moi m'a permis de mieux m'occuper d'Assuntina, de lui préparer des repas chauds, de surveiller ses devoirs. Je continuais à m'inquiéter pour sa santé, chaque jour je touchais son front pour vérifier si elle avait de la fièvre, je me réveillais la nuit pour écouter sa respiration. Mais de ce point de vue, ma petite invitée allait bien, sa toux avait même disparu, comme si les trois jours à la mer et le bain froid qui m'avaient tant alarmée avaient au contraire eu l'effet d'un remède miracle. Son comportement totalement différent me laissait songeuse : elle était devenue une enfant raisonnable, obéissante et silencieuse, trop silencieuse.

J'en ai parlé à Mlle Ester lorsque je suis allée lui apporter les blouses rallongées et elle m'a proposé de rester un peu pour prendre un café et bavarder. Je ne lui avais rien dit à propos de Guido, mais elle avait deviné que quelque chose avait changé dans mon humeur. Elle était trop délicate et respectueuse pour m'interroger directement, elle attendait que ce soit moi qui aborde le sujet, et je n'en avais pas le courage. Elle était si loin de soupçonner qui était l'objet de mes pensées que, après avoir écouté mon inquiétude pour Assuntina et écrit un mot pour une infirmière en chef de l'hôpital de ses connaissances à qui je pouvais demander de faire particulièrement attention à la pauvre Zita, elle a commencé à me parler, comme d'une anecdote particulièrement curieuse, de l'enterrement Delsorbo et de la réaction de donna Licinia à la lecture du testament. Comme je l'avais imaginé, la ville entière avait assisté aux funérailles, la procession avait été très longue, la cathédrale bondée. L'aristocratie de la ville s'alignait sur les premiers bancs puis, à mesure qu'on se rapprochait de la sortie, les officiers du régiment, les industriels, la haute bourgeoisie, les fonctionnaires du royaume, les employés, les commerçants, les domestiques, le petit peuple des journaliers. Le bruit courait, et Mlle Ester me le racontait avec une étincelle d'amusement dans les yeux, que parmi la foule qui se tenait debout près de la sortie se trouvaient aussi quelques pensionnaires de la meilleure maison close de la ville, ainsi que sa propriétaire, qui les avait autorisées à sortir pour l'occasion. Don Urbano avait été l'un de leurs clients les plus fidèles jusqu'à la fin.

« Il aura déjà trouvé le moyen de s'amuser, même au paradis », a commenté la *marchesina* en riant, même si les habitudes du mort étaient contraires à ses principes. « À moins qu'il ne soit allé en enfer. Pas pour sa vie de noceur, mais pour le tour qu'il a joué à sa mère. Il paraît que donna Licinia est furieuse et qu'elle a renvoyé Quirica sur-le-champ.

— Quel rapport avec Quirica ?

— Dans son testament, don Urbano n'a pas tout laissé à sa mère et à son petit-fils comme l'on s'y attendait. Il a légué une grande partie de ses biens personnels à celle qu'on appelait chez eux la “vieille servante”. »

Il arrivait, quoique rarement, que des patrons fassent des legs, plus ou moins généreux, aux domestiques. Mais une grande partie de leurs biens !

« Et Rinuccia n'a rien eu ?

— Rien. C'est ce qui intrigue le plus. Même s'il est vrai que Quirica servait dans la maison des Delsorbo depuis un demi-siècle et que Rinuccia n'a été engagée que beaucoup plus tard, après le choléra. Mais les curieux n'auront pas à attendre longtemps pour en savoir davantage. Le notaire rendra public le testament de don Urbano avant la fin du mois. »

Quant à l'humeur maussade d'Assuntina, Mlle Ester s'inquiétait davantage pour moi que pour elle. « Tu as pris une responsabilité trop lourde sur tes épaules, a-t-elle commenté. Et ça ne fera qu'empirer. Es-tu certaine que l'enfant n'a aucun parent qui puisse s'occuper d'elle ?

— Zita n'en a jamais parlé. Si elle avait qui que ce soit, elle leur aurait demandé de l'aide depuis bien longtemps. À certains moments, elles étaient vraiment à deux doigts de mourir de faim. Non, après la mort de son mari, elles sont restées seules.

— Et la petite le sait. Elle espère que sa mère va revenir, mais elle est assez âgée pour comprendre qu'il faut s'attendre au pire. Pauvre créature ! Cependant, toi, tu ne dois pas te sentir obligée de la prendre en charge. Tu es trop jeune, tu es seule, tu vis de ton travail. » Elle s'est interrompue et a scruté mon visage, comme si elle évaluait ma capacité à faire face à la situation. Puis elle a ajouté : « Ne t'inquiète pas. Le moment venu, je t'aiderai à trouver un arrangement acceptable pour ta protégée. À vrai dire, si tu sens que tu ne peux pas faire face, nous pouvons commencer à chercher quelque chose dès maintenant.

— Je vous remercie mais je préfère attendre. Jusqu'à ce que Zita... elle pourrait aussi guérir et revenir s'en occuper, ne pensez-vous pas ?

— Non, je ne pense pas. J'en serais heureuse, mais je ne crois pas aux miracles. Mais quoi qu'il en soit, attendons, comme tu veux. Tu t'en sors ? Tu as besoin de quelque chose ? Non, pas un cadeau, je ne me permettrais pas. Un petit prêt, une avance pour un ouvrage à venir.

— Je me débrouille pour l'instant. J'ai des économies. »

Et ainsi, don Urbano avait été enterré dans le caveau familial, le testament avait été ouvert, les jours de visites de condoléances étaient passés. Guido avait probablement commencé à aller à la bibliothèque chaque matin. Il devait probablement m'attendre.

Après bien des hésitations, je me suis décidée à l'y retrouver. Une fois Assuntina partie pour l'école, je me suis habillée avec soin, coiffée et, délaissant mon lourd châle en laine sombre de vieille femme, j'en ai choisi un plus léger avec une bordure au motif de roses et des franges de soie, que Mlle Ester m'avait rapporté de Rome. J'ai mis également les boucles d'oreilles en corail qui avaient appartenu à ma grand-mère. J'ai enfilé mes meilleures chaussures. J'ai arraché un pétale du géranium rouge que je gardais à la fenêtre et l'ai frotté sur mes lèvres pour leur donner un peu de couleur. J'avais lu cette astuce dans un roman.

Je suis sortie en vitesse et j'ai marché jusqu'à la place de la mairie. J'étais allée plusieurs fois à la bibliothèque municipale pour emprunter un livre ou le rendre, mais je n'étais jamais montée dans la salle de lecture. Je me suis arrêtée près d'un banc sur la place, derrière un arbre, pour regarder les gens entrer et sortir. Il y avait beaucoup de monde, beaucoup de jeunes, pas uniquement des étudiants de bonne famille ou des fonctionnaires, mais aussi des employés de bureau, quelques vendeurs de magasin, tous bien habillés. Ni artisans ni commis. Pourquoi m'étonner, la bibliothèque était pour ceux qui savaient lire. J'étais une exception parmi les gens de ma classe. Les femmes que je voyais entrer étaient peu nombreuses, d'un certain âge, avec les vêtements sévères et un peu masculins des bourgeoises travaillant à l'extérieur du foyer, enseignantes, employées de la fonction publique, de la poste ou du téléphone. Aucune n'était vêtue comme moi, en femme du peuple. Pas même une domestique envoyée par sa patronne pour rapporter un roman. Je commençais à me sentir gênée. Quelle idée avait eue Guido de me donner rendez-vous précisément là où je serais le plus visible.

Puis je les ai vus arriver. Deux jeunes femmes d'environ dix-huit ans, accompagnées d'un jeune homme qui paraissait être un frère ou du moins un proche parent et qui les traitait avec une grande familiarité. Deux jeunes femmes riches et élégantes, coiffées à la dernière mode, les cheveux relevés tout autour du visage par un rembourrage de crin de cheval, leurs modernes tailleurs de promenade sans tournure ni traîne, qui avaient certainement été faits sur mesure à La Suprême Élégance ou chez Belledame, chacune tenant une ombrelle en dentelle claire. Deux jeunes femmes qui ne portaient certainement plus de corset. Leur compagnon ressemblait à Guido par la tenue, l'attitude et la manière de parler, et s'adressait à elles avec beaucoup d'attention et de respect.

J'ai senti un nœud se serrer dans ma gorge. Envie ? Perception de nos différences ? De l'abîme qui nous séparait ? Comment pourrais-je rivaliser avec ces demoiselles ? Comment pourrais-je me présenter avec Guido devant leurs mères, leurs familles ? Comment pouvais-je penser que je serais acceptée parmi ces gens, moi qui venais d'un autre monde, qui étais née et vivais parmi les pauvres, qui devais gagner ma vie au jour le jour, qui devais passer par la porte de service quand j'allais chez eux, qui ne pouvais entrer dans leurs salons qu'avec un mètre à la main ou en uniforme de bonne tenant le plateau des pâtisseries ? Si je me présentais aux côtés d'un jeune homme de leur classe, elles me regarderaient avec stupeur, avec mépris, elles me jetteraient dehors. Ma fierté ne pouvait me le permettre. J'ai tourné les talons et suis partie, emplie de honte pour les boucles d'oreilles, mes lèvres rougies, le châle de soie et mes rêves absurdes.

Je ne savais pas que Guido m'avait aperçue depuis la fenêtre du premier étage et qu'il descendait à ma rencontre. Je marchais si vite, les yeux aveuglés par les larmes, que je n'ai pas vu qu'il me suivait. Il m'a rattrapée alors que j'avais déjà tourné dans la rue principale, m'a dépassée et s'est mis devant moi, écartant les bras comme les gardes municipaux qui arrêtent la circulation pour laisser passer un char à bœufs. « Pourquoi vous enfuyez-vous ? a-t-il demandé. Cela fait deux jours que je vous attends.

— Laissez-moi. Vous ne voyez pas qu'on nous regarde ? »

En effet, à cette heure l'avenue était pleine de monde ; il ne pleuvait pas et les cafés avaient installé leurs tables sur les trottoirs. La porte du barbier était ouverte et les clients, en attendant leur tour, observaient avec oisiveté les passants. Les domestiques revenaient du marché avec leurs sacs, les nourrices poussaient les landaus vers les jardins publics, les dames marchaient lentement, se tenant par le bras, et regardaient les vitrines, les vendeuses de fleurs et d'asperges, recroquevillées par terre à côté de leurs paniers, proposaient leurs marchandises en cherchant des yeux des clients potentiels. Ce n'était pas la même foule qui, quelque temps auparavant, assistait à l'aube aux retours triomphants de Tommasina avec les boîtes du grand magasin Printemps, mais il y avait suffisamment de curieux qui suivaient avec intérêt notre rencontre dont ils parleraient sans l'ombre d'un doute.

« Qu'ils regardent s'ils veulent », a répliqué Guido, en se mettant à côté de moi et en me prenant par le bras. Il a porté ma main à son visage et en a baisé les doigts. Je me suis sentie rougir et j'ai commencé à trembler.

« Vous avez froid. Pardonnez-moi de vous garder ainsi, en pleine rue. Allons au café. Vous avez besoin d'une boisson chaude. »

Je n'étais jamais entrée dans un café de ma vie. Le bout de mes oreilles brûlant, j'espérais que nous pourrions nous glisser vers le fond, dans un des salons privés. J'aurais été seule avec lui, mais à ce moment-là, je n'avais plus peur de ce qu'il pouvait me dire, l'important était d'échapper aux regards fixés sur nous.

Mais Guido ne s'est pas dirigé vers l'entrée du Cristal Palace où se trouvaient le comptoir, la caisse et l'accès aux salons ; il m'a entraînée vers la cage de verre sur le trottoir et m'a fait asseoir à la table la plus extérieure, à la vue de tous les passants. Il a appelé le serveur et lui a commandé deux chocolats chauds à la crème et une assiette de pâtisseries.

« Pourquoi vous êtes-vous enfuie ? a-t-il demandé sur un ton de reproche. Si je n'avais pas été à la fenêtre à ce moment précis, je vous aurais ratée.

— Nous ne devons pas... ai-je commencé.

— Non, je ne vous aurais pas ratée, a-t-il interrompu. Je serais venu vous chercher chez vous. Mais je suis content que vous vous soyez décidée. Vous aussi, vous devez faire quelques pas vers moi, je ne peux pas vous poursuivre éternellement.

— Quand vous serez de retour à Turin, vous n'aurez plus à me courir après.

— Comme je suis heureux de pouvoir vous parler. J'ai tellement de choses à vous dire. »

Je gardais la tête penchée sur la tasse fumante. « Je suis désolée pour votre oncle, ai-je dit doucement, et merci d'avoir envoyé le docteur Ricci. Il ne fallait pas vous ennuyer avec ça.

— Je suis content que la petite aille bien. Mais ne parlons pas de cela. Nous n'avons pas beaucoup de temps, je pars demain. »

Il a pris ma main tenant la cuillère, l'a de nouveau portée à ses lèvres et l'a embrassée. Puis il a continué à la tenir pendant qu'il me parlait.

« Que mes intentions soient sérieuses, je ne veux pas le répéter, vous devriez l'avoir compris maintenant. J'aimerais mieux vous connaître, passer du temps avec vous, vous aussi vous devez apprendre à me connaître. Avec la permission de votre famille, bien sûr. Je viendrai me présenter ce matin même.

— Je n'ai pas de famille », ai-je répondu, mais j'ai immédiatement pensé à Mlle Ester. À elle, je pourrais le présenter, en espérant qu'elle me comprenne. Pas aujourd'hui, cependant. Les choses allaient trop vite.

« J'en suis désolé, a dit Guido, raison de plus pour que je vous protège et que je prenne soin de vous. Malheureusement, je dois partir, mais nous nous écrirons. Vous promettez de me répondre si je vous écris ? Voici mon adresse à Turin. Promettez-moi de me répondre, je vous en prie. »

Il ne doutait pas que je sache écrire, et je lui en étais reconnaissante. Je le lui ai promis dans un murmure.

« Je ne peux pas revenir immédiatement. Après-demain, je passe mon dernier examen et ensuite, dans quatre mois, mon diplôme. En attendant, le professeur exige que j'aille à la faculté tous les jours. Mais après, je serai libre. Ma grand-mère veut que je vienne vivre ici avec elle, *via* Cesare Battisti. Moi, je n'en ai pas envie, surtout après avoir vu comment elle a traité Quirica. Heureusement, la pauvre avait une maison où aller, l'oncle Urbano a été généreux, c'était un homme bon. Non, au Palazzo Delsorbo, je n'irai pas. Ma grand-mère est vieille, elle vit dans un autre monde. Je peux faire un effort pour la comprendre. Mais pas pour être d'accord avec elle. Je ne pourrais pas supporter de vivre à ses côtés. Je pensais louer un petit appartement, nous déciderons ensemble à mon retour.

— Un appartement ? Non, non, je ne... jamais...

— Ne vous inquiétez pas. Ce serait pour y vivre seul, jusqu'à ce que, jusqu'à ce que vous... Si, après avoir davantage fait ma connaissance, vous voulez m'épouser. »

J'ai fondu en larmes. Mes larmes sont tombées dans la tasse de chocolat. Je ne me suis pas souciée des passants à l'extérieur de la cage de verre qui nous regardaient avec grand intérêt, comme s'ils étaient au théâtre ou au jardin zoologique.

J'avais une trace de crème fouettée sur une joue. Guido l'a essuyée, doucement, d'un baiser aussi léger que l'aile d'un papillon.

Quand je suis arrivée à la maison, Assuntina était déjà rentrée de l'école. Elle a immédiatement compris que je n'étais plus la même, que mon état d'esprit, mon être tout entier avaient changé. J'essayais de ne pas le montrer, mais j'avais l'impression de vivre dans une autre dimension, de flotter entre ciel et terre, de marcher comme si j'étais plongée dans un rêve, comme dans un roman. Il me semblait que ce qui s'était passé entre Guido et moi le matin même était le fruit de mon imagination, cela ne pouvait pas être vrai. Mais la bague qu'il m'avait donnée était réelle, concrète, il me suffisait d'approcher ma main de ma poitrine pour la toucher. Il l'avait glissée à mon doigt alors que nous étions assis à la table du café, il voulait que je la porte à la main gauche, en évidence, pour la montrer à tous, comme un mince pont reliant les deux côtés de l'abîme qui nous séparait. Un anneau d'or avec deux petites pierres, un saphir et un diamant. Il avait appartenu à sa mère, qui l'avait reçu comme cadeau de confirmation, un bijou de jeune fille, d'une valeur plus sentimentale que vénale pour lui, mais qui, pour moi, habituée à tenir un maigre budget, paraissait énorme. J'avais eu peur. Je n'étais pas encore prête à défier aussi ouvertement la ville et ses règles. Seule, alors que lui serait loin. « Je la mettrai à mon doigt quand vous reviendrez de Turin, lui avais-je dit. En attendant, je vais la garder sur mon cœur. » Et je l'avais enfilée à la fine chaîne en or de ma grand-mère que je portais toujours autour du cou. Là, elle serait en sécurité, cachée sous ma chemise, à l'abri des regards curieux.

Peut-être que si Assuntina avait vu la bague, elle aurait compris que mon euphorie inhabituelle ne provenait pas de la réalisation de son plus grand souhait. Elle voulut croire que je revenais de l'hôpital. « Maman est guérie ! s'est-elle exclamée en s'illuminant. Quand revient-elle ?

— Ça va prendre encore un peu de temps, lui ai-je menti. Tu dois être patiente. » Et j'ai été saisie d'un sentiment de culpabilité en comparant ma joie, mon espoir avec le gouffre noir qui l'attendait.

Dans l'après-midi, j'ai revu Guido. Nous sommes allés nous promener le long de l'avenue des platanes, c'était un jour de semaine et il n'y avait pas trop de monde, juste des nourrices, des enfants vêtus de marinières sur des trottinettes et des petites filles élégantes qui couraient après leur cerceau. Nous avons parlé un long moment. Ce que nous nous sommes dit, je m'en souviens parfaitement, mais je préfère le garder caché dans mon cœur. Tout ce que je confierai, c'est qu'il me caressait les cheveux avec douceur et que, si d'un côté ma timidité diminuait peu à peu, j'étais de l'autre de plus en plus consciente de mon ignorance, que j'essayais de dissimuler, et de plus en plus déterminée à m'améliorer, à étudier pour combler mes lacunes. Je ne voulais pas qu'il ait honte de moi, en aucun cas.

Le soir, Guido m'a emmenée dîner dans une petite trattoria en périphérie de la ville. Je n'avais jamais dîné ou déjeuné dans un endroit public. Je suis rentrée tard, désolée qu'Assuntina ait encore dû manger seule. Pour me faire pardonner, je lui ai montré la bague, toujours suspendue à la chaîne de ma grand-mère.

« Qui te l'a donnée ? m'a-t-elle demandé.

— Une personne qui m'aime.

— Et pourquoi tu ne la mets pas à ton doigt ?

— Parce que j'ai peur qu'on me la vole.

— Elle coûte cher ? » Elle était incapable de distinguer le diamant et le saphir des pierres de verre colorées qu'elle avait vues au doigt ou au cou des commerçantes de notre quartier. « Si tu l'apportes au mont-de-piété, combien on t'en donnera ?

— Je ne la mettrai jamais au mont-de-piété.

— Est-ce que tu aimes cette personne plus que moi ?

— Qu'est-ce que tu racontes, bécasse ! C'est différent ! »

Assuntina a soupiré. Je ne la croyais pas aussi sentimentale. Elle a voulu essayer la bague, qui lui était trop grande bien sûr, mais elle a fait mine de la garder. Nous avons un peu joué à nous la disputer et, en tirant ainsi, la chaîne, qui était vraiment très fine, s'est cassée. C'était ma faute, je n'aurais pas dû la laisser la toucher, aussi ne l'ai-je pas grondée. Au contraire, je me suis dit que j'avais eu de la chance. La chaîne aurait pu se casser dans la rue, la bague aurait pu tomber sans que je m'en aperçoive, je l'aurais perdue à jamais. Il valait mieux l'accrocher à un lacet solide, mais je n'en avais pas à la maison à ce moment-là. Alors, quand Assuntina s'est endormie, j'ai grimpé sur la chaise et j'ai glissé la bague, après l'avoir embrassée, dans la boîte aux souhaits.

Le lendemain, je me suis levée très tôt pour nettoyer les escaliers, puis je suis allée à la gare dire au revoir à Guido. J'avais décidé qu'il était plus prudent de laisser la bague dans la boîte en fer-blanc jusqu'à ce que je me procure un lacet suffisamment solide, mais je ne le lui ai pas dit. Je l'ai accompagné jusqu'au wagon de première classe, sa compagnie me donnant une assurance, une désinvolture que je n'aurais jamais imaginées. Les gens nous regardaient ; même si j'avais mis mes plus beaux habits, ils pensaient peut-être que j'étais une domestique qui avait accompagné son jeune patron pour lui porter ses bagages. Certains, cependant, nous connaissaient et, quand il a caressé mon visage et mes cheveux, m'a serrée fort dans ses bras, m'a embrassée et a essuyé mes larmes, ils n'ont pas caché leur étonnement et ont fait, à haute voix, des commentaires désobligeants.

« Ils vont aller le dire à votre grand-mère, ai-je dit.

— Qu'ils le fassent. Elle l'apprendra tôt ou tard. Il faudra bien qu'elle s'y fasse. »

J'aurais préféré que cela se passe avec Guido en ville, pour ne pas avoir à l'affronter seule. Mais il était trop tard pour faire machine arrière. Il m'a dit : « Je vous écris dès que j'arrive. Et vous me répondez par retour de courrier. » Puis il a pris ma main et l'a portée à son cœur. « Vous me promettez quelque chose ?

— Quoi ?

— Quand je reviendrai, je veux que nous arrêtions de nous vouvoyer. Nous devons commencer à nous dire tu. Vous me le promettez ? »

Ça n'allait pas être facile, je le savais déjà. Mais c'était nécessaire. J'ai promis.

Une fois le train parti, je me suis dirigée vers l'hôpital. Rentrer à la maison pour pleurer n'aurait servi à rien. « Ne soyez pas triste, m'avait enjoint Guido. Quatre mois, ça passe vite. Pensez à mon retour. Pensez que nous ne nous séparerons plus, après. »

L'hôpital étant situé en périphérie de la ville, il m'a fallu une longue marche, pendant laquelle j'ai essayé de réfléchir, de mettre de l'ordre dans mes idées, mais elles partaient dans tous les sens. Les gens qui nous avaient vus au café, dans l'avenue des platanes et à la gare n'allaient pas seulement le dire à donna Licinia, mais à la ville entière. Je ne voulais pas que Mlle Ester l'apprenne par quelque commérage, je regrettais de ne pas le lui avoir dit moi-même d'abord, de ne pas l'avoir prévenue. Peut-être que j'en avais encore le temps… J'irais la voir dans l'après-midi.

À l'hôpital, j'ai cherché l'infirmière en chef pour qui j'avais la lettre de recommandation. Je l'ai trouvée alors qu'elle était sur le point de rentrer chez elle, elle avait fini son service. C'était une femme d'âge moyen, amicale, serviable. Bien qu'elle soit fatiguée, elle a accepté de prendre un moment pour me parler, et m'a expliqué que même si elle prenait particulièrement soin de Zita, comme Mlle Ester le lui demandait, cela ne changerait pas grand-chose. Mon amie avait à présent atteint le stade terminal. Elle n'était plus consciente. Combien de temps lui restait-il encore... elle ne pouvait le dire exactement. Certainement pas plus de deux semaines, peut-être beaucoup moins. Est-ce que je voulais la voir, lui dire adieu ? Avec un peu de prudence, si je promettais de ne pas trop m'approcher, de ne pas la toucher, elle pourrait faire une exception et me laisser entrer dans le pavillon de quarantaine.

« Sera-t-elle en mesure de me reconnaître ? ai-je demandé.

— Non. On lui donne des sédatifs. Elle est endormie.

— Alors je préfère ne pas la voir.

— Comme tu veux. » Elle a regardé la lettre à nouveau. « Je lis qu'il y a une enfant en bas âge. Qu'elle a besoin d'être recueillie. De la meilleure façon possible. Pour ça, je peux t'aider. Nous nous adressons, pour les orphelines de nos patients, à l'Institution Enfant Marie. C'est un bon orphelinat pour filles, il a sa propre école, celles qui le souhaitent peuvent étudier pour devenir maîtresses dans un jardin d'enfants. Les chambres sont spacieuses, saines, sèches. Il y a aussi un jardin et un potager dont les orphelines s'occupent. En été, elles les emmènent une semaine au bord de la mer, dans la maison des Sœurs de P. Crois-moi, c'est le meilleur qu'il y ait en ville. Et les religieuses ont beaucoup de demandes. Ce serait bien de réserver une place pour ta protégée dès maintenant. Comme ça, quand le moment viendra… Je peux t'accompagner si tu veux. La bureaucratie est un peu compliquée pour les nouveaux venus. Et puis, il faut savoir lire les formulaires, rédiger les réponses. Tu auras besoin d'aide. »

Elle aussi pensait que j'étais ignorante, analphabète. Je ne l'ai pas détrompée. Sa présence me serait précieuse quoi qu'il en soit. Je l'ai remerciée pour le temps qu'elle m'accordait. J'aurais préféré ne pas me décider si tôt, mais je comprenais qu'il était inutile d'attendre. Inutile aussi d'en parler d'abord à Assuntina, de lui demander si elle était d'accord. Quel autre choix avait-elle ? Et puis, faire quelque chose m'aiderait à ne pas penser à Guido.

Lorsque nous nous sommes trouvées dans la rue, à la lumière du soleil, l'infirmière a regardé mon visage avec attention. « Mais je te connais, a-t-elle dit. Où aurais-je pu te voir ?

— Dans la maison Artonesi ? » risquai-je, espérant que les rumeurs n'étaient pas déjà arrivées à ses oreilles au sujet de ce que les commères de la ville appelaient, j'en suis sûre, ma « liaison » avec Guido.

« Non, non. Ailleurs… Tourne-toi un peu, lève le menton. J'ai déjà vu ces boucles d'oreilles. Ah, voilà ! Au théâtre. Tu vas dans la galerie, n'est-ce pas ? Tu aimes l'opéra. Moi aussi. C'est mon mari, qui fait partie de la *claque**, qui me l'a fait découvrir. À Noël dernier, il m'a offert une paire de jumelles. C'est différent quand on voit bien le visage des chanteurs. »

J'ai respiré avec soulagement. Nous avons parlé de nos compositeurs préférés. Elle adorait Verdi, j'aimais Puccini. Comme j'avais pleuré pour les jeunes artistes de *La Bohème*, leur pauvreté me les faisait sentir des frères, et maintenant Zita qui mourait de consomption comme Mimi, qui n'était pas couturière, mais presque, brodeuse… Il manquait, dans ce grenier glacé si proche de la lune, une petite fille à placer.

À un moment donné, ma compagne, passant en revue tous les messieurs qui avaient leur loge au théâtre et qu'elle avait observés si longtemps à travers ses jumelles qu'elle les considérait maintenant comme de vieilles connaissances, a soupiré : « Quelle tristesse ! L'année dernière, nous avons perdu la demoiselle américaine. Sa bonne, cette effrontée, vient toujours, mais dans l'orchestre. Et la saison prochaine, nous ne verrons plus don Urbano Delsorbo. Il était gentil. Mais quel vieil excentrique ! As-tu entendu parler du testament ? »

J'ai dégluti et secoué la tête. « Non », ai-je dit un peu brusquement, espérant qu'elle abandonnerait le sujet. Mais elle a sorti un journal plié de son sac. « Lis ici ! Ah, pardon, je vais te le lire. »

Même cette fois, je ne l'ai pas contredite. J'ai écouté ses paroles sans faire de commentaires, inquiète non pas tant du contenu de l'article, mais de ce que sa lectrice pourrait penser le lendemain ou les jours suivants, lorsqu'elle découvrirait que mon désintérêt pour le testament, pour la famille, n'était pas sincère, que je faisais semblant. Une menteuse, une arriviste hypocrite, elle me jugerait avec mépris. Continuerait-elle à aider mes amies ? Par mon silence, est-ce que je nuisais à Zita ? Est-ce que je mettais en danger l'avenir d'Assuntina ? Les secrets et les mensonges sont comme les serpents, disait ma grand-mère : on ne sait jamais où finit le corps et où commence la queue, ni où ils te mènent. Mais à ce stade, que pouvais-je faire d'autre qu'écouter ? De plus, le sujet m'intéressait vraiment.

Le notaire avait finalement rendu public le testament de don Urbano, qui l'avait écrit de sa propre main et, aux dispositions déjà insolites, il avait ajouté quelques phrases inexplicables, non prévues par les formules juridiques habituelles, si bizarres que le journal les avait jugées d'un grand intérêt pour la curiosité de ses lecteurs et avait décidé de les rapporter textuellement. Il était déjà singulier que ce vieux noceur, écrivait le chroniqueur, ait laissé à l'une des domestiques, la plus âgée – à l'autre rien – un immeuble de deux étages dans la vieille ville, un autre de cinq étages dans le quartier moderne, de belles propriétés à la campagne et beaucoup d'argent. Et qu'il ait recommandé à son neveu, l'héritier qu'il avait spolié de cette partie de la succession, de s'occuper de la bénéficiaire, de veiller à ses intérêts, de l'aider à louer les appartements du mieux possible et à aménager celui qu'elle choisirait pour elle-même. Il avait également voulu justifier cette décision inhabituelle. « Quirica Grechi, avait-il écrit, est entrée au service de notre maison quand elle était très jeune, elle a toujours fait ce qu'on lui demandait avec un dévouement et une affection extrêmes, silencieuse et discrète. Elle a renoncé à sa vie personnelle avec une grande générosité et n'a pas fondé de famille à elle. Elle a enduré le mépris et l'ingratitude et n'a jamais reçu une récompense à la hauteur de ce qu'elle a fait pour nous, pour moi. Pour cela, je lui demande de me pardonner. Je veux faire ici un acte de réparation, et que Dieu me pardonne aussi. Ce que je lui laisse n'est qu'une infime partie de ce à quoi, en toute justice, elle a droit. »

Les mots de Guido dans le couloir me sont revenus en mémoire : « C'était un homme bon. » Même si je ne comprenais pas ce que Quirica avait pu faire de si spécial pour mériter ce traitement et ces excuses. Toutes les domestiques à demeure renoncent à leur vie personnelle, et en échange elles reçoivent un salaire et la sécurité d'un toit au-dessus de leur tête. Je n'avais pas oublié que c'est ce à quoi ma grand-mère avait renoncé pour me garder auprès d'elle.

Même l'infirmière en chef trouvait cette gratitude exagérée.

« Regarde-moi ça, maintenant on demande pardon aux servantes pour leur avoir donné du travail ! a-t-elle commenté. Et toutes ces louanges ! Elle était fidèle et discrète ? Cela faisait partie de ses devoirs. Et si le salaire était trop bas, c'est qu'elle n'avait pas conclu des accords clairs dès le début ou qu'elle n'avait pas su le faire augmenter ! Ses patrons l'avaient traitée avec mépris ? Elle aurait pu démissionner, chercher une meilleure famille, moins hautaine. Et puis, on sait bien que les patrons commandent et que les serviteurs supportent. Je ne comprends pas toutes ces excuses et justifications de la part de don Urbano. Tout cela était à lui et il pouvait le laisser à qui il voulait. Point final », puis elle a gloussé un peu malicieusement : « Mais je comprends pourquoi la mère s'est mise en colère. Après tout, son fils l'accuse de ne jamais avoir payé assez cher cette perle de femme de chambre, il l'accuse d'une avarice qui l'oblige, sur son lit de mort, à y remédier. Était-il nécessaire d'écrire cela dans un acte public ? Le linge sale est mieux lavé en famille, tu ne penses pas ? »

Elle m'a regardée en attendant confirmation. J'ai marmonné : « Vous avez raison. » Et j'ai remercié le ciel car nous étions arrivées à l'orphelinat et ma compagne a dû remettre le journal dans son sac.

L'Institution Enfant Marie était peut-être le meilleur orphelinat de la ville, mais il n'avait à première vue rien de si spécial. Un bâtiment bas, entouré d'un terrain divisé en massifs, quelques arbres, quelques buissons, des rangées de petits pois et de laitues, aucune fleur. Le domaine était séparé de la rue par un haut portail et toutes les fenêtres du bâtiment étaient équipées de grilles. À l'intérieur, le bureau d'accueil était nu, les murs jaunâtres, une table, un meuble de rangement, deux chaises, sur une étagère la statue de Notre-Dame des Douleurs les sept épées plantées dans le cœur et, sous une cloche de verre, un berceau aux dentelles dorées où reposait l'image en cire de l'Enfant Marie enveloppée de la tête aux pieds dans des langes, également dorés.

Continuant à faire mine de ne savoir ni lire ni écrire, j'ai laissé l'infirmière en chef demander les informations et remplir les formulaires. La religieuse nous a solennellement informées qu'il y avait une longue liste d'attente, les orphelines pauvres de la ville étant toujours plus nombreuses que les places disponibles : nous allions donc devoir faire la queue. J'ai éprouvé un sentiment de soulagement. Je pouvais attendre avant d'informer Assuntina de ce qui avait été décidé pour elle. Mais l'infirmière en chef s'est approchée du bureau et a dit doucement avec un sourire entendu : « La fille de M. Artonesi, la marquise Ester, m'a demandé de vous saluer, ma sœur. Cet enfant est très chère à son cœur.

— Transmettez-lui mes salutations en retour, je vous en prie », a répondu la religieuse sans lever la tête des dossiers. Elle a repris les formulaires qu'elle avait rangés sous les autres et les a placés sur le dessus de la pile.

« Si vous le souhaitez, vous pouvez visiter le réfectoire. C'est l'heure du déjeuner. »

Elle nous a accompagnées dans une grande salle remplie de tables qui ressemblait à celle de l'Institution pour scrofuleux de P. Ici aussi les enfants portaient un uniforme gris à rayures et avaient la tête rasée.

« Pourquoi leurs cheveux sont-ils si courts ? ai-je osé demander à voix basse à la religieuse.

— À cause des poux, a-t-elle répondu. Et pour ne pas encourager la vanité. »

J'ai salué l'infirmière en chef en la remerciant et ai pris le chemin de la maison Artonesi, pleine de doutes. Tout d'abord sur les démarches que je venais d'entreprendre. Avais-je été trop hâtive au sujet d'Assuntina ? M'étais-je, par timidité, laissée entraîner au-delà de mes intentions ? Et puis, que devais-je raconter à Mlle Ester à propos de Guido ? Seulement ce que tout le monde avait vu et que les commères colporteraient, ou bien devais-je lui dire ce qu'il en était vraiment, lui parler des fiançailles, lui montrer la bague ? À elle, qui ne voulait plus entendre parler d'amour ? Déplorerait-elle que je ne lui aie pas demandé conseil plus tôt ? Mais nous n'étions pas amies intimes, égales, comme deux filles de bonne famille qui se confient l'une à l'autre depuis le pensionnat, je n'avais jamais osé penser une chose pareille. Je n'avais jamais oublié qu'elle était une dame et moi une couturière. Avec moi, Mlle Ester ne parlait jamais du marquis Rizzaldo, bien que je l'aie connu. Je savais par les rumeurs en ville que le père d'Enrica était lui aussi toujours en voyage dans des pays orientaux, en Perse, en Turquie, en Arabie. Mais, avec sa fine connaissance des nobles familles de L., peut-être aurait-elle pu me donner de bons conseils sur la façon de me comporter avec Guido dès les premiers jours.

J'aurais pu m'épargner tous ces doutes puisque, lorsque je suis arrivée chez les Artonesi, la gouvernante m'a informée que Mlle Ester était partie tôt, qu'elle était allée visiter la brasserie avec son père, et qu'elle ne serait pas de retour avant l'heure du dîner. Je lui ai laissé un mot, lui disant que j'étais passée pour lui annoncer une nouvelle importante, une belle nouvelle ; si on lui avait rapporté de mauvaises choses à mon sujet, elle ne devait pas les croire. Je lui expliquerais tout le lendemain.

Quand je suis rentrée à la maison, c'était déjà la fin d'après-midi. Assuntina avait encore une fois mangé seule, elle savait maintenant comment faire fonctionner le fourneau, et avait laissé mon déjeuner au chaud près du feu. Je n'ai pas eu le courage de lui dire quoi que ce soit à propos de l'orphelinat ou de sa mère. Elle n'a rien demandé. Elle m'a dit que Rinuccia était venue me chercher, je devais aller au Palazzo Delsorbo immédiatement.

« Elle a dit immédiatement. Dès qu'elle revient, elle doit venir nous voir. » Même si je m'y attendais, j'ai eu le souffle coupé pendant un instant.

Je savais que je devrais affronter donna Licinia tôt ou tard, mais j'avais espéré avoir un peu plus de temps. Comme les rumeurs couraient vite dans notre ville.

« Pas tout de suite. Je suis trop fatiguée », ai-je répondu en m'asseyant à la table de la cuisine. Je marchais depuis l'aube. J'ai ôté mes chaussures. J'ai enlevé mes boucles d'oreilles que j'avais mises pour accompagner Guido à la gare puis oubliées. J'ai remercié Assuntina pour le déjeuner chaud et elle s'est empressée de poser devant moi mon assiette, recouverte d'une autre, de m'apporter un verre et une fourchette. J'ai mangé avec gourmandise le chou-fleur aux olives qui restait de la veille.

Je n'avais pas encore fini quand on a entendu frapper à la porte. C'était de nouveau Rinuccia. « Tu ne lui as pas dit que c'était urgent ? » a-t-elle attaqué la petite. J'ai senti la colère monter. Mais que pensaient-ils, que j'étais à leur disposition jour et nuit ?

« Urgent ? Faut-il coudre en urgence un autre drap funéraire ? ai-je demandé avec sarcasme. À qui le tour aujourd'hui ? Ta patronne ? Ou bien est-elle pressée de me rendre l'argent que j'ai oublié l'autre jour ?

— Ne fais pas ta maline. Il n'y a pas de quoi rire, espèce d'idiote. Donna Licinia est folle de rage. Allez, dépêche-toi. »

J'ai posé ma fourchette avec un calme délibéré, je suis allée à l'évier me laver les mains, j'ai défait mon chignon et renoué soigneusement mes tresses, et j'ai cherché sous le coffre une paire de chaussures plus confortables. J'ai secoué mon lourd châle, le sombre, et m'en suis couverte. Rinuccia frémissait d'impatience.

« Tu as fini tes devoirs ? ai-je demandé à Assuntina. Tu veux venir avec moi ?

— Non, non. Elle veut te parler seule. Allez, dépêche-toi, allez ! » m'a pressée Rinuccia.

J'ai donné à la petite la permission d'aller jouer une heure ou deux sur le trottoir avec ses amies, à condition qu'elle ne saute pas à la corde et qu'elle ne transpire pas, et j'ai finalement suivi la « jeune servante ». Son agitation me faisait un peu de peine. Après tout, elle n'était pas à blâmer, elle était même à plaindre d'avoir été exclue du testament. Et de rester seule pour s'occuper des nombreuses corvées de cette immense maison, seule avec cette maîtresse fière et autoritaire.

« Maintenant que Quirica n'est plus là, donna Licinia n'envisage-t-elle pas de prendre une autre domestique ? Peut-être une plus jeune ? lui ai-je demandé en chemin.

— Elle veut aussi te parler de ça.

— De ça ? En quoi cela me regarde ?

— Comment le saurais-je ? J'aimerais savoir ce que tu as fait l'autre fois pour la mettre autant en colère. Depuis ce jour, avant même la lecture du testament, la patronne a perdu la tête. Et c'est encore pire depuis la nuit dernière. »

Les informateurs n'avaient donc pas perdu de temps pour la mettre au courant. J'ai décidé que je n'accepterais pas de subir un interrogatoire, je ne lui donnerais pas ma version des faits, je ne m'excuserais pas, si c'était ce qu'elle attendait. Je ne lui donnerais pas satisfaction.

Je n'étais qu'une pauvre couturière et elle une grande dame. Mais elle n'était pas ma patronne.

Le corps du délit

Ma grand-mère m'avait appris à respecter les personnes âgées. Elle n'avait pas eu besoin de me le dire avec des mots, c'était son comportement, son exemple, qui me suggérait que la vieillesse, avec sa richesse d'expérience, avec le courage, les connaissances et la force d'endurance qui étaient nécessaires pour en surmonter les problèmes, les douleurs, les obstacles, et pour rester en vie pendant si longtemps, était quelque chose à admirer, quelque chose que l'on devait aspirer à imiter, à quoi l'on devait rendre hommage publiquement.

La vie m'avait appris à respecter les gens riches, quel que soit leur âge, leur caractère, leurs actions. Le fait d'être riches les rendait puissants, plus forts que nous, capables de nous écraser, de nous détruire en un claquement de doigts. Les riches ne devaient pas nécessairement être admirés, notre jugement à leur égard pouvait également être critique, voire plein de mépris. Mais nous ne devions jamais l'exprimer. Et surtout, jamais en leur présence. Avec eux, nous devions être respectueux en toutes circonstances.

Donna Licinia était vieille, était riche et je ne pouvais pas me permettre de l'oublier.

Je ne m'attendais pas à la trouver si calme, si posée, assise bien droite dans le fauteuil de velours rouge près de la fenêtre.

« Tu m'as fait attendre. Où étais-tu ? a-t-elle demandé sans me saluer à peine suis-je arrivée.

— Au travail », ai-je répondu sans autre explication. Il faisait chaud dans le salon et bien qu'elle ne m'ait pas invitée à le faire, j'ai enlevé mon châle et l'ai posé sur une chaise. Mais je suis restée debout, comme il seyait devant ces nobles gens. Elle a remercié Rinuccia, lui ordonnant de fermer la porte en sortant. Maintenant, nous étions seules.

« Je vous ai vus, l'autre jour dans le couloir, s'est-elle exclamée.

— Je sais.

— Tu es maline. Tu as bien manœuvré mon benêt de petit-fils. Tu ne te serais pas mis des idées saugrenues en tête, j'espère ? »

Je n'ai pas répondu, mais j'ai soutenu son regard.

« Non, je ne pense pas, a-t-elle poursuivi. Tu es une fille raisonnable. Peu importe ce que tu pourras bien lui dire, tu sais bien que tu ne pourras rien en tirer. »

Je restai muette.

« Le sais-tu ou non ? Ta grand-mère n'était pas une idiote. Elle a dû t'apprendre que les gens comme vous doivent rester à leur place. »

Je continuai à garder le silence.

« Mais tu es ambitieuse, n'est-ce pas, comme toutes les vilaines filles du quartier, vous les mendiantes et les chiffonnières qui voudriez vous habiller en dames, mettre des chapeaux, agiter vos éventails et minauder devant nos fils pour les tromper et vous faire offrir les bijoux de nos familles. Pour vous faire épouser, peut-être. Tu n'aurais pas arraché une promesse de mariage à mon petit-fils ? Celui-là, il suffit qu'il voie une jupe... Pire que son oncle. Un faible, un imbécile. Mais ne te fais pas d'illusions : Guido sait très bien qui il est, et qui tu es.

— Vous avez raison. Je pense qu'il le sait. Et que ça ne lui importe pas.

— Oh, vraiment ? Ça ne lui importe pas ? Moi, ça m'importe. Sais-tu que je peux te ruiner ? Que je peux te dénoncer pour racolage ? Je ne manque pas de témoins. Je te pensais plus intelligente. Le mener ainsi par le bout de nez devant tout le monde. Quel besoin avais-tu de le traîner jusqu'à la verrière du Cristal Palace ? De vous répandre en public ? Qu'essayais-tu de prouver ?

— Pourquoi ne posez-vous pas ces questions à votre petit-fils ? Pourquoi ne pas lui demander quand il rentrera ? Ou lui écrire ?

— Parce que Guido est une mauviette. Parce qu'il doit étudier tranquillement sans penser à ces bêtises. Parce qu'il est préférable que nous nous mettions d'accord entre nous. Je suis certaine que nous finirons par nous entendre.

— Nous mettre d'accord sur quoi ?

— J'ai une proposition à te faire. Écoute attentivement.

— J'écoute.

— Tu sais que Quirica n'est plus là. Rinuccia ne peut pas s'occuper de la maison toute seule. J'ai besoin d'une autre domestique.

— Vous avez raison. Vous n'aurez aucun mal à en trouver une.

— Je l'ai déjà trouvée. J'ai besoin d'une fille jeune et en bonne santé. Je veux que ce soit toi qui viennes.

— Je suis couturière.

— Pff ! Écoutez-la, la grande *couturière** ! Pour quelques raccommodages. Ta grand-mère était une excellente femme de chambre. Tu sais qu'elle a été ici avec nous pendant quelques mois quand Vittoria était petite. Je n'ai pas compris pourquoi elle a voulu partir. Mais elle a dû t'apprendre.

— Elle m'a appris à coudre.

— Tu es entêtée, si tu y tiens tant, je t'en donnerai, de la couture. Ce n'est pas ce qui m'intéresse. Et je te paierai un bon salaire. Combien gagnes-tu par mois aujourd'hui ?

— Désolée, votre proposition ne m'intéresse pas.

— Oh, mais si, elle t'intéresse. Guido ne te déplaît pas, je l'ai remarqué. Et tu lui plais. Dès qu'il aura son diplôme, il viendra vivre ici avec moi, tu le sais bien. Ce serait la solution idéale. »

Je ne saisissais pas. Elle venait de dire qu'elle voulait me dénoncer pour racolage.

« Ne fais pas la sainte-nitouche. Tu as très bien compris. Bien sûr, tu devras d'abord passer un examen médical. Discrètement. Le docteur Ricci s'en occupera. Il m'a dit, cependant, que tu semblais en bonne santé, que tu ne devrais pas avoir de maladie honteuse, que tu ne l'infecterais pas. »

De maladie honteuse ? L'infecter ? Je commençais à comprendre, et j'avais des frissons. J'en avais entendu des histoires comme celle-là. De domestiques engagées par la maîtresse de maison pour servir d'exutoire aux jeunes hommes. Des filles de la campagne soigneusement choisies parmi les plus naïves et les plus inexpérimentées. Vierges, pour s'assurer qu'elles n'avaient pas ce genre de maladie. Et je commençais à comprendre les mots de don Urbano dans son testament. Pauvre Quirica ! Elle ne devait pas avoir plus de quinze ans quand ils étaient allés la chercher à la campagne. Et elle était tombée amoureuse du jeune maître. Comme elle pleurait encore pour lui, un demi-siècle plus tard ! Cinquante ans comme esclave, comme « vieille servante », à subir le mépris et les brimades de sa patronne. Et, après que les pensionnaires des maisons closes ont été contraintes par la loi de subir des examens médicaux et sont devenues ainsi moins dangereuses, supporter que don Urbano, avec la permission de sa mère, aille trouver son exutoire ailleurs. Tant qu'il ne se mariait pas. Voilà où le gentilhomme passait ses nuits quand il ne dormait pas chez lui, même Mlle Ester le savait. C'était un miracle que la pauvre Quirica n'ait pas été renvoyée à ce moment-là, puisque l'on n'avait plus besoin d'elle. Je comprenais maintenant pourquoi ma grand-mère n'avait pas voulu rester dans cette maison. C'était une femme honnête, elle n'aurait pas supporté de voir cette honte tous les jours. Et Rinuccia ? Rinuccia savait-elle seulement ? Elle avait été engagée bien plus tard, après l'épidémie de choléra, quand tout était probablement terminé entre eux. Mais avait-elle deviné quelque chose ? Quirica s'était-elle confiée à elle ?

Et… ? Et… ? Je ne voulais pas que me vienne à l'esprit cette pensée, ce doute. Mais je ne pouvais l'éviter. Guido était-il au courant ? L'avait-il soupçonné ?

Les murs recouverts de damas rouge commençaient à tourner autour de moi. Chancelante, j'ai dû m'agripper au dossier de la chaise pour ne pas tomber. Non. Pas Guido. Il n'avait pas grandi dans cette maison. Son père s'était brouillé avec sa belle-mère, il ne lui avait pas permis de l'élever. Il lui avait donné une autre éducation, d'autres valeurs. Guido avait du respect. Il ne m'aurait pas offert la bague de sa mère s'il pensait pouvoir acheter l'exclusivité de mon corps avec un salaire de domestique.

Toutes ces idées me sont passées dans la tête presque simultanément, à la vitesse de l'éclair. Donna Licinia me regardait, attendant une réponse.

« Alors ? Cela ne semble-t-il pas être une bonne solution ? Nous serions tous plus tranquilles. »

J'ai attrapé mon châle. « Vous me faites horreur », aurais-je voulu lui dire, mais la timidité et l'éducation de ma grand-mère m'en empêchaient. Je répétai : « Cela ne m'intéresse pas, je vous l'ai déjà dit. Bonsoir.

— Tu penses que tu as le choix, petite grue ? Ne comprends-tu pas que je peux te détruire ? »

Je n'ai pas répondu, j'ai mis mon châle et me suis dirigée vers la porte. « Attends ! Avant de partir, écoute ce que j'ai à te dire. » Je me suis arrêtée, ma main sur la poignée de la porte.

« Tu ne veux pas accepter mon offre de paix, tu veux la guerre ? Pour qui te prends-tu ? Tu vas la perdre. Ne vois-tu pas que je suis plus forte que toi ? J'ai de nombreuses relations. À la préfecture, à la police, au tribunal. Toutes les personnes qui commandent dans cette ville. Fais attention. Un mot de moi et tu es fichue.

— Je n'ai rien fait de mal.

— Va dire ça aux agents de la sécurité publique quand ils viendront te chercher après que je t'ai dénoncée comme prostituée. Une lettre anonyme suffirait, tu sais ? Mais je ne m'abaisserai pas à cela. Je leur dirai que tu as essayé de racoler mon petit-fils plusieurs fois, j'ai des témoins. Et je trouverai d'autres hommes qui raconteront que tu les as suivis dans la rue, que tu leur as fait des propositions indécentes.

— La proposition indécente, c'est ce que vous venez de me faire, donna Licinia. N'avez-vous pas honte ?

— Tais-toi. C'était une bonne proposition. Il est encore temps de l'accepter. Tu n'en as pas envie ? Bien, petite sainte nitouche. Tu devras expliquer de quelles ressources tu vis, comment tu t'offres certains luxes, où tu trouves l'argent.

— Mais de quels luxes parlez-vous ? Tout le monde sait que je vis de mon travail.

— Une couturière avec ces belles robes de tissu anglais, un appartement tout à toi, une fille bâtarde que tu envoies à l'école au lieu de la faire travailler, et peut-être quelques parures de valeur... J'ai vu Guido prendre les bijoux de sa mère dans le coffre, qui sait ce qu'il en a fait... Mais je n'ai pas de temps à perdre avec toi. Tu auras affaire à la police. Tu connais la loi, non ? Tu devras passer un examen médical, tu ne pourras pas refuser, car cela reviendrait à admettre que tu es infectée et tu serais fichée de toute façon. Je vais parler au docteur des mœurs. Tu verras qu'il te trouvera un bubon là-dessous. Et tu te retrouveras sur les registres de la police. Tu finiras avec ton joli livret de putain dans un bordel. Et au bout de quinze jours, tu seras emmenée dans une autre ville, avec les autres salopes, pour divertir de nouveaux clients. Il ne me faudra pas longtemps pour me débarrasser de toi. Quand il reviendra, mon petit-fils ne saura même pas où te chercher. »

J'ai failli m'étouffer d'indignation et, en même temps, j'étais stupéfaite qu'elle utilise des mots aussi vulgaires. Je ne croyais à aucune de ses menaces. Elle voulait juste me faire peur. Je me suis demandé si ces lois qu'elle avait mentionnées étaient vraies. De toute façon, je n'avais rien fait de mal. « Qui ne fait pas de mal ne craint pas le mal », disait ma grand-mère. J'ai ouvert la porte en silence et je suis sortie.

Rinuccia était dehors à espionner. « Vous n'êtes pas tombées d'accord ? a-t-elle demandé. Tu as fait une erreur. Elle va te le faire payer.

— Mais de quoi te mêles-tu ?

— Je dis cela pour ton bien.

— Allez au diable, toi et ta maîtresse ! » me suis-je exclamée. Je me suis précipitée dans le couloir et suis sortie par la porte de service, en la claquant derrière moi.

J'étais hors de moi. S'il n'avait pas été si tard, je me serais précipitée chez Mlle Ester pour me confier. Je le ferais le jour suivant. Et en attendant, sur le chemin du retour, je repassais dans ma tête, une par une, toutes les menaces que donna Licinia m'avait faites, les explicites et les sous-entendues, pour me calmer, me dire qu'elles étaient absurdes, que personne ne les croirait. Assuntina, ma fille bâtarde ! Mais tout le monde connaissait sa mère dans le quartier. Même son institutrice pourrait en témoigner. Et les voisines pourraient dire que le tissu de mes plus beaux vêtements provenait des vieux habits de Mlle Ester, décousus et retaillés par moi, dans des styles plus modestes, comme ma grand-mère auparavant. J'en avais aussi fait pour elles, à peu de frais, lorsque je n'en avais pas besoin.

Mais quelque chose bourdonnait en moi, comme le léger vrombissement d'un moustique, qui suggérait à ma mémoire un autre fait, un autre nom... Je ne réussissais pas à me rappeler quoi, ni comment, mais il y avait un vague souvenir. Trop confus. Ou était-ce moi, après cette journée invraisemblable, qui étais trop confuse, trop fatiguée pour faire le lien.

Assuntina avait mis la table et réchauffait le dîner. Elle me boudait, comme si elle comprenait que j'avais déjà fait les premiers pas pour me défaire d'elle. Mon regard s'est attardé sur ses tresses, fines comme des queues de rat, qu'elle avait récemment appris à faire elle-même chaque matin et dont elle était si fière, et j'ai pensé au moment où elles seraient coupées. Nous avons mangé en silence et sommes allées directement au lit. Comme d'habitude, elle s'est immédiatement endormie. Je me suis tournée et retournée entre les draps, agitée. En une journée, j'avais dû faire face à trop de choses, l'une après l'autre, trop de découvertes amères, trop d'émotions, trop de choix, et je ne pouvais pas trouver la paix. Il me semblait que Guido était parti non le matin même, mais il y avait fort longtemps. Qu'il avait disparu pour toujours de ma vie, me laissant seule pour affronter toute cette douleur, ces remords, ces difficultés, cette rage impuissante. Il devait déjà être arrivé à Turin. Peut-être dînait-il dans un bon restaurant, en compagnie de ses amis étudiants, ou dans quelque famille raffinée, assis à côté de leurs filles élégantes, polies, aux mains douces, assurées d'une bonne dot et qui plairaient à sa grand-mère. Peut-être en avait-il déjà assez de moi et des problèmes que je pourrais lui créer, que je lui avais déjà créés. Peut-être regrettait-il ses promesses. Il ne reviendrait jamais. J'ai pleuré à en tremper mon oreiller et j'ai finalement sombré dans un demi-sommeil épuisé. Je rêvai que ma grand-mère essayait de me dire quelque chose, comme la nuit où la Miss américaine était morte, mais avant de comprendre le sens de ses paroles, je me réveillai en sursaut. Finalement, je l'ai vue enlever la chaîne de son cou et l'entourer plusieurs fois autour de son doigt. J'ai ressenti un énorme soulagement. Elle était venue me rappeler la bague, me rappeler que Guido m'avait donné la bague de sa mère, et que ses intentions étaient honorables, qu'il m'aimait et me protégerait de tout danger. Consolée par cette pensée, j'ai réussi à dormir quelques heures, d'un sommeil profond et sans rêves. Mais juste avant l'aube, ma grand-mère est revenue. Elle tenait dans sa main un objet en or massif, un étui à cigares. Elle a prononcé un seul mot : « Ofelia », et a disparu.

Je me suis réveillée immédiatement. C'était cela, ce souvenir indistinct, ce subtil bourdonnement de moustique. Ofelia, la cousine de ma grand-mère que son patron avait accusée de vol. La mention par donna Licinia des bijoux de sa fille. La bague. S'ils venaient réellement chez moi, ils la trouveraient. Ils ne croiraient pas un instant que je l'avais reçue en cadeau de Guido, et il n'était pas là pour le confirmer. Ils me jetteraient en prison. Je devais la faire disparaître. Tout de suite. J'ai sauté du lit. Sans craindre de réveiller Assuntina ou de lui révéler ma cachette, j'ai attrapé la chaise, grimpé dessus et tâtonné dans la niche. La boîte en fer-blanc n'était pas à l'endroit habituel. Mon cœur a fait un bond dans ma poitrine comme s'il voulait sauter hors de ma bouche.

La petite fille s'était réveillée au bruit et m'observait depuis son lit, pleine de curiosité.

« Quelqu'un est-il entré dans la maison hier pendant mon absence ? lui ai-je demandé, la bouche sèche d'anxiété.

— Non. Pourquoi ?

— Quand tu es sortie jouer, tu as bien fermé à clé ?

— Je ferme toujours à clé.

— Et ensuite, quand tu es revenue, quelqu'un t'a-t-il suivie ?

— Non. Personne. »

J'ai respiré profondément pour me calmer, je me suis mise sur la pointe des pieds, j'ai tendu le bras, j'ai poussé mes mains en avant... La voilà ! Elle était là, derrière la statuette de la Vierge, la boîte en fer-blanc. Seulement, elle était un peu plus loin que d'habitude. Qui l'avait déplacée ? Moi-même, probablement, quand j'y avais déposé la bague deux nuits auparavant. Avec un énorme soulagement, je l'ai attrapée, j'ai enlevé le couvercle pour fouiller parmi les billets de banque et les pièces. J'ai cherché et cherché avant de me résigner. La bague n'était plus là.

Assuntina s'est levée et m'a regardée, debout dans l'embrasure de la porte, frissonnante et serrant sa chemise de nuit. Elle n'avait pas l'air inquiète. Ni étonnée d'avoir découvert mon secret. Elle me regardait. Sa joue droite était agitée d'un très léger tremblement, près de sa bouche, comme si elle retenait un sourire de... dérision ? de revanche ?

« C'est toi qui l'as prise ?! » ai-je crié. Comment avait-elle réussi à y accéder ? Mais j'en ai eu la preuve aussitôt. Je ne m'en étais pas aperçu la nuit précédente. Trop fatiguée, trop bouleversée. À côté de son lit se trouvait le petit tabouret en bois habituellement rangé dans la cour à côté de l'étendoir. Au risque de tomber et de se fracasser la tête, pendant que j'étais au Palazzo Delsorbo, Assuntina l'avait posé sur la chaise pour monter. Sans cela, elle n'aurait pas été en mesure d'atteindre la niche.

« Où est la bague ? Où l'as-tu mise ? Donne-la-moi.

— Elle n'est plus là. »

Oh, Seigneur, s'il vous plaît, s'il vous plaît, faites qu'elle ne l'ait pas prise pour jouer aux « cinq pierres » ou au « monde sur le trottoir » et qu'elle ne l'ait pas perdue. Qu'elle ne l'ait pas apportée au mont-de-piété. Mais non, d'un enfant ils n'auraient pas accepté un objet de valeur. Encore moins un bijou.

« Où l'as-tu mise ? »

Elle m'a lancé un regard noir. « Tu aimes la personne qui te l'a donnée plus que moi. »

Sale morveuse ! Je l'aurais étranglée. J'ai sauté de la chaise, je l'ai saisie par les épaules. « Et alors ? Et alors ? Je dois te rendre des comptes, peut-être ? Où l'as-tu mise ? »

Elle a fondu en larmes, mais secouait toujours la tête en signe de défi : « Je ne te le dirai pas. »

Et elle ne me l'a pas dit. Je l'ai cherchée toute la matinée, espérant qu'elle soit encore dans la maison. « La maison ne vole pas, elle cache », disait ma grand-mère, et avec une prière à saint Antoine, elle réussissait à retrouver tout ce qui était perdu. Mais j'ignorais si la bague était encore dans la maison ou si, l'après-midi précédent, pendant que j'étais chez donna Licinia à me faire insulter, Assuntina l'avait emportée dehors. Elle aurait pu la perdre dans une bouche d'égout, l'échanger contre une bille, le jeter dans le trou bouché par un couvercle rond en marbre qu'elle et sa mère utilisaient pour leurs besoins au sous-sol. Elle aurait pu l'écraser avec une pierre. Elle aurait même pu l'avaler pour me contrarier.

Mais quelque chose me disait que non, que la bague était toujours dans la maison quelque part. Si elle avait vraiment disparu, ma grand-mère m'aurait-elle avertie du danger qu'elle soit découverte ?

Assuntina a gardé le silence, serrant sa chemise de nuit autour d'elle. Elle s'attendait à ce que je la batte pour la faire parler et était prête à résister. Mais je ne l'ai pas frappée. Je ressentais une rage froide, différente de la fureur brûlante de la nuit où je l'avais arrachée aux eaux noires de la mer en l'attrapant par les cheveux.

« Tu ne sortiras pas d'ici tant que la bague n'aura pas réapparu, lui ai-je annoncé sans la toucher.

— Je dois aller à l'école.

— Ôte-toi ça de la tête. Tu ne sors pas, tu ne t'habilles même pas. »

J'ai d'ailleurs commencé par la dévêtir sans me soucier qu'elle prenne froid, je l'ai fouillée, j'ai détaché ses cheveux même s'ils étaient trop clairsemés pour cacher ce que je cherchais. Je l'ai fait monter sur une chaise en lui ordonnant de ne pas descendre et j'ai fait valser son lit, ses draps, son oreiller, ses couvertures, son matelas. J'ai passé le balai dessous et me suis allongée sur le sol pour vérifier qu'il n'y avait rien par terre. Puis j'ai soulevé Assuntina et je l'ai allongée sur le lit, nue comme elle l'était, l'ai couverte du drap, que j'ai noué sur les deux barreaux des bords pour qu'elle ne puisse pas bouger. S'il n'y avait eu ce froid, elle aurait semblé presque amusée, comme si c'était un jeu. Elle m'a suivie des yeux tandis que j'examinais chaque recoin des deux pièces et de la cuisine. L'appartement était petit, mais plein de meubles et d'objets, les fauteuils de ma grand-mère pour les clientes, le grand miroir, le matériel de couture, la machine à manivelle, les tiroirs pour les fils et les boutons, les boîtes de chutes et celles des patrons, et puis dans la cuisine les pots, les ustensiles, le seau à charbon, les bouteilles de lessive, le sac de légumes secs, celui de pommes de terre. C'est si petit une bague qu'on peut la cacher n'importe où, mais j'étais bien décidée à consacrer à ma recherche tout le temps qui serait nécessaire, sans manger, sans boire, à genoux sur le sol et en ouvrant les placards du haut sur la pointe des pieds, en priant sans discontinuer ma grand-mère et saint

Antoine. Midi est arrivé. Assuntina était à jeun comme moi, elle devait avoir faim et soif, mais elle n'a pas ouvert la bouche pour demander quoi que ce soit.

« Dis-moi où elle est ! Si tu ne dis rien, je t'emmène à l'orphelinat », aurais-je voulu la menacer. Mais je n'en ai pas eu le courage. Je devrais l'y emmener de toute façon, même si elle parlait. Mais à ce moment-là, je ne ressentais aucune pitié pour elle, au contraire, son regard impassible qui suivait le moindre de mes gestes m'irritait tellement que j'ai attrapé sa robe sur la chaise, l'ai secouée, ai passé mes doigts dans toutes les coutures, sous le col pour m'assurer qu'elle ne cachait rien, avant de la jeter sur le lit. Puis j'ai défait les nœuds du drap pour qu'elle puisse se lever. « Habille-toi et va attendre dans la rue ! » Je ne lui ai donné ni sous-vêtements ni chaussures. « Dehors ! »

« Il fait froid », a-t-elle protesté. Je l'ai laissée prendre son châle, après l'avoir secoué lui aussi, et j'ai refermé la porte derrière elle. J'ai repris mes recherches, en fouillant chaque recoin avec un pinceau. Un jour, j'étais allée livrer un ouvrage chez une famille juive pendant l'une de leurs fêtes et j'avais vu les femmes à genoux frotter le sol, essayant de débusquer chaque miette cachée à l'aide d'une plume. Elles m'avaient expliqué qu'elles devaient purifier la maison avant d'accomplir je ne sais quelle cérémonie. Ce que je cherchais était plus gros qu'une miette de pain, mais je ne le voyais nulle part. Centimètre après centimètre, j'ai continué à chercher.

Après environ une heure, j'ai entendu frapper à la porte. « Dehors ! » ai-je crié, pensant que c'était Assuntina qui voulait revenir. Mais les coups ont redoublé, et une voix masculine a crié : « Ouvrez ! Sécurité publique ! »

Je me suis redressée et me suis levée le cœur battant. Elle n'avait pas perdu de temps, la vieille sorcière, elle m'avait vraiment dénoncée. Elle avait envoyé la police après moi. Que pouvais-je faire ? Je me suis empressée d'enfiler une jupe par-dessus ma chemise de nuit et je suis allée ouvrir en arrangeant mes cheveux. En les voyant, je me suis rendu compte que je n'avais plus peur, qu'un grand calme s'était installé en moi, une sorte d'abandon à la fatalité. Qu'il arrive ce qui doit arriver. Nous sommes des feuilles mortes à la merci du vent.

Ils étaient venus à deux. Je les connaissais, c'étaient eux qui m'avaient interrogée lorsque la Miss était morte : l'un âgé, avec peu de cheveux et un gros ventre serré par la ceinture de son uniforme ; l'autre jeune, apprêté, presque élégant. Je me souvenais du premier pour son côté débonnaire, patient, et même drôle de temps en temps ; le second était froid, méprisant, sévère, agressif, avec des lèvres fines comme une blessure qui s'étiraient souvent en un sourire cruel. Quelqu'un m'avait dit que les agents étaient contraints légalement de travailler en binôme et qu'ils se distribuaient le bon et le mauvais rôle comme dans une pièce de théâtre. Cependant, il m'avait semblé alors que le plus âgé était vraiment un homme doux et compatissant et qu'il se montrait sévère à contrecœur quand c'était nécessaire. Il m'avait consolée paternellement lorsqu'il m'avait vue pleurer de désespoir à la mort de la Miss. C'était le plus jeune qui m'avait fait comprendre que mon habitude de lire des romans faisait de moi une jeune femme suspecte de mauvaises habitudes, une femme « instable » comme disaient les lois et les dames de charité, et donc un témoin peu crédible.

Derrière eux se trouvait Assuntina, qui se glissa en vitesse dans la maison et alla chercher un morceau de pain dans la cuisine, puis resta à le grignoter près de l'évier, suivant attentivement ce qui se passait du regard. Mon sort était entre ses mains. Si elle montrait aux agents où elle avait caché la bague, j'étais perdue.

« Tu étais en train de faire le ménage en grand ? » a demandé le plus âgé, en voyant les meubles sens dessus dessous. Son attention a été attirée par la machine à coudre. De toute évidence, il n'en avait jamais vu à manivelle. Il s'est approché, l'a touchée, a essayé de tourner la roue, mais elle était bloquée. Le jeune regardait autour de lui avec des yeux inquisiteurs. Il a redressé un des fauteuils de ma grand-mère, que j'avais renversé. Il a soulevé le pot de géranium de sa soucoupe et a regardé en dessous.

Entre-temps, le plus âgé s'était installé à la table de la cuisine, et sortait quelques papiers. « Alors, ma fille, il y a une plainte contre toi. » Il l'a dit comme à regret.

Je ne raconterai pas les détails de l'interrogatoire et de ce qui a suivi. Ce souvenir me cause encore, après tant d'années, un grand embarras, une honte brûlante, comme si j'avais vraiment fait, à l'époque, quelque chose dont je devais avoir honte.

En bref, comme l'avait menacé donna Licinia, on m'accusait d'être une prostituée qui exerçait son activité clandestinement, en la dissimulant derrière le métier de couturière. Et on m'accusait d'avoir profité de l'intimité arrachée à un étudiant de bonne famille par on ne sait quel maléfice pour lui dérober des bijoux et des objets de valeur non précisés.

À la première accusation – de « simple notoriété », comme il était écrit dans la plainte – l'officier le plus âgé m'a immédiatement dit qu'il n'y croyait pas, ou plutôt qu'il trouvait cela ridicule, parce qu'il avait connu ma grand-mère, parce qu'il m'observait depuis des années comme il le faisait pour tous les autres pauvres habitants des ruelles qui, vivant trop près des riches, étaient soumis à toutes sortes de tentations. Parce qu'il savait pour quelles familles je travaillais, que je n'étais jamais restée oisive, et quelles étaient mes habitudes. Le jeune agent, qui était arrivé plus récemment au commissariat de notre secteur, ne se contentait pas de ma bonne réputation, il voulait vérifier, interroger les témoins cités dans la plainte. Et surtout il entendait me soumettre à la visite médicale. Je ne sais pas si c'était pour le malin plaisir de l'imaginer, même s'il ne pouvait pas y assister, ou pour m'humilier, pour me

« rabattre le caquet » comme il disait, pour m'effrayer après avoir lu dans mes yeux le désarroi et la terreur que je ressentais à cette idée.

« Pourquoi tu pleures ? Si tu n'as rien fait, tu n'as rien à craindre », a-t-il dit d'un air moqueur. Le fait que ma pudeur serait violée de toute façon ne semblait pas lui importer. Au contraire, c'était peut-être ce qui l'amusait, ce qui chatouillait ses pires instincts masculins. Comme il s'est ensuite amusé à poser ses mains sur moi, à me toucher partout, sous prétexte de chercher les bijoux volés.

Ce qui m'a sauvée de l'examen médical et, en fin de compte, de la première accusation a été, incroyable à dire, la présence de la machine à coudre. L'agent plus âgé était presque plus embarrassé que moi par les manières de son collègue, et cherchait tous les prétextes possibles pour me défendre en énumérant les nombreux points à ma décharge, que l'autre démontait immédiatement avec ses doutes. À un moment donné, tous les arguments ayant été épuisés, le vieil agent a fini par citer un jugement, un vieux jugement datant des toutes premières années de son service, exactement du 11 février 1878, rien de moins. Comment puis-je me souvenir aussi précisément de cette date et des autres détails ? Parce que ce jugement m'a sauvée de la honte, parce que grâce à lui je n'ai pas eu à montrer mes parties intimes et à les laisser fouiller par un inconnu, un homme même s'il était médecin, peut-être payé par donna Licinia pour mentir. Ce n'était pas une époque où une jeune femme pieuse et de bonnes mœurs pouvait subir un tel outrage sans être marquée à jamais, au fond de son âme et dans l'opinion de tous, quel que soit le résultat de la visite.

L'article 60 du règlement Cavour en vigueur à l'époque, a dit le vieil agent à son collègue, stipulait : « Si une prostituée montre une quelconque intention de renoncer à la prostitution, le tenancier doit immédiatement en informer le directeur du bureau de la Santé, par lequel elle sera encouragée à mettre en œuvre la résolution envisagée. » En plus d'être encouragée à se racheter, la prostituée devait montrer qu'elle pouvait désormais subvenir honnêtement à ses besoins, soit en se mariant, soit en retournant chez ses parents, soit en exerçant un métier qui lui permette de vivre. Parmi ces emplois, objecta sarcastiquement le jeune collègue, il ne pouvait y avoir celui de couturière, puisque la majorité des femmes « tolérées », comme le montrait l'expérience, venait des rangs des ouvrières, des bonnes ou des couturières, professions qui manifestement ne fournissaient pas assez de ressources pour mener une vie honnête. En cousant juste à la main, peut-être pas, avait répondu triomphalement mon défenseur, mais dans le jugement qu'il rappelait, les autorités de notre région avaient autorisé la prostituée susnommée à se faire radier des registres de police pour cessation d'activité en raison du fait, et de cela seul, qu'elle possédait une machine à coudre.

Il était tellement sûr de lui en citant le règlement, le droit et le jugement, avec les dates et les mots précis, et en soulignant la jeunesse et le manque d'expérience de son collègue en la matière, que ce dernier a été incapable de le contrer. Pour ma part, j'avoue que je trouvais le raisonnement un peu tortueux. Avant même de démontrer que je m'étais livrée à la prostitution, j'étais déclarée digne de l'abandonner. Je n'avais jamais été inscrite dans ces registres, mais c'était comme si j'en avais été désormais effacée. Et tout cela parce que chez moi, il y avait un outil de travail que Mlle Ester m'avait offert. La logique n'était pas sans faille, mais puisqu'elle était à mon avantage, je me gardai bien de le faire remarquer.

Malheureusement, il n'a pas été aussi facile de me débarrasser de la seconde charge. Le matin, avant de frapper à ma porte, les deux agents s'étaient rendus au mont-de-piété pour vérifier que je ne m'étais pas déjà débarrassée des bijoux volés en les mettant en gage. N'y trouvant rien, ils avaient interrogé tous les informateurs de la police et les receleurs de la ville. Aucun d'entre eux ne me connaissait, aucun ne m'avait jamais rien acheté, ni ces derniers jours ni dans le passé. Les objets volés devaient être encore sur moi, ou cachés dans la maison. Le plus jeune agent m'a fouillée, comme je l'ai évoqué. L'autre a fouillé Assuntina, et bien que je me sois déjà assuré moi-même qu'elle n'avait pas la bague sur elle, ce fut un grand moment d'appréhension.

Ils ont demandé à la petite depuis combien de temps elle vivait avec moi et pour quelle raison.

Ils savaient qui elle était, ils connaissaient Zita, mais son admission à l'hôpital était trop récente pour qu'ils le sachent. Ils lui ont ensuite demandé si elle m'avait vue cacher quelque chose et elle a répondu par la négative, avec l'expression la plus innocente du monde.

Le plus âgé continuait à observer la machine à coudre.

« C'est cher ? s'est-il enquis. J'aimerais en offrir une comme ça à ma femme.

— Je ne sais pas. Je l'ai reçue en cadeau.

— D'un galant ? a persiflé le jeune agent. Qui peut te faire des cadeaux aussi coûteux ? Et en échange de quoi ?

— La marquise Ester Artonesi me l'a offerte. Vous pouvez le lui demander. »

Je l'ai vu tordre la bouche et commenter à voix basse : « Cette moins que rien. » Puis il m'a demandé d'ouvrir toutes les petites caches de la machine et d'y mettre les doigts ; de la retourner pour lui montrer les engrenages, qui étaient visibles pour pouvoir être huilés. L'autre suivait ces opérations avec intérêt.

« Tu vois bien qu'il n'y a rien à l'intérieur. Il n'y aurait même pas la place pour un collier ou un bracelet.

— Tu aimerais bien qu'il y ait quelque chose, hein ? dit le jeune avec malice. Ensuite, tu pourrais la saisir comme corps du délit, et alors, ni vu ni connu, elle disparaîtrait du commissariat pour finir dans le salon de ta femme. » Puis il s'est adressé à moi d'un ton menaçant : « Si tu ne nous dis pas où tu as mis les bijoux, tu vas avoir des ennuis. On finira par les trouver de toute façon, qu'est-ce que tu crois ? Mais tu ferais mieux de ne pas nous faire perdre notre temps.

— Je n'ai rien volé. Je n'ai rien caché.

— Alors tu dois nous suivre au poste. Nous allons poser les scellés sur l'appartement et envoyer des collègues pour faire une perquisition en bonne et due forme. Nous ne sommes pas pressés, mais nous devons absolument les retrouver. »

J'ai compris qu'ils avaient peur de se présenter à leurs supérieurs les mains vides. Donna Licinia avait vraiment dû solliciter les personnes les plus importantes de la ville.

Ils m'ont permis de m'habiller, en leur présence, et d'emporter des sous-vêtements de rechange. « Prends un pull en laine et le châle le plus chaud que tu aies. Il fait froid en garde à vue », m'a dit l'agent le plus âgé. J'ai demandé si je pouvais aussi prendre de quoi coudre, pour passer le temps. Les aiguilles et les ciseaux n'étaient pas autorisés en cellule, m'ont-ils répondu. « Alors un livre… » étais-je sur le point de réclamer, mais je me suis souvenu de ce que le plus jeune m'avait dit lors de l'enquête sur la Miss, et je me suis tue.

Entre-temps, Assuntina avait mis ses chaussettes et ses chaussures, retiré une taie de son oreiller et commençait à préparer son baluchon.

« Qu'est-ce que tu fais ? Toi aussi tu as l'intention de venir en garde à vue ? On n'accepte pas les morveuses », lui a dit le plus jeune avec un rire cruel. L'autre lui a lancé un regard plein de reproches. « La petite ne peut pas rester ici, a-t-il expliqué, ni retourner chez elle. Sa mère est à l'hôpital, tu n'as pas entendu ? » Puis il m'a demandé : « Y a-t-il une voisine qui pourrait la garder ?

— Emmenez-la à l'Enfant Marie, ai-je répondu. Elles l'attendent. J'ai déjà fait les papiers. »

Assuntina m'a jeté un regard étonné, d'accusation et de reproche pour ma trahison, et en même temps de désolation si profonde que j'ai eu pitié d'elle ; et le ressentiment que j'éprouvais à son encontre pour la bague a fondu d'un coup.

Je suis restée dans la cellule de la caserne pendant trois jours, pendant lesquels une équipe de cinq agents a fouillé mon appartement centimètre par centimètre, reprenant méthodiquement la fouille que j'avais commencée. Avec la différence, et le désavantage, de ne pas savoir exactement ce qu'il fallait chercher. Dans la plainte, donna Licinia avait parlé de manière générique de bijoux, sans les énumérer ni les décrire. Elle savait que Guido avait pris dans le coffre-fort l'écrin qui avait appartenu à sa mère, mais après tant d'années, elle ne se souvenait pas exactement de ce qu'il contenait et, surtout, elle ignorait que son petit-fils ne m'avait offert que cet anneau, le bijou le plus modeste, de valeur plus sentimentale qu'économique. Au contraire, elle était certaine que je m'étais fait donner, si ce n'était la totalité, les pièces les plus voyantes et les plus précieuses, celles héritées des ancêtres Delsorbo, et elle insistait pour qu'on les retrouve.

Lorsque je suis arrivée au commissariat, la cellule, où il y avait deux lits de camp, était déjà occupée. Assise, un livre à la main près de la fenêtre à barreaux, se tenait une étrange compagne, une femme d'une trentaine d'années, très blonde, bien habillée et aux manières polies, qui parlait avec un accent d'une autre région. Je me suis demandé pourquoi elle était là ; je m'attendais à ce qu'elle me traite avec mépris, mais au lieu de cela, elle a été gentille, m'a aidée à m'installer, m'a décrit les règles et les habitudes de l'endroit. Ce n'était pas la première fois qu'elle y passait quelques jours, m'a-t-elle confié. Mon étonnement a augmenté lorsque, pour m'expliquer cette familiarité, elle m'a dit, avec une grande nonchalance, sans le moindre embarras ni la moindre honte, qu'elle était une prostituée, une « tolérée » qui exerçait dans le bordel de première classe, c'est-à-dire l'élégant, de notre ville et que, pour aller voir son fils chez la nourrice à la campagne, elle avait quitté son lieu de travail deux jours de plus que la tenancière ne le lui avait permis. C'était la raison de son arrestation actuelle. Par le passé, elle s'était retrouvée au poste pour diverses autres raisons, pour avoir enfreint une des vingt-trois règles inscrites sur son livret, pareil à celui de ses collègues. « Des règles écrites, a-t-elle commenté avec sarcasme, alors qu'aucune d'entre elles ne sait lire. Je sors du lot, tu as dû t'en rendre compte. » Elle était originaire du nord de l'Italie et était venue « travailler » dans notre région sous un faux nom pour ne pas faire honte à sa famille. Voyant que je regardais avec curiosité le livre qu'elle tenait à la main en essayant d'en lire le titre, elle m'a expliqué qu'elle avait étudié pour être institutrice et qu'elle avait commencé à enseigner dans une école de montagne, avec un salaire terriblement bas ; elle avait ensuite été séduite par le directeur, qui était marié et essayait d'entreprendre toutes les jeunes enseignantes, et elle était tombée enceinte… Après la naissance, elle avait fait la demande, volontaire, d'être inscrite sur le registre de la sécurité publique et affectée à une maison de tolérance.

« Ainsi j'ai un toit sûr au-dessus de ma tête et je peux subvenir aux besoins de mon fils », a-t-elle affirmé avec un cynisme tranquille, avant d'ajouter dans un rire moqueur : « Et je travaille pour l'État, comme avant. Sur le tarif que le client paie, qui est fixé par la loi, je ne touche qu'un quart. Le reste est pour les impôts, pour l'administration publique, pour la part de la tenancière, pour les charges. Les visites obligatoires, en revanche, je dois les payer de ma poche. Heureusement que je suis très demandée. Plus de dix prestations par jour. Les blondes sont rares par ici. »

Elle semblait amusée par mon étonnement devant tous ces détails que je n'avais jamais imaginés, par le dégoût que je ne pouvais dissimuler en l'entendant mentionner les clients, les tarifs et les prestations.

« Tu sais quoi ? a-t-elle conclu. C'est une vie atrocement ennuyeuse. J'ignore comment je pourrais tenir sans mes romans. » Elle m'a tendu celui qu'elle avait en main. « Il est très bien, je viens de le terminer. Si tu veux je te le prête, j'ai vu que toi aussi, tu sais lire. Ou mieux, quand nous rentrerons chez nous dans trois jours, je te le laisserai, je te l'offre. »

Cette rencontre me laissait songeuse. Comme toutes les jeunes filles élevées dans une famille respectable, j'avais grandi dans l'horreur des femmes qui se vendaient. Plus tard, après avoir appris de ma grand-mère l'histoire d'Ofelia, l'horreur s'était transformée en tristesse. Mais cette femme élégante et cultivée, qui n'avait pas honte de sa condition, ne semblait pas avoir besoin de ma pitié.

Le deuxième jour, une vieille femme ivre qui avait fait un esclandre et avait frappé un cocher a passé l'après-midi avec nous et a été libérée avant la nuit. Le troisième jour, une vagabonde sans âge est arrivée, pleine de poux, les vêtements raides de saleté, pieds nus, la peau de ses pieds tellement épaisse qu'on aurait dit qu'elle portait des chaussures de travail. Elle a passé la nuit avec nous, et j'ai dû l'accueillir sur ma couche. Lorsque nous avons été toutes trois libérées le lendemain, je suis rentrée chez moi, emportant le roman, que j'avais déjà commencé à lire, cadeau de l'inconnue blonde, et me grattant la tête pleine de poux, cadeau de la vagabonde, dont j'allais avoir beaucoup de mal à me débarrasser au cours des jours suivants.

Si j'avais commencé le roman dès le premier jour, c'était aussi pour éviter le trop grand bavardage de sa donatrice, dont les détails impudiques me gênaient. L'auteur était anglais, mais l'italien de la traduction était assez simple et j'ai pu le lire sans difficulté. Il était passionnant, cela racontait une histoire d'amour qui ressemblait un peu à la mienne, celle d'un homme très riche amoureux d'une fille pauvre et vertueuse qui l'aimait en retour mais qui, consciente de sa condition, avait peur de se l'avouer même à elle-même. À la différence de Guido, l'homme était beaucoup plus âgé qu'elle et avait déjà une fille. Lire m'aidait aussi à tenir à distance les angoisses, les questions qui me taraudaient en permanence. En premier lieu, où était passée la bague ? J'espérais bien sûr que la police ne la trouverait pas, mais devais-je la considérer comme perdue à jamais ? Maintenant que je l'avais trahie, comment pourrais-je convaincre Assuntina de m'avouer où elle l'avait cachée ? Si je ne la retrouvais pas, que dirais-je à Guido qui s'attendait à la voir bientôt à mon doigt ? Je me suis alors demandé si la nouvelle de la plainte avait atterri dans le journal, si une personne malveillante l'en avait informé, peut-être en lui faisant parvenir la coupure dans une enveloppe anonyme déjà en route pour Turin. Peut-être Mlle Ester l'aurait-elle lue également, et que penserait-elle de moi ? Je savais que pendant les trois premiers jours de détention, personne ne pouvait venir me voir, je n'étais donc pas surprise qu'elle ne m'ait pas cherchée, mais ensuite ?

Le danger était aussi que la nouvelle, circulant de bouche en bouche, ne ruine ma réputation pour toujours. Même si j'étais reconnue innocente, le doute subsisterait, et quelle famille ferait travailler chez elle une voleuse présumée ? Une autre source d'angoisse était la propriétaire de mon immeuble, qui désormais était certainement au courant de mon arrestation. Continuerait-elle à me considérer comme une personne honnête à l'image de ma grand-mère ? Allait-elle supporter la confusion causée par la présence de la police dans le sous-sol de son immeuble, le va-et-vient des agents, le fait que personne n'ait lavé les escaliers et le couloir depuis qu'ils m'avaient emmenée ? Zita n'était malheureusement plus là pour me remplacer.

Pendant la journée, lire m'aidait à tenir ces peurs à distance, mais la nuit, lorsque la lumière était éteinte, je ne pouvais empêcher les mauvaises pensées de revenir, amplifiées par l'obscurité. Je restais éveillée sur la couchette en feignant de dormir pour éviter les questions de ma compagne. J'invoquais le sommeil, mais lorsqu'il arrivait enfin, il était inquiet, agité, visité par des rêves étranges. La dernière nuit, j'ai rêvé que je n'avais qu'un jour pour coudre ma robe de mariée, mais je ne me pressais pas, je voulais le faire correctement, comme je l'avais appris de Mlle Gemma dans la maison Provera. J'avais étalé sur une grande table de travail une pièce de soie sauvage, douce et souple à la fois, au tissage en relief, d'un blanc dense et opaque qui prenait un éclat nacré à la lumière. Je la découpais à main levée, sans avoir besoin de patron, selon un modèle que j'avais en tête, semblable à la robe de mariée de Mlle Ester. Je fronçais les manches, les bâtissais sur le corsage, disposais en biais et fixais les plis de la jupe pour la draper autour des hanches, je joignais le tout avec du fil à bâtir, je mesurais et cela m'allait parfaitement. Je cousais les pièces ensemble avec ma machine, la manivelle tournait toute seule comme par magie pour laisser mes deux mains libres, le tissu glissait rapidement sous l'aiguille. Et voilà que la robe était prête, déjà doublée et finie à l'intérieur, les petits boutons dans le dos bien placés, les ourlets cousus et aplatis ; je la soulevais et la secouais, les manches et la jupe se gonflaient, fleurissaient dans mes mains comme une fleur au premier rayon. Et voilà qu'elle était sur moi, une robe de grande dame, de princesse de conte de fées, Guido serait fier de mon élégance. Manquait le voile. Je tendais la main vers le morceau de tulle bordé de valenciennes... et je me suis réveillée avec le coude de la vagabonde qui pointait dans mon dos.

Le lendemain matin, après avoir salué mes deux codétenues, signé tous les papiers nécessaires et franchi la porte du commissariat, j'ai trouvé M. Artonesi qui m'attendait, accompagné d'un homme vêtu de noir qu'il m'a présenté comme son avocat. « On n'a rien trouvé chez toi, m'a informée ce dernier. J'avais immédiatement exigé qu'un de mes hommes participe aux recherches. Ce n'aurait pas été la première fois qu'un agent malhonnête, payé par l'accusation, dépose sur place ce qu'on voulait y trouver à tout prix. Ton accusatrice a insisté pour qu'ils poursuivent les recherches et prolongent ta détention, mais j'ai réussi à empêcher cela. J'ai dû batailler contre le préfet, celle qui te veut du mal est très puissante. Mais le sergent qui avait dirigé les perquisitions chez toi avait déjà capitulé : ton appartement avait été fouillé de fond en comble. Toutes tes connaissances avaient été interrogées et avaient subi des fouilles approfondies quand elles étaient ne serait-ce que vaguement suspectes. Où auraient-ils pu encore chercher ? »

Dans un immense soulagement, j'ai éclaté en sanglots. M. Artonesi, gêné, m'a offert son mouchoir. Il était venu me chercher dans sa voiture ; il m'a fait monter et m'a emmenée chez moi. Dans le hall de l'immeuble, nous attendaient Mlle Ester et la propriétaire, que mon amie avait réussi à apaiser et à convaincre de ne pas m'expulser. Je ne m'explique toujours pas comment elle avait réussi cet exploit ; une fois de plus, la *marchesina* avait usé de charme et d'éloquence. Elle avait également dépensé de l'argent en envoyant dès le premier jour une équipe de trois femmes pour s'occuper du nettoyage à ma place et passer derrière les agents pour réparer leurs dégâts, la saleté et le désordre qu'ils avaient provoqués dans les parties communes de l'immeuble.

Mon appartement n'avait pas été épargné. On aurait dit qu'un cyclone l'avait traversé. « Elles reviendront dans l'après-midi pour te donner un coup de main, m'a dit Mlle Ester. En attendant, vérifions que rien ne manque. »

Elle m'a suivie pas à pas dans la salle de couture, la chambre à coucher et la cuisine. Deux choses m'importaient plus que toute autre : la boîte en fer-blanc et la machine à coudre. J'ai trouvé la première sur le sol de la cuisine, au milieu des débris. Elle était écrasée, comme si des bottes l'avaient piétinée. De colère parce qu'ils n'y avaient trouvé que quelques pièces et non les bijoux recherchés ? Cependant, ils n'avaient pas pris l'argent. Je l'ai trouvé dans une enveloppe, sur le rebord de la fenêtre. L'assistant de l'avocat l'avait scellée avec son cachet de cire et avait exigé que le sergent y appose sa signature. La machine à coudre avait, je ne sais comment, atterri dans la chambre, posée sur le sommier à côté du matelas plié, mais elle était intacte. Les seuls dommages étaient quelques traces de doigts gras sur sa belle surface brillante et l'aiguille tordue. Quelqu'un avait dû s'amuser à tourner la manivelle sans poser le pied correctement.

Mlle Ester a redressé les deux fauteuils de ma grand-mère, a fait un peu de place et m'a invitée à m'asseoir en face d'elle.

« J'étais tellement curieuse à la lecture de ton mot, a-t-elle commencé. Tu disais avoir une belle nouvelle à m'annoncer, et le lendemain matin je t'ai attendue avec impatience. Quand, après déjeuner, j'ai vu que tu n'étais toujours pas là, je me suis inquiétée, j'ai pris la calèche et je suis venue jusque chez toi. Ils t'avaient emmenée moins d'une heure auparavant, et les femmes en parlaient encore dans la rue. Cela te réconfortera de savoir qu'elles étaient toutes de ton côté, furieuses contre les agents, et épouvantées que cela puisse leur arriver aussi. Je me suis aussitôt précipitée au bureau de mon père pour lui demander de faire quelque chose, et il a appelé notre avocat. Il a immédiatement présenté la requête pour assister à la perquisition et nous a ensuite conseillé de bloquer la presse. Je n'y aurais pas pensé toute seule. Mon père connaît le directeur du journal, qui lui doit des faveurs. Il avait déjà reçu une lettre anonyme, racontant l'accusation de vol et de prostitution. Nous avons appris par la suite que c'était donna Licinia Delsorbo qui t'avait dénoncée, et c'est certainement elle aussi qui a écrit au journal. Une histoire sans queue ni tête. L'avocat pense que le scandale du testament de don Urbano lui a fait perdre la tête, et puis elle est presque centenaire. De toute façon, tu me raconteras. Le rédacteur en chef nous a dit que si l'accusée avait été une personne importante, il n'aurait pas pu ne pas publier la nouvelle. Mais pour une couturière et un simple soupçon, ne le prends pas mal, il ne gaspillerait pas d'encre. Heureusement, la nouvelle ne s'est pas répandue. Nous sommes les seuls à savoir. »

Elle ne voulait pas que je la remercie. Ne la connaissais-je pas ? Je savais bien qu'elle ne pouvait pas laisser passer l'injustice. Encore pire si cela concernait quelqu'un qu'elle aimait. J'ai pris sa main et l'ai embrassée.

« Allez, allez, ne fais pas tant de manières. Je ne suis pas le prince Rodolphe des *Mystères de Paris*, a-t-elle dit en souriant. Sans le soutien de mon père, je n'aurais pas pu faire grand-chose. Je vais rentrer chez moi maintenant et tu vas essayer de te reposer. Viens à la maison demain après déjeuner pour prendre un café. Je veux que tu me racontes tout, mais là, tu es trop fatiguée. »

En sortant, elle m'a prévenue qu'elle avait vu du courrier dans ma boîte aux lettres, à l'entrée de l'immeuble. « Quelqu'un t'a écrit. S'il y a quelque chose de désagréable, ne t'inquiète pas. Mets-le de côté et nous le donnerons à l'avocat. »

Mais il n'y avait rien de désagréable, au contraire. Une enveloppe venait de la banque et contenait le paiement du douzième mois de la rente de la Miss qui arrivait régulièrement depuis janvier. L'autre avait le cachet de Turin. Je l'ai embrassée avant même de l'ouvrir. Puis j'ai fermé la porte à double tour, je me suis assise sur le bord du lit et, avec le cœur qui battait à tout rompre, j'ai commencé à lire. La première lettre de Guido ! Une lettre qui lui ressemblait, gentille, affectueuse, sincère. Je ne dirai pas ce qui était écrit dedans. Je la garde encore parmi mes biens les plus précieux. Un détail m'a peinée néanmoins, même si c'était un signe de plus de son attention, de sa générosité. Dans l'enveloppe, il avait glissé une feuille de décalcomanies pour Assuntina. « De la part de ton compagnon de voyage en train, avait-il écrit sur la fine bande de papier qui n'avait pas besoin d'être mouillée. Je suis sûr que tu vas les aimer. Les petites filles de Turin en sont folles. »

J'allais devoir lui écrire, dans ma réponse, qu'Assuntina n'était plus avec moi. Que j'apporterais ses décalcomanies à l'orphelinat où il ne lui serait peut-être pas permis de recevoir des cadeaux. Devais-je lui raconter tout ce qui m'était arrivé entre-temps, lui expliquer ce que sa grand-mère m'avait fait et qu'il ignorait... Cela, je ne l'avais pas encore décidé.

Je me suis allongée sur le lit avec la lettre pressée contre mon cœur et j'ai essayé de dormir un peu, même si c'était le matin.

J'ai été réveillée par les trois femmes de ménage envoyées par Mlle Ester, qui par elles m'avaient fait parvenir à déjeuner et du linge propre. J'ai mangé, puis nous avons commencé avec entrain à nettoyer, à ramasser les débris, à mettre de l'ordre. En travaillant accompagnée, j'ai réussi à faire le vide dans ma tête, même si la lettre, que j'avais glissée sous ma chemise, était une pensée constante, une douce pensée qui me réchauffait le cœur.

Avant la tombée de la nuit, l'appartement avait repris une apparence presque normale. Mon lit était fait, avec les draps propres envoyés par Mlle Ester. Les femmes sont parties, j'ai soupé avec une tasse de lait, puis j'ai mis de l'eau sur le poêle pour me laver dans le baquet en zinc. Trois jours dans la cellule, trois jours d'angoisse, de sueurs froides, de latrines sales, de paillasse sans draps et de lavabo sans eau avaient laissé des traces. J'ai enduit mes cheveux d'huile et enveloppé ma tête dans une serviette. Il faudrait plusieurs jours de ce traitement pour que les invités que j'avais hérité de la vagabonde ne disparaissent, puisque je n'avais pas l'intention de me couper les cheveux. Ils n'auraient pas eu le temps de repousser assez pour recevoir des caresses en l'espace des quatre mois restants jusqu'au retour de Guido.

Je me suis finalement endormie, épuisée, une main sous l'oreiller, serrant la lettre, plus précieuse pour moi que n'importe quel bijou.

Le lendemain, comme convenu, je suis allée voir Mlle Ester. Je lui ai tout dit sur Guido, à part qu'il m'avait offert la bague et qu'Assuntina l'avait fait disparaître. Je ne sais pas pourquoi, j'en avais plus honte que de toute autre chose. Encore davantage que de l'infâme proposition de donna Licinia.

Je pensais que ma protectrice, avec sa mentalité ouverte et moderne, serait enthousiasmée par mon histoire d'amour, qu'elle m'encouragerait à me battre pour la défendre. Au lieu de cela, elle m'a regardée avec inquiétude. « Es-tu sûre de ce que tu fais ? Après tout, tu ne l'as vu que quelques fois, et pendant quelques heures, tu ne le connais pas très bien. Ils agissent tous comme ça quand ils veulent atteindre leur but.

— Il ne m'a jamais manqué de respect. Il a dit qu'il voulait m'épouser.

— Cela explique la colère de sa grand-mère et ses agissements pour l'empêcher par tous les moyens. Mais va-t-il vraiment t'épouser ? En aura-t-il le courage ? Ou va-t-il faire marche arrière au dernier moment avec je ne sais quelle excuse ? Veille à ne pas te laisser compromettre ; s'il t'abandonne, tu serais perdue à jamais. Et puis, s'il t'épouse... es-tu certaine qu'il n'aura pas honte de toi une fois l'enthousiasme du début passé ? »

Elle m'a invitée à considérer qu'il était aussi un Delsorbo après tout, qu'il ressemblait peut-être à don Urbano, que je ne devais pas oublier ce qu'ils avaient fait à Quirica. Et peut-être même, qu'il aurait été content que j'accepte la proposition de sa grand-mère.

« Certainement pas ! ai-je rétorqué. Vous ne le connaissez pas.

— Non, tu as raison. Mais toi non plus, tu ne peux pas prétendre bien le connaître. »

Je ne savais pas quoi dire. Ses conseils, son inquiétude, sa méfiance étaient raisonnables. Mais je ne pouvais m'empêcher de penser que son expérience avec le marquis Rizzaldo avait effacé à jamais de son âme tout espoir quant à l'amour et au mariage, toute foi en la sincérité des hommes.

Moi, je croyais en la sincérité de Guido de toute mon âme. Je lui ai donc promis de me comporter avec prudence, ne serait-ce que pour éviter d'être à nouveau poursuivie par la sécurité publique, mais en mon for intérieur j'étais déterminée à attendre avec confiance le retour de mon amour et, d'ici-là, à m'améliorer pour être à sa hauteur.

Les jours suivants, j'ai essayé de reprendre ma vie habituelle. La propriétaire de l'épicerie m'avait demandé de coudre pour sa fille qui allait à l'internat les sous-vêtements et les vêtements exigés par le règlement. Elle m'avait fourni les patrons et les tissus, qui devaient être ceux-là et pas d'autres, comme l'indiquait la liste. Des étoffes de très bonne qualité, introuvables ici et qu'elle avait fait venir de G. Comme il ne restait que peu de temps avant que la jeune fille n'entre au pensionnat, j'allais travailler tous les matins à leur domicile, où il y avait une belle machine à pédale qui me permettait de coudre plus rapidement et de contrôler régulièrement les mesures des vêtements sur le dos de la future pensionnaire. Je me chargeais de la finition à la main chez moi, l'après-midi. Je n'avais plus utilisé ma machine à coudre. Je n'avais même pas essayé de changer l'aiguille ou de voir pourquoi elle s'était tordue et si je pouvais réparer les dégâts moi-même. Il me semblait que les mains des agents l'avaient comme profanée. Nettoyer à l'alcool leurs traces de doigts gras m'avait déjà valu un étrange dégoût. Tôt ou tard, j'allais devoir m'en occuper, je le savais. Mais en attendant, j'utilisais la machine à pédale de ma cliente.

Pendant que je découpais et cousais, je ne pouvais m'empêcher de penser au rêche uniforme rayé qu'Assuntina portait au même moment. Un jour, j'étais partie la voir à l'orphelinat, emportant la feuille de décalcomanie, mais au dernier moment, je n'avais pas eu le courage d'entrer. Je m'étais arrêtée dans l'esplanade devant l'institution, cachée derrière la statue de Garibaldi, pour regarder les orphelines qui jouaient dans le jardin protégé par la grille. Elles se poursuivaient, sautaient à la corde, se chamaillaient, criaient. J'avais du mal à reconnaître Assuntina maintenant qu'elle n'avait plus de tresses mais un crâne nu, rond comme une bille, rasé avec une mèche très courte sur le front, dans le style *all'umberta*[1] utilisé pour les enfants. Elle était parmi les plus petites, elle ne jouait pas avec les autres, elle se tenait dans un coin, seule, regardant ses pieds, grattant le sol de sa chaussure comme un chiot accroché à une chaîne. Elle me semblait encore plus chétive et maigre que lorsque je l'avais prise sur mes genoux dans le train, mais ses yeux, eux, me paraissaient plus grands, à la fois pensifs et féroces.

La force m'a manqué pour entrer et demander à la voir. Et même pour me présenter au bureau de la secrétaire et lui laisser le petit cadeau de Guido. Je suis rentrée chez moi avec un sentiment d'amertume si profond que j'ai été incapable de coudre ce jour-là, ni de poursuivre ma lecture du roman anglais. Car là aussi, les événements n'avaient rien d'heureux, l'amant s'était révélé être un menteur, le mariage une imposture, la fille pauvre s'était enfuie pour sauver son honneur et avait failli mourir de faim. Était-ce un avertissement pour moi ? Pour me mettre en garde comme Mlle Ester l'avait fait plus explicitement ?

J'étais également tourmentée par la pensée de Zita, à propos de laquelle je n'osais pas prendre de nouvelles auprès de l'infirmière en chef.

---

1. Du nom d'Umberto Ier de Savoie, qui portait ce type de coiffure, les cheveux coupés court à la même longueur, presque comme une brosse. *(N.d.T.)*

Était-elle encore en vie ? Et quand elle mourrait, que feraient-ils d'elle ? Allaient-ils l'emmener au cimetière, seule comme un chien pour la jeter dans la fosse commune ? Ou, pire, remettre son corps à l'université pour que les professeurs la découpent devant les étudiants en médecine afin de leur apprendre comment nous sommes faits à l'intérieur ? Je savais que c'était le sort des pauvres sans famille, qui n'avaient aucun parent pour venir réclamer le cadavre.

Passer mes matinées dans la maison de la cliente, suivre le bavardage de la jeune fille qui, partagée entre la crainte et le désir, fantasmait sur sa future vie au pensionnat, ses nouvelles amitiés, les matières qu'elle étudierait, permettait de me préserver de la mélancolie. Mais lorsque vint le moment de réserver des places dans la galerie pour les prochains opéras, je décidai de ne pas y aller cette saison. Tout l'argent de ma rente, que je gardais désormais avec mes autres économies dans une enveloppe en tissu cachée derrière un cadre, je le dépensais pour acheter des livres, surtout des livres scolaires : grammaire, géographie, arithmétique. Pour économiser, j'en empruntais aussi à la bibliothèque. J'y avais même trouvé un manuel de bonnes manières et un autre qui enseignait comment écrire des lettres de toutes sortes, mais surtout des lettres d'amour. Il s'appelait *Le Secrétaire galant*, et contenait une lettre type pour chaque situation. Mais les phrases me semblaient ridicules, fausses ; qui aurait l'idée d'écrire de telles sottises ? Les lettres que je recevais de Guido étaient complètement différentes, elles reflétaient son caractère spontané, elles me décrivaient sa vie quotidienne de telle manière que j'avais l'impression d'être là-bas avec lui, de la partager. De mon côté, je m'efforçais de lui répondre sur le même ton, même si j'avais peu de choses à raconter, et il m'encourageait, me complimentait sur mes progrès, me conseillait de lire tel ou tel roman qu'il aimait particulièrement, me transcrivait ses poèmes préférés. Il aimait particulièrement un poète qui parlait des pauvres gens, Giovanni Pascoli, que j'ai appris à aimer moi aussi.

Le temps passait lentement. J'avais terminé le trousseau scolaire et sa propriétaire, tout excitée, était partie à l'internat. Un après-midi, alors que j'ourlais un drap de lit pour mon propre trousseau, a frappé à ma porte un garçon de salle de l'hôpital, envoyé par l'infirmière en chef. Il m'a informée que Zita était morte, et qu'elle serait emmenée au cimetière le lendemain. Par égard pour Mlle Ester, on lui avait épargné l'Institut d'anatomie.

Je décidai d'aller l'accompagner. Elle avait été une bonne amie et je lui devais bien ça. Le soir, bien que je sois très fatiguée, mon cœur était si serré que j'ai eu du mal à trouver le sommeil. J'ai allumé la bougie et pris le roman anglais. J'étais presque à la fin, les choses s'étaient arrangées, la femme folle du menteur était morte et il pouvait maintenant vraiment épouser, sans tricher, la fille pauvre, qui avait reçu un héritage et n'était plus pauvre. Heureusement, car je n'avais jamais aimé les romans qui finissaient mal. Ici aussi, contrairement au livret de *La Bohème* et comme dans ma propre vie jusqu'au mois dernier, il y avait une petite fille, une orpheline dont il fallait s'occuper. Mais avec l'héritage et le mariage, j'étais certaine que la petite Adèle aurait, elle aussi, une fin heureuse, un foyer, un père et une belle-mère aimants avec qui vivre. J'ai été très peinée lorsque j'ai lu que la fille pauvre s'en était débarrassée en la plaçant en pension. Cela m'a mise en colère. Je ne sais pourquoi, après tout, ce n'était qu'un roman, une histoire inventée.

Je me suis levée très tôt, j'ai fait le ménage, je me suis enveloppée dans mon châle et suis partie en direction du cimetière. Le cercueil de Zita n'était pas encore là. Il est arrivé peu après sur un corbillard anonyme. Pas de fleurs, pas de couronne, pas d'accompagnateur, sauf le garçon de salle de l'hôpital qui l'a remise au fossoyeur avec quelques feuilles de papier. Il n'y avait même pas de prêtre pour la bénir. C'est moi qui ai dit une prière pour elle, qui ai touché le bois d'une caresse. Puis ils l'ont mise dans un trou déjà creusé dans le carré des indigents. Pour la retrouver, j'ai mémorisé l'emplacement, le numéro écrit à côté du nom sur la croix en bois. J'étais incapable de pleurer, j'étais comme figée à l'intérieur ; si je m'étais piquée par accident avec une aiguille ou des ciseaux à broder, je n'aurais ressenti aucune douleur.

Je suis passée comme toujours saluer ma grand-mère et la Miss, qui n'étaient pas très loin.

Mais je l'ai fait automatiquement, par habitude. Mes pensées étaient ailleurs.

En sortant, au lieu de rentrer chez moi, je me suis dirigée impulsivement, sans envisager les conséquences, vers l'Institution Enfant Marie. C'était la fin de la matinée et le portail était ouvert. Au secrétariat, j'ai demandé Assuntina. On m'a dit qu'elle avait été dispensée d'école pour la journée et qu'elle se trouvait dans la chapelle, où le prêtre célébrait un court rite funéraire en mémoire de sa mère. Je n'aurais donc pas à l'informer de son décès, c'était au moins un mince soulagement.

Assuntina était assise sur le premier banc, seule. Derrière elle, d'une voix fine et nasale, une douzaine de religieuses chantaient en latin ce qui devait être une invocation de pitié pour la défunte. J'ai attendu qu'elles aient terminé, j'ai été reconnaissante aux sœurs et à l'aumônier pour le petit bouquet de fleurs sur l'autel, pour l'encens, pour le chant grégorien. Mais je sentais qu'Assuntina ne pouvait pas rester là.

Quand elle s'est retournée et m'a vue sur le dernier banc, elle m'a regardée avec méfiance. La religieuse à côté d'elle a dû la pousser en avant pour qu'elle vienne me saluer. Je me suis empressée de chercher une excuse pour l'emmener dehors. « Je voudrais l'accompagner au cimetière pour un dernier adieu à sa mère », ai-je expliqué. Ils m'y ont autorisée et me l'ont confiée, me recommandant de la ramener aussitôt après, à temps pour le déjeuner.

J'ai dû la traîner, en tenant avec fermeté sa main moite qu'elle essayait de dégager. Elle marchait lentement et me suivait à contrecœur. Même au cimetière, elle a continué à me faire la tête. En chemin, j'avais cueilli quelques fleurs sauvages sur le bord de la route. Je les lui ai données pour qu'elle les dépose sur le monticule de terre fraîche. J'ai dit une courte prière avec elle. Davantage que le *Requiem* pour la mère, il m'a semblé plus approprié d'invoquer l'ange gardien pour la fille. « Éclaire, protège, dirige et guide cette enfant qui n'a plus personne au monde. » Nous avons quitté le cimetière. À la grille, je l'ai prise par le menton et j'ai soulevé son petit visage grincheux. « Tu sais quoi ? Je ne te raccompagne pas à l'orphelinat. Toi et moi, nous allons rentrer à la maison. »

Je ferais les papiers de sortie dans l'après-midi. Aucun doute qu'elles seraient heureuses qu'une place se libère.

Quand elle a franchi le seuil de mon appartement, Assuntina a regardé tout autour d'elle. Peu à peu, ses traits contractés se sont détendus. Elle n'était pas au courant de la perquisition et elle s'est étonnée que certains meubles aient été déplacés, que certains objets aient disparu. Je ne lui ai rien demandé pour la bague. Je n'y songeais même pas, à vrai dire, à ce moment-là. J'étais émue, et en même temps inquiète de la responsabilité que j'allais devoir assumer à partir de maintenant. Mlle Ester n'allait pas être ravie. Elle avait été si bonne avec moi, et moi, je ne suivais pas ses conseils, je ne faisais que la décevoir. Et Guido, comment réagirait-il à ma décision hâtive ? Aurais-je dû lui demander son avis avant ?

La petite a lentement fait le tour de l'appartement, effleurant un objet, puis un autre, comme une aveugle qui les reconnaissait au toucher. Elle a ouvert le tiroir où je rangeais les magazines pour vérifier s'ils étaient toujours là. Elle a aperçu la feuille de décalcomanies que j'avais rangée dedans, elle ne savait pas ce que c'était, mais les couleurs vives des dessins semblaient lui plaire. « C'est pour toi, lui ai-je dit. Lis ce qui est écrit. » Elle a déchiffré la dédicace de Guido avec difficulté. « Il faudra le remercier pour le cadeau, ai-je ajouté.

— C'est lui qui t'a donné la bague ? a-t-elle demandé.

— Oui... Tu ne voudrais pas me dire où tu l'as mise ? »

Elle n'a pas répondu. Perplexe et contrariée, elle a contemplé son lit, qui avait été poussé contre le mur et n'avait ni couverture ni drap, mais seulement le matelas enroulé.

« Nous allons arranger ça. Je n'en ai pas eu le temps ce matin. Tu vas m'aider à mettre les draps, lui ai-je dit. Tu veux aller te coucher ? Tu ne veux pas manger quelque chose avant ? L'heure du déjeuner est passée depuis longtemps, tu dois avoir faim. Je vais réchauffer de la soupe, on mangera et on ira faire un somme. Moi aussi je suis épuisée.

— Alors je peux rester ?

— Oui.
— Et tu ne me renverras pas à nouveau ?
— Non. »
Elle n'a fait aucun commentaire et, la connaissant, je n'en attendais pas, pas plus que je n'attendais de remerciements. Ni ce qui allait suivre.
Détournant son regard du mien, Assuntina est allée dans le salon, décidée, elle s'est approchée de la machine à coudre et, avec une habileté que je ne lui connaissais pas, a ouvert la porte inférieure de la bobine, y a inséré les doigts, a enlevé la capsule de la canette et me l'a montrée dans le creux de sa main. À l'intérieur, au lieu de la bobine avec le fil, j'ai vu l'anneau.

Il avait toujours été là. Quand j'avais cherché, je n'avais pas regardé à cet endroit car j'ignorais qu'Assuntina, qui m'observait depuis longtemps lorsque j'utilisais la machine à coudre, s'était entraînée à la démonter quand elle était seule à la maison. Quant aux agents, même s'ils l'avaient examinée avec grand intérêt depuis le début, ils n'y connaissaient rien ; aucun d'entre eux n'avait imaginé que la pièce était creuse, qu'elle pouvait être retirée de son logement. Peut-être avaient-ils essayé, mais sans soulever le levier qui le verrouillait et qui, si on ne connaissait pas la machine, avait l'air d'être fondu en un seul corps ou soudé.
C'est peut-être ce que ma grand-mère avait voulu me montrer dans mon rêve, en enroulant la chaîne autour de son doigt. Lorsque le fil du dessous était terminé, il fallait recharger

la bobine en la retirant de la capsule, mais il fallait d'abord la sortir de son logement. Il fallait mettre la bobine sur le dévidoir et la recharger de nouveau fil.

Ma grand-mère savait qu'Assuntina avait mis la bague à la place de la bobine.

Grand-mère, tu sais que des moments difficiles m'attendent. Grand-mère, sois mon ange gardien : éclaire-moi, protège-moi, dirige-moi et guide-moi.

Épilogue

Cinquante ans se sont écoulés depuis. J'ai vu passer deux guerres. Le monde a changé, mais par la grâce de Dieu, je suis encore en vie, je vois assez bien et je couds encore, au moins pour la famille. Tu voudras savoir, lecteur, ce qui m'est arrivé après les événements que tu viens de lire, et pourquoi je t'ai raconté ces histoires d'une époque lointaine qui, même pour moi, semblent appartenir à la vie d'une autre personne, et non à la mienne.

Dès qu'il a obtenu son diplôme, vers la fin du mois de juillet, Guido est revenu à L. Ce n'est qu'une fois ensemble, quand j'ai pu tenir ses mains entre les miennes, le regarder dans les yeux, que j'ai eu le courage de lui révéler ce que sa grand-mère m'avait fait, et ce qu'elle avait fait à Quirica il y a des années, pour garder don Urbano chez elle. Il l'ignorait, comme je l'avais toujours pensé. Je ne l'avais jamais vu aussi bouleversé, aussi en colère. Il a rompu toute relation avec donna Licinia et s'est installé dans un appartement en location. Il l'a choisi parmi ceux hérités par Quirica et l'a meublé pour qu'après le mariage nous puissions y vivre tous les deux avec Assuntina, dont il avait immédiatement accepté la présence. Quand nous aurions eu des enfants, nous aurions déménagé dans plus grand. Deux pièces étaient destinées à mon atelier de couture, il ne m'avait pas demandé d'abandonner mon travail, il connaissait ma fierté. Grâce au père de Clara, il avait trouvé un emploi à la construction de l'aqueduc.

J'avais présenté Guido à Mlle Ester ; il lui avait plu et l'avait convaincue du sérieux de ses intentions. Pour autant, elle nous avait suggéré de déménager à G., où nous n'étions pas connus, tout aurait été beaucoup plus facile. Mais Guido lui aussi avait sa fierté. Nous n'avions aucune raison de nous cacher, avait-il affirmé. Dès le début, il avait toujours été fier de se montrer à mes côtés.

Notre erreur a été de ne pas nous marier tout de suite. Il voulait des fiançailles régulières, il voulait que nous apprenions à nous connaître, il voulait préparer tranquillement une grande fête de mariage, montrer à sa grand-mère et aux familles les plus importantes de la ville qu'il se moquait de leurs préjugés, que la femme qu'il avait choisie valait bien leurs filles.

Même si je vivais encore dans mon deux-pièces avec Assuntina, nous nous voyions tous les jours, nous étions jeunes, nous nous aimions, il me désirait, et j'ai aussi appris à le désirer de cette manière dont les romans ne parlent jamais. Je serais malhonnête si je vous disais que j'ai dû céder à son insistance, que j'ai été emportée contre mon gré par sa passion. Nous avons été submergés par notre passion commune, notre désir mutuel, ma volonté était la même que la sienne, et qui plus est, le mariage se rapprochait. Je m'étais cousu une robe blanche très simple, différente de celle dont j'avais rêvé en prison, je n'étais pas encore habituée à m'habiller comme une dame.

Deux jours avant la noce, sur le chemin du travail, Guido a été renversé par une voiture que le propriétaire n'avait pas appris à contrôler. Il est mort après être resté inconscient quelques heures. Nous n'avons pas pu nous dire adieu, il n'a pas pu s'inquiéter pour mon avenir. Ni lui ni moi ne savions encore que j'attendais un enfant. Je ne l'ai compris que quelques mois plus tard, alors que je vivais déjà avec Assuntina dans l'appartement loué par Guido et que Quirica m'avait généreusement offert à un prix si bas qu'il n'était que symbolique. Et cela a été une chance, car lorsque ma honte est devenue évidente, parmi les milliers de problèmes, au moins n'ai-je pas eu celui du logement. Si Guido était mort trois jours plus tard, j'aurais hérité de ses biens et mon fils n'aurait pas été un bâtard. Mais selon la loi, nous étions deux étrangers pour Guido, et tout ce qu'il possédait revenait à donna Licinia, sa seule parente. Mlle Ester, qui malgré les critiques en ville m'avait soutenue avec beaucoup d'affection, m'a offert, en plus de sa compréhension, l'aide de leur avocat ; après tout, Guido avait montré son intention de m'épouser en demandant les papiers de mariage et en fixant la date. Les bans affichés sur la porte de l'église en étaient la preuve.

Vous n'y croirez pas, mais même presque centenaire, donna Licinia s'est battue comme une furie pour que je n'hérite pas d'un seul centime. Il n'y avait pas de testament en ma faveur, et la procédure a duré des années, à tel point que je me suis fatiguée de lutter, d'autant qu'entretemps Quirica était morte et, n'ayant personne au monde, elle nous avait laissé tout ce qu'elle possédait, à moi et à mon fils. Ce n'était pas comparable à la richesse des Delsorbo, mais c'était suffisant pour nous. Par-dessus tout, je regrettais que l'enfant ne porte pas le nom de famille de Guido. C'était un beau garçon, il ressemblait à son père, « des joues de rose et des yeux de gazelle », ai-je pensé en voyant son visage à sa naissance, et je l'ai appelé Guido. Il a fait de belles études et vit maintenant en Amérique car le régime lui a rendu la vie difficile ici et il n'est jamais revenu. Je lui ai donné la bague avec le diamant et le saphir, il l'a portée à son petit doigt pendant un certain temps, puis il s'est marié et l'a offerte à sa femme. Ils n'ont pas d'enfants.

Donna Licinia est morte à l'âge de cent quatre ans, avec toute sa tête. Elle non plus n'avait plus personne, mais elle n'a pas songé à nous, elle n'a pas songé que mon fils était le seul héritier de son sang. Elle a tout laissé à de lointains parents qui vivaient à F., ceux-là mêmes qui ne se montraient que chaque quart de siècle et qui avaient fondu comme des rapaces autour du lit de mort de don Urbano.

Quant à moi, au début, je pensais que je ne m'en remettrais jamais. Que je n'oublierais jamais mon grand amour et la tragédie de l'avoir perdu. Je continuais à étudier pour être à la hauteur de Guido, comme si je pouvais encore lui faire honte devant ses pairs. Je continuais à lire, pour mon plaisir, et parce que c'était de plus en plus facile. J'aidais mon fils à faire ses devoirs et j'apprenais ainsi beaucoup de nouvelles choses avec lui.

Mais le temps, s'il n'efface pas tous les souvenirs, les atténue. La douleur que vous pensiez devoir briser votre cœur devient moins amère, le regret plus doux. Douze ans après la mort de Guido, j'ai rencontré un homme qui m'inspirait affection et confiance et qui m'estimait malgré ma mauvaise réputation. Il était charpentier et avait son atelier au rez-de-chaussée de notre immeuble. Il était toujours de bonne humeur, même s'il avait lui aussi perdu une épouse très aimée, morte en couches avec leur premier enfant. Après quelque temps, il m'a demandé de l'épouser et s'est occupé non seulement de mon fils mais aussi d'Assuntina, qui vivait encore avec moi et à qui j'enseignais mon métier. Il a voulu dépenser de l'argent et se battre avec la bureaucratie pour leur donner à tous deux son nom de famille. Il a été un très bon père pour eux, même s'ils n'étaient pas de son sang. Peut-être parce que, en plus d'être charpentier, il s'appelle Giuseppe ? Nous vivons maintenant juste tous les deux, et il m'est d'un grand réconfort. Il travaille encore malgré son âge. Les artisans, dit-il, ne prennent jamais leur retraite, ils meurent avec leurs outils à la main. Mais il n'est certainement pas sur le point de mourir. Il est encore fort et plein d'énergie, capable de soulever une persienne d'une seule main. J'ai appris à aimer l'odeur des copeaux de bois, surtout de sapin ou de pin. Comme cadeau de mariage, il m'a offert une machine à coudre à pédale qui fonctionne encore très bien. Je ne saurais pas quoi faire d'un appareil électrique. Nous aimons aller au théâtre, nous pouvons nous permettre d'avoir deux places à l'orchestre, mais nous avons une radio désormais et écoutons aussi les opéras à la maison.

Tu voudrais bien savoir, lecteur, ce qu'est devenue mon amie et protectrice, Mlle Ester. Elle aussi, huit ans après son premier et malheureux mariage, a rencontré un homme bien à qui elle a pu confier sa vie et celle d'Enrica.

Le marquis Rizzaldo, qui voyageait en Orient depuis tout ce temps, avait, pour la deuxième fois de sa vie, à Constantinople, croisé une épidémie de choléra qui cette fois ne lui a laissé aucune chance. Veuve et libre, Ester a épousé à vingt-sept ans un jeune ingénieur anglais qui était venu apprendre à la brasserie et avait gagné l'estime et l'amitié de M. Artonesi. Elle l'a épousé à condition qu'il ne retourne pas dans son pays, mais qu'il reste dans notre ville et aide son père dans son travail. À la mort de son père, quelques années plus tard, Ester, malgré les soins requis par l'éducation de la petite Enrica, âgée de onze ans (c'est à elle que revenait désormais le titre de marquise, mais personne ne l'appelait ainsi), et des trois enfants qu'elle avait eus avec l'ingénieur, n'a pas confié à son mari l'entière gestion de son domaine, comme ses tantes l'espéraient, mais s'est jointe à lui pour diriger le moulin et la brasserie.

Quand ils en avaient besoin, je continuais à aller coudre chez eux, je déjeunais à leur table et je les voyais se comporter en ma présence comme deux bons compagnons, sans aucune effusion ni sentimentalité. Ma jeune demoiselle a renoncé à l'amour une fois pour toutes, pensais-je parfois. À d'autres moments, cependant, en les voyant rire ensemble ou penchés sur un catalogue, discutant de l'achat d'une nouvelle machine, me venait le doute que cette compréhension profonde, cette proximité d'intérêts, cette complicité et cette confiance mutuelle totale étaient une forme d'amour plus vraie et plus profonde que celle dépeinte dans les romans sentimentaux.

Pourquoi ai-je voulu écrire ces histoires de ma jeunesse ? Enrica Rizzaldo, la fille aînée de Mlle Ester, me l'a demandé. Elle enseigne désormais à l'université. Elle mène des recherches sur l'évolution de nos manières de vivre et de travailler. Maintenant les gens, même les plus modestes, achètent leurs vêtements déjà confectionnés dans les magasins bon marché. Des vêtements très laids, si vous voulez mon avis, toujours trop lâches ou trop serrés, trop courts ou trop longs, tirant aux emmanchures, pleins de plis sur les épaules et les hanches. Peu de gens font encore appel à la couturière, personne ne l'appelle plus pour travailler à domicile.

Assuntina, qui était devenue une couturière aguerrie, a trouvé à l'âge de vingt ans un emploi de modéliste à La Suprême Élégance. Elle préférait un salaire assuré aux incertitudes du travail à domicile. Elle a épousé un employé de la municipalité et ils ont eu trois enfants. Aujourd'hui, elle est à la retraite et ne coud plus. Elle passe son temps assise devant un tout nouveau gadget, une sorte de croisement entre la radio et le cinéma, petit cependant, comme une boîte que l'on peut garder à la maison. Sa fille Zita, qui travaille comme vendeuse dans un magasin de vêtements, aimerait lui laisser les enfants quand ils n'ont pas école l'après-midi, mais Assuntina ne veut pas, elle dit qu'ils la dérangent et ne la laissent pas regarder en paix ses programmes préférés. Elle suggère de me les amener, plutôt, arguant que j'ai davantage de temps et que je sais comment les divertir. Je leur apprends, au garçon comme à la fille, à utiliser la machine à pédale, et ils s'amusent vraiment. Ils ont également appris à coudre les boutons et, si par hasard ils en perdent un, ils ne demandent pas d'aide et réparent eux-mêmes les dégâts. La petite n'a pas beaucoup de patience mais son frère aime aussi coudre à la main. Je n'ai pas réussi à le persuader d'utiliser un dé, mais même sans, il peut ourler un mouchoir avec de petits points précis comme ma grand-mère me l'avait appris à son âge. Je lui ai promis que pour le carnaval, je l'aiderais à se faire un costume d'Indien. Nous avons pris modèle sur le héros d'un film américain ; ils n'en vendent pas d'aussi beaux dans le commerce. Sa sœur est jalouse, alors je lui ai dit que je lui ferais un tablier en batiste blanche avec des rabats aux emmanchures, des nervures sur la poitrine et des petits plis le long de l'ourlet. « Comme celui de Beth dans *Les Quatre Filles du docteur March* ! » s'est-elle exclamée. Et surtout, pareil à ceux que je cousais pour Enrica quand elle était petite ! Combien ma pauvre amie, la repasseuse, serait heureuse si elle pouvait savoir qu'Assuntina a donné son prénom à sa fille.

Les deux enfants de cette nouvelle Zita sont affectueux, ils m'aiment et m'appellent grand-mère. La nuit, je m'efforce de rester toujours tranquille dans mon lit à côté de Giuseppe et de ne jamais leur rendre visite dans leurs rêves.

Remerciements

À Giulia Ichino, qui, dès qu'elle a rencontré la couturière, en est tombée amoureuse et m'a poussée à la faire évoluer.

Et à Francesca Lazzarato, qui m'a encouragée, critiquée, donné de bons conseils, suggéré des idées merveilleuses, même si je n'ai pas pu toutes les suivre. Il faudrait au moins trois autres romans. Mais, qui sait ?

14218

Composition
NORD COMPO

Achevé d'imprimer à Barcelone
par CPI Black Print
le 2 septembre 2024

Dépôt légal septembre 2024
EAN 9782290408124
OTP L21EPLN003745-635473

ÉDITIONS J'AI LU
82, rue Saint-Lazare, 75009 Paris

Diffusion France et étranger : Flammarion